Oskar Pastior
Jalousien aufgemacht

Ein Lesebuch

Herausgegeben von Klaus Ramm

Carl Hanser Verlag

Der Verlag dankt für die großzügige Abdruckgenehmigung: Dem Rainer Verlag, Berlin, (*An die neue Aubergine. Zeichen und Plunder.* 1976; *sonetburger.* 1983; *Römischer Zeichenblock.* 1986); dem Verlag Klaus Ramm, Spenge, (*Höricht.* 1975; *Fleischeslust.* 1976; *Wechselbalg. Gedichte 1977–1980.* 1980); dem Verlag Klaus Renner, München, (*Der krimgotische Fächer. Lieder und Balladen.* 1978; *Anagrammgedichte.* 1985); Wiel Kusters (Wiel Kusters / Oskar Pastior: *Zonder weerga Seinesgleichen.* Utrecht 1986); Renate Kühn für die französische Übersetzung der *Ballade vom defekten Kabel* aus der französischen Zeitschrift TXT / 16 / 1983; und dem Literarischen Colloquium Berlin (*Ein Tangopoem und andere Texte.* 1978).

ISBN 3-446-15008-0

Überzugmontage: Klaus Detjen unter
Verwendung von Zeichnungen Oskar Pastiors
Satz: LibroSatz, Kriftel
Druck und Bindung: Pustet, Regensburg
Printed in Germany

das inhaltsverzeichnis setzt sich aus seitenzahlen und anfangszeilen zusammen es hat eine konstruktive tendenz und stimmt mit der wirklichkeit überein von deren überfluß es kündet ein glücksfall verschwiegener aussage wir bitten um verständnis

Etwas schwebt mir vor, das kommt aus der Physik: Die Holographie . . . Einen Text möglichst so zu machen, daß jeder Teil das Ganze enthält. Das ist für mich so ein Vorbild. Das paradigmatische Beispiel bei der Holographie ist ja eine holographische Bildplatte. Dort ist ein Pferd zu sehen. Und dann nimmt man den Hammer und zerschlägt diese Platte und plötzlich ist das Pferd auf jedem Splitter zu sehen. Also: jeder Splitter enthält dann wieder das ganze Pferd . . . Dieser Gedanke eben . . .

im pop seiens gedicht wird der blumentopf hinter der fahnenstange sichtbar wenn man das gedicht schief hält hierauf zerstampft man das gedicht in einem mörser und sagt wenn man den mörser ausleert ah lauter kleine fahnenstangen hinter lauter kleinen blumentöpfen auf lauter schief gehaltenen gedichtchen oh wie erregend hollografesk

Oh, Magdalena!

Die Stadt, in der mein Denkvermögen sich ver-
plempert, ist eine große, stolze, runde Stadt.
An Pferde denken ist nicht drin, zum Beispiel.

Sie, die mein Ein und Alles ist und aus zwei Mer-
seburger Hälften besteht, heißt ja auch Merse-
burg, weil, selbst wenn ich an Pferde denke, was

nicht drin ist, etwa, mein Ein und Alles sich
in ihr verringert; und besteht aus zwei großen,
stolzen Halbkugeln, weil diese auseinanderfallen,

wenn meinen Pferden die Puste ausgeht. Dort vor
den Toren meiner Stadt, die von Beschwörungs-
formeln zusammengehalten wird, rackern die Pfer-

Die Stadt in der ich denke, die Sprache in der ich denke.

de sich ab. Sie verbrauchen viel Puste. Wenn Mer-
seburg vor beiden Toren Merseburgs entzweigeht,
ist es entweder Tag, oder es ist Nacht. Ich brau-

che sowohl den Tag als auch die Nacht zum Denken
davon geht mir die Puste aus. Meine Stadt, in der
die Puste ausgeht, hält nicht nur die Physik son-

dern auch die Pferde, an die zu denken nicht drin ist, zusammen – sie reißen und reißen, dann denke ich, mein Denkvermögen geht mir aus. Wenn die

stolzen Hemisphären auseinanderfallen, geht, denke ich, auch den stolzen Sprüchen die Kraft aus und Ein und Alles entweicht – nach Nordnordsüd.

Ich habe den Vesuv noch nicht
gesehen, aber
ich hab ihn noch nicht gesehn
schön versinken die Städte, und
ich habe sie noch nicht gesehen
Aber meine Pferdchen sind mutig
aber schön versinken die Städte
Mutig und schön dürfen meine Städte sein, aber
ich hab sie noch nicht gesehn, aber
schön versinken die Pferdchen, aber
warum auch Vesuv

Nur was ich aus dem Kopf zitieren kann, ist mein Gedicht – stimmt das? Und was ist es, das mir im Gedächtnis bleibt von einem Gedicht, das selber ja so eine Art Gedächtnis »von etwas« ist? Mit anderen Worten: Gehört es zum Wesen »meines« Gedichtes, daß ich es als Ganzes erinnere, wenn mir ein Teil von ihm einfällt, so als sei in jedem Splitter schon das Ganze gespeichert? Die handgestrickte Vorstellung des Gedichtes als holographisches Gebilde ist eine populärwissenschaftliche Metapher.

Lese-Zeichen

. . . hätte herüber gesplittert vor Städten; erneut etwas wie Kanevas (Gitterleinen) hin im Blick; die Koffer-Passage »wie auf Teppichs Leisten & Luftbild« – so unbotmäßig darüber eingeholt vorkam (Federwölk-Oxydation) und straminartig aufzufüllen mit stockender Wolle kühl und kraus; in der anderen hätte der Koffer gelegen; ihn wie etwas abstellen gelegentlich und in Reichweite für seltene ... fliegende ...; Einfärbung hin lispelte und unbotmäßig wie grünes Kupfer locker und dicht unterm Zünglein zu tragen durch Treppengewölbe möglichst locker und dicht; während bereits ein Gitterleinen darüber wie Monopoem und Wandel durch fliegende Teppiche (Einfärbung woher?) herüber; Aorta; einzelne Kartoffelfeuer Phlox-Kotten Gedächtnis-Stützen eine ambulante Synopsis »wie auf Sindbads Täschel & Salamander« – die Pfeile und Fingerspuren ... hätte gemeinhin vor Städten im Blick; Lese-Zeichen; über eines minden Oktobers Absteige ...

Erstens bin ich gegen diese Gattungstrennungen ..., behaupte, frech und munter: alles, was ich schreibe, ist Lyrik, damit das Kind einen Namen hat.

In diesem Vorhaben lasse ich mich einfach gehen, etwa von da bis her, denn es kann keine Rede von Augenblicken sein, höchstens ein fortschreitender Stoff, wiewohl mir die Sache weniger umständlich vorkommt, als sie gegebenenfalls es war und sein wird. So vertraulich plaudert das Leben.
Glauben Sie mir, ich habe den Vesuv noch nicht gesehen, aber trotzdem falle ich immer wieder hinein, wenn von mir die Rede ist. So als wäre nichts geschehen. Es wird schon stimmen, daß die Vorsicht mit der ich umgehe, dann doch auf Stationen zu sprechen kommt, die hohl klingen, als hätte sie jemand übersetzt; andererseits hält der Zug nie so gründlich, was bzw. wie es der Fahrplan verspricht. Mit derlei Dopplereffekten, die nach dem Herrn dieses Namens benannt sind, wird eine Geschwindigkeit gewonnen, die, wie ich sagte, die Willkür des Geräusches vorweg-

nimmt, d. h. neckisch im voraus wegnimmt, und ich hätte im Notfall Beweise dafür und dagegen, wie ein Hirnmodell. Nur leuchtet der Notfall im nachhinein plötzlich immer sehr blaß – und wem schon? – ein.
Die Präliminarien werden in der Vorlesung natürlich zurückgenommen. In den sich vorführenden Äußerungen, hier Autor genannt, versucht dieser pneumatisch durchzuexerzieren, was die Vorwände hinfällig macht – und was bleibt? Edle Tropfen in Nuß, classe de luxe, flüssig gefüllt, ein Trumpf-Erzeugnis. Überredungskünste. So wörtlich, wenn ich mir es überlege, führe ich vor, was einen hinters Licht führt, wo dann (so fragen auch andre) die Schattenseiten des Harmoniums sich abhüben. Frau Welt, die drauf spielt, wäre eine durchschaubare? Der Mond wie er wächst.
Die Situation täuscht. Unter Hervorbringung gewisser Laute stelle ich mich zurück. Poetologisch aber nimmt mich das Wort beim Schlips. Wer da? Guten Morgen, Herr Brockhaus, hatten Sie eine gute Presse heut nacht? Wo kabelt man Ihre Vokabeln, wie trichtert man Ihre Gerichte ein? Siehe Fußnotenbüchlein für Schwedentrünke à la Grimmelshausen. Wem hat und für welche Taxe sich Ihre Syntax verdingt?
Was sich da alles verdingt. Vorlaut und Rückfrage. Ich warne Sie. Ich bin sehr zuvorkommend. Wenn mich nicht alles täuscht, scheint die Poesie, deren Sicherstes ins Tausendste gelangt ist, nur noch als Sprachlehre möglich. Sie hören genau.

Wo dann so fragen
auch andre wo könnten
Postillen so fragen
wo könnten Vaganten
Vogesen so sagen
wo danken Halunken
dann so wo winken
Mantillen wo tanken
Semanten Vokabeln
Walküren womöglich
flamboh

Vom Sichersten ins Tausendste
und auch Pirol gelangte schon
zum Regen aus der Traufe
da war Pilatus noch im Feld
und ungezwitschert blieb die Weite
vom Hundertsten ins Bläueste
von Mann zu Mantua und Manchen

von Weitenheim zu Langenflur
zur Nachtruh von Katharso
kam der Profoß zu seinem Pferd
und auch der Berg zum Hetschenpetsch
vom Kürzesten zum Sommersten
zu naß zu kurz zu Fuß zustand
kam der Pirol ins Tausendste

Zum Bändchen – *Vom Sichersten ins Tausendste*, 1969 – bloß ein paar Stichworte:
Mein Interesse am sprachlichen Molekularbereich,
an Redewendungen, Festgefahrenem,
aber auch an Kinderliedern, Abzählreimen, stark Rhythmischem.
Diese Kleingebilde sind zum Großteil noch in Bukarest entstanden, wo ich damals beim Rundfunk war und mich mit einer Sprache herumschlug, die aus extrem genormten Fertigbauteilen bestand.

Olehoff warf die Flinte ins Korn
und auch andere Redensarten
zu gefährlich schien ihr Versagen
seit die geflügelten Worte
in Schwarmwolken bald
hin und bald her die
Täler verfinsterten und
keine Kugel sie traf

Größtenteils
und manche sagen
dann wofür die
Wand zum Rücken
womöglich zum Rücken
sagen manche
zur Vorsicht

Unter Trappe
was man sich so
unter Trappe
vorstellt
was man
anfängt damit
und wohin es führt
woher es denn hat
diese trappenmäßige
Natur auf Anhieb

Die sogenannten
Hütten nun ja
und deshalb aber
eigentlich wie
das sind doch
die Hütten
und nicht
die Hütten
ach so das
waren das heißt

und was wäre
was man so unter
Trappe vermutet
anders als Trappe

wir werden
wem denn na
ihnen den
Hütten den
sogenannten

Auch ist die Freundschaft mit der Sprache eine lange lange Geschichte, oft auch eine gruslige Geschichte, und wer diese merkwürdige Freundschaft nicht schon in der Kindheit schließt, für den ist sie, fürchte ich, für immer verloren. Erinnerst du dich? Ich ging damals noch in den Kindergarten. Mein Vater war nicht nur Zeichenlehrer sondern auch jeden Sonntag ein zünftiger Jägersmann. Am Montag hing dann der Hase an der grauen Holztür, er hing an den Hinterläufen, blutig baumelte der Kopf, und das große Montaggeschäft, bei dem ich zusehn durfte, das Fellabziehen begann. Na ja, und dann geschah es einmal spät am Abend, wir Kinder schliefen im gleichen Zimmer wie die Eltern, daß ich aufwachte, und im weißen Schleiflackehebett mit der kunstvoll geschnitzten Rosenvase, unter der mein Lager stand, hörte ich Vater über irgendwelche Gelddinge flüstern, und dann die schrecklichen Worte: »Man zieht es mir ab«. Ich sah Vater an der grauen Holztür hängen, sah ein Waidmesser an der Innenseite des Fells die Häutchen trennen ... Und inmitten meiner kindlichen Ängste, ich weiß es, war es die erste ans Leben greifende Begegnung mit der Sprache. Ich nahm sie wörtlich. Sie nahm mich beim Wort.

Autobiographischer Text

Obwohl mein Vater nicht nur Zeichenlehrer war sondern auch später einmal starb, hat meine Mutter mich zwar sowohl in Siebenbürgen als auch in jenem Jahre, das für mein weiteres Leben ausschlaggebend werden sollte, aber doch geboren.

Ähnlich komplexe Sachverhalte sind seither in zunehmendem Maße daran schuld, daß ich nicht nur Gedichte schreibe, sondern auch andere nicht.

Vielleicht hängt alles auch damit zusammen, daß ich in der Schule – Platons Schule natürlich; wo gesprochen wird, wann immer, dem blüht sie – nicht genau aufgepaßt habe, wie Schuld und Sühne sich zu Krieg und Frieden verhalten (wie Romane nämlich, einerseits, doch andererseits biographisch, jeweils wie reziprok), und zwar weil ich grad damals unter den

Dampfkesseln Nachtschicht hatte, um gegen Ursache und Wirkung ein bissel historisch und ein bissel immun zu werden.
Später war ich Kistennagler, Betonmixer, Wohnbaukostenvoranschlagkalkulator, in einer kraus waldigen und ondulatorischen Landschaft, die mit Musik zu tun hat; kurzum, was ich so über mich erzählen kann, ist nachher (d. h. bedeutsam betrachtet) auch wieder künstlich, also komponiert; freilich hab ich dann studiert, in Bukarest, und sogar beim Rundfunk gearbeitet; als Reporter war ich aber schwach.
Trotzdem, auch nach ein paar geographisch weiteren Hupfern und Einsichten, krieg ich noch immer eine komische, das heißt freiberufliche Gänse- und Vagantenhaut, wenn ich so sag: »Ich bin Poet« – oder gar »Ergo sum«. Suspekt, suspekt. Denn von all den Erkenntnisgeschäften, über die ich dann Buch führe, sind zwar auch manche abwesend, doch selbst die Vordrucke entbehren fahrlässig der Vollständigkeit.
Ansonsten erkläre ich hiermit, daß ich im Nageln von Butterkisten weniger gut bin als im Nageln von Auberginenkisten, bei denen ich es einmal auf 800 Nägel die Stunde gebracht habe. Es lebe die Auberginenkiste, sie ist eine Naturschönheit.
»Unterschiedenes ist gut.«

Im Beschreiben den Unterschieden auf die Spur kommen, wobei das Untersuchungsinstrument, die Sprache, plumper und doch auch feiner ist als der Gegenstand, den sie nicht nur untersucht sondern letztlich auch entstehen läßt und darstellt: die Beschreibung, so und nur so, das Unterschiedene. Bloß: die totale Beschreibung gibt es nicht. Und jede Untersuchung verfälscht das Ergebnis. Diese Unmöglichkeit bleibt als Stachel, vielleicht als Motor.

Ja, ich wühle im Gedächtnis. Brocken, Splitter. Anekdotisches. Wenn etwa der Sprößling, einer elterlichen Unterredung lauschend, den Satz aufschnappt: ». . . dann werden sie es mir abziehn«, und daraufhin sich die Szene nüchtern ausmalt: den Erzeuger, kopfunter an die Tür genagelt, die Haut, ein Hasenfell, in Fetzen hängend, über die Ohren gezogen. Wieso falsch verstanden? Können Sätze sich irren? Nein, im biographischen Kontext hat mein blutiges Schreckensgemälde noch immer den Erkenntniswert eines Gedichtes; und es ist belanglos, ob ich es mag oder nicht – ich rede ja mit diesem Satz, auch jetzt, von Kopf bis Fuß, das wird man abziehn müssen, immer immer wieder, Flieder, Schellackplatte, sonst gar nichts. Was ich memoriere, sind alte Hüte, Schlager, Schlagzeilen, Maskottchen, deren Aura in die Wörter, mit denen ich rede, eingegangen ist.

grosvenor

der ohrwurm grosvenor (warum grad er?) war hier
bald ist er fort, ich stelle ihn mir vor

weniger dick, eher grasmasken-fortsatz linde, fritz
lang etwa (eben zwischendurch an worms gedacht)

so aber er, intravenös, kam, sah kixte – grün?
nein, grosvenor, ich müßte nachschlagen

ihm die sache mit hilfreich und glück (g-h-i-j)
abverlangen und/oder rosmarin am stengel (rock)

da fortinbras zieht und alle orte schon an fortinbras
erinnern (so ähnlich) – war es mir darum zu tun?

über geographie mit schulschiff donau und groß-
vater r. wolf (umseglung, pula 1899) – fort damit

bis kinderhort – nosferatus transfer: bitte keine
ohrmuschel hawai mit wirsingkohl (boxeraufstand)

zumal luxor zuvor (sven hedin/sphinx) kein ravens-
burg vor ort in allen pendeln edgars – wallerfahrt

noch sorge phosphors (a-f-k) wie ich mir's vor-
stelle, falls grosvenor hier war (fakir)

so aufsumpfig, schuppig, solvent, gasnarbe, auch
sauertopf aber, wo ist er hin, wer war er nun

Rabensohn

O Rabensohn o Rabensohn
der krumme Hund der krumme Hund
das Inselreich das Inselreich
auf weiter Fluh auf weiter Fluh

der krumme Hund der Rabensohn
das Inselreich die weite Fluh
der Wochentag der Wochentag
auf weiter Fluh der Wochentag

Ich bin ein Schmarotzer der Weltgeschichte weil ich in meinen Texten nicht wohnen, mich an ihnen nicht wärmen, von ihnen nicht ernähren kann; Robinson Crusoe war kein Schmarotzer

der Hefeteig der Hefeteig
des Rabensohns des krummen Hunds
des Inselreichs der weiten Fluh
des Hefeteigs des Hefeteigs

das Element des Elements
die Null der Null der Null die Null
das Grammophon des Grammophons
der Rabensohn des Rabensohns
des Rohrkrepierers Hefeteig

der krumme Hund auf weiter Fluh
des Donnerstags des Donnerstags
das Grammophon des Donnerstags
des Inselreichs des krusen Hunds

die Kuh der Pu die Fru die Crew
die Knautschzone der Fugencharakter
des Tanks des Schranks des Hefeteigs
die A der Ma der Zo die Ne

o Rabensohn o Rohbenzin
geh ent emp er geh zer ver zu
die Hand am Kopf der weite Hund
am Horizont der krusen Fluh

Knicke den Umgang mit Maschen
fädle mit Maschen die Kogge
stricke mit Schellen und häuble
zwei grad zwei versprochen zwei sauer
winde die Locke ums Fechtbein
streck nach dem Haken die Maschen
flagge die Maschen am Fock-Topp

Vom geknickten Umgang mit Texten wie Personen

Einmal aus der Werkstatt plaudern von diesem Umgang, den man auch Übersetzen nennt; Umgang im Sinne von Umgehung des Unmöglichen; und Übersetzen demnach wie »neben die Schule gehen« – aus der zu plaudern sich einer anschickt, der steif und fest behauptet, er sei, wenn nun mal zwischen Selberschreiben und Übersetzen unterschieden werden muß, in erster Linie der Selberschreiber; und dann erst, im Abstand seines launisch sich die Rosinen herauspickenden, letzten Endes durch Abschweifung und Wechselbad doch auch irgendwo erquickenden Hobbys, halt nebenher und nebenbei manchmal ein Übersetzer. Daß mir bei dieser Unterscheidung nicht ganz wohl ist, verdanke ich leichtfertigerweise eben dieser Schule, neben die zu gehen ja auch kein Zuckerschlecken ist, undsoweiter.
Keine Theorie des Übersetzens also. Bloß ein paar Aspekte, Überschneidungen, Punkte, wo Bio- und Bibliographie Knötchen ansetzten.
Wenn etwa »Kindheit«, »Muttersprache«, »Siebenbürgen« in diesen Worten gedacht werden, »das Vaterland« aber wie eine Übersetzung von »patria« klingt, so ist die Staatssprache Rumänisch zwar eine Fremdsprache gewesen, aber doch ein nicht wegzudenkendes Randfeld der eigenen – und diese wiederum so eigentümlich vertraut, daß sie als Deutsch bezeichnet

werden kann. Vielleicht leben und definieren sich Sprachen von Minderheiten ständig durch ständig übersetzende Vergleiche – der Januskopf in der Suppe, das schizophren gespaltene Haar, der schiefe (produktive?) Unterschied. Da steckt im Selberschreiben auch schon das Blinzeln nach der Bedeutung durch grundsätzlich andere Raster (etwa die der Staatssprache in einem »hellen Kopf«), das Rechnen mit den engen Maschen und den weiten Maschen, bzw. ihrem Übersetzungsverhältnis untereinander. Und der Reiz des Maschenknüpfens. Und die Neugier auf dieses Blinzeln in Texten anderer Selberschreiber, auch der rumänischen Kollegen. Erst übersetzt heißt richtig gelesen. Erst ausformuliert heißt etwas verstanden. Kein Wunder also, daß ein deutscher Autor in Rumänien sich bemüßigt fühlen konnte, auch Übersetzungen aus dem Rumänischen zu machen – für die rumäniendeutsche Leserschaft, denn es wird publiziert; aber heimlich, und weniger heimlich, im Hinblick auf die imaginäre deutsche Leserschaft seines Auslands (»wo alles so heißt wie es ist und ist wie es heißt« – Ansichtskartenreflex, Regenbogenlinguistik). Daß manche dieser Übersetzungen ins Kunstgewerbliche gerieten, lag nicht immer am Original. Auch meine Anfänge (Gedichte und Prosa von Tudor Arghezi, Panait Istrati und anderen, jüngeren Autoren) will ich davon nicht ausnehmen.

Andererseits bin ich rückblickend ziemlich davon überzeugt, daß die Anderthalb- oder Eindreiviertel-Sprachigkeit (wenn die rumänischen und andere Sprachkenntnisse hinzugerechnet werden) auch die Schärfung des Bewußtseins für die eigenen Schreibmöglichkeiten und -positionen aktiviert, fast gar geprägt hat.

Kurzum, 1965 etwa stieß ich auf das Werk des 1895 in Siebenbürgen geborenen, 1961 gestorbenen und offiziellerseits eben wieder ans Licht geholten rumänischen Dichters und Kulturphilosophen *Lucian Blaga*;

der in den frühen Dreißiger Jahren rumänischer Legationsrat in Wien war, 37–39 Gesandter in Lissabon, bis 48 Universitätsprofessor in Klausenburg und nach 51 dann einfacher Bibliotheksangestellter, zeitweilig in extremster Klausur (Gefängnis); der nebenbei den Faust und Werke von Lessing ins Rumänische übersetzt hat – und ich war damals gerade dabei, von Bukarest aus, jenseits der Karpathen die Landschaft meiner siebenbürgischen Kindheit und Jugend wieder einmal neu zu entdecken, viel Privates spielte da mit; *noch* war man versucht, dem Schaukelmoorgefühl der nachstalinistischen Jahre etwas wie ein neoklassizistisches Vertrauen vorzuschießen, *schon* meldeten sich Zweifel an der mit Hilfe von Sprach-Fertigbauteilen postulierten »historischen Gesetzmäßigkeit«, bei der es auf Hobelspäne nicht anzukommen habe – und da unterstand sich einer wie Blaga, Jahre zuvor mein hügeliges Refugium ausgelotet zu haben: der muß doch übersetzt, also übertönt, also zum Schweigen gebracht, zu eigen gemacht, also, und sei es als Goethe- oder Benn-Paraphrase, zur mystischen Auferstehung gebracht werden! Professionelle Übersetzer scheinen ethisch konditioniert zu sein – als Amateur ist man bloß Liebhaber. Die Überwindung der literarisch-geographischen Schamschwelle der Karpathen, vom Süden her; die Sado-Maso-Komponente ... Nachträglich erscheint mir meine Zeit mit Blaga wie ein Aufbäumen in einer Sprachidylle, vor der Häutung.

Bei *Chlebnikov* – ich war gerade nach Berlin gekommen – war es was anderes. Ich glaube, mich reizte das Problem; die Unmöglichkeit, diesen Wortgebilden mit einer Sinn-Klang-Rhythmus-Übertragung beizukommen; die Herausforderung, seine Methode, die er als »Sternensprache« universell theoretisiert, aber den Ableitungs-, Kombinations- und Flexionsmöglichkeiten der russischen Sprache entnommen hatte, auf die im Deutschen angelegten Möglichkeiten zu übertragen. Reizvoll auch, weil Peter Urban, 1969, als er sich das Chlebnikovprojekt in den Kopf setzte, sich an eine ganze Reihe von Autoren wandte, alles Selberschreiber; so daß in dem (inzwischen vergriffenen) 1. Band der Rowohlt-Ausgabe viele Chlebnikovtexte in drei, vier, fünf Übertragungen parallel zu lesen sind, ein Optimum an Angebot. Wenn schon »Kennen nur aus der Analogie geschieht«, dann besser noch, wahrscheinlich, aus mehreren Analogien.

Uns standen die Texte sowohl im Original als auch in einer äußerst gründlichen semantisch-etymologisch-morphologisch-syntaktischen Textanalyse (von Rosemarie Ziegler) zur Verfügung. Einer Zeile Chlebnikov entsprach oft eine ganze Seite Beschreibung. Spannend war wie gesagt zunächst die Abstraktion: was da alles innerhalb des Russischen passiert; und was das Deutsche an Möglichkeiten bereithalten könnte, müßte. Wahrig, Kluge, Dornseiff und andere Wörterbücher halfen mir, deutsche Stammsilbenfamilien, oft bis zum Indoeuropäischen hin, zu durchforsten. Wirkliche Hilfe im einzelnen, waren, glaube ich, die Ko- und Tugendbolde meiner durch relative Mehrsprachigkeit, durch ein eklektisches Germanistikstudium und durch die Liebe zu barocker und experimenteller Literatur erworbenen »Aufweichung« des normativen Denkens – sie gaben mir den Mut zu Hochstapelei & Invention. Klanglich war auch einiges zu bewältigen; ich hielt mich lesend ans Original. Einfachstes Russisch – Lebensfunktionen und Arbeitsbereich – hatte ich ja noch im Ohr. So vermute ich, daß sich da einiges überlappte: Chlebnikovs Sprachlabor und privates Seelenlabor; in dem ich mich durch Hinwendung und starke Beschäftigung wohl auch am Deportationserlebnis früherer Jahre schadlos halten und ein wenig abstoßen konnte. Ich skizziere nur die langen Reihungsgebilde (Kraftakte) auf die Stammsilben »lach«, »lieb« und »mach« oder auf die Lautmythologien des P (Perun) und des L

(Protokoll vom El); andere, kleine Gedichte erforderten eher eine alchemistische, mikrosynthetische Übersetzungsmethode – insgesamt möchte ich zur Arbeit an Chlebnikov sagen, daß sie stellenweise wie ein Freiheitsrausch war. Der Selberschreiber hat, vom Impuls her, profitiert. Damals begann er, immer nebenher, seine krimgotischen Lieder und Balladen, die natürlich was anderes sind, hervorzubringen.

Übersetzen als Sonderfall des Selberschreibens; und im weitesten Sinne immer ein Experiment, dessen einmalige Anordnung, die von der Sache kommt, auch eine zum Projekt gehörende Ästhetik generiert. Wenn ich recht überlege, sind es meistens Zusammenführungen besonders auseinanderliegender Dinge, schwarze Schafe, weiße Kälber, Metapherngeröll – diskontinuine Geographie. Erwähnt sei bloß mein Kreuzungsversuch einer Kleist-Anekdote (von den zwei Baxern) mit einem Benn-Gedicht (Am Brückenwehr), jeweils der Wortschatz, in der Reihenfolge des Auftretens, des einen mit der syntaktischen Struktur und Rhythmik des anderen. Kleist durch Benn strukturiert und umgekehrt, ich katalysatorisch dabei. Das Ergebnis dieser »Berliner Kontamination« konnte ich nicht voraussehen, das war die Anmaßung. Was wie ein spielerisches Puzzle begonnen hatte, erwies sich im Verlauf als unheimliches Spiel auf eine nahe Zeitgeschichte zu; ein Sog, der mich so betroffen machte, daß ich mich berechtigt sah, den Versuch mitsamt der Fußnote, wie er zustande kam, als literarischen Text festzuhalten. Irritiert bin ich noch immer; so ganz mechanisch einwandfrei (überprüfbar) ist die Sache nicht, denn trotz Methode und Machart: die Vorauswahl, die Vorentscheidung hatten bei mir gelegen. Freizusprechen bin ich nicht.

Gleich zu Beginn zwei Enthüllungen. Die eine betrifft die unkluge Besessenheit, die mich packt, sooft ich in die Reichweite eines Puzzles gerate. Das Puzzle kann jahrelang im Schrank in seiner Pappschachtel schlummern – komme ich vorbei, so ist es aus: wir zwinkern uns zu, wir packen uns an, und aus, eine Verschwörung von Stunden, Nächten, Atemlosigkeiten, die aber seltsamerweise nicht ins Gewicht fallen: es geht um die Wurscht, die Ehre, unsere Integrität; ja das Leben hängt davon ab. Für die Alltagsgeschäfte sind solche Puzzle-Euphorien natürlich die Pest. Und was

Oder *Petrarca*. Im Nachwort zu den »33 Gedichten« versuche ich zu erklären, wie mein Petrarca-Projekt zustandekam, worin die Brechung zum Kennenlernen bestand und warum es keine »Übersetzung« oder

»Nachdichtung« der entsprechenden italienischen Sonette im herkömmlichen Sinne ist. Das Unterfangen war einfach skizziert: »Wie ein rund fünfzigjähriger, aus einer kraus waldigen ... Landschaft stammender, von seiner Biographie ziemlich hin- und hergeschobener, heute im anonymen Westberlin ansässiger Autor, also die Stilisierung von mir, sich nach rund 600 Jahren den Gedichten und der Person seines Kollegen Francesco hinter den sieben Alpen zu nähern versucht hat. Und dabei wieder Texte entstanden ... Daß ich nicht italienisch spreche, war ja nicht ausschlaggebend. Als ich dann aber, es geschah plötzlich, eine (vermutlich mir gemäße) poetologische Aufgabenstellung zu entdecken glaubte, hatte mich bereits die Neugierde gepackt. Und zwar: versuchsweise einmal zu sehen, was innerhalb der poetischen Vorgänge, im Spannungsfeld der Begriffs- und Metaphernbildung, sich während der Kenntnisnahme durch Sprache ergeben könnte. Plump gesagt, die Metaphern (und auch der Umgang mit ihnen in manchen vorhandenen deutschen Übersetzungen) schienen mir unzuverlässig, aus zweiter Hand; es reizte mich, sie abzuklopfen, anzurubbeln, wie Abziehbilder; bloß mit dem Unterschied, daß ich hier ja die glänzend-bunte Oberflächenschicht der Bilder probeweise ›beseitigen‹ wollte, um herauszufinden, was sich, eher matt, monochrom, an Anschauung, Erkenntnisvorgängen, ja vielleicht Erkenntnistheorie, ›darunter‹ verbirgt; bei Petrarca verborgen haben mag. Die äußere Sonettform schien mir im Fluß seiner Wörter so aufzugehen, daß ihr Vorhandensein nichts als natürlich war, d. h. auch keinen eigentlichen Vorwurf darstellte. Neugierig war ich auf den fremden, also ›meinen‹ Petrarca; durch den methodischen Trick, seine Metaphern ›in statu nascendi‹ zu überraschen, konnte ich durch die Zeitfalte schlüpfen und mich ihm nähern – ein wenig.« Wenn ich am Schluß des Nachwortes dann frage, inwieweit »das Verfahren« an meinen Gedichten

bleibt auch schon übrig, nachher, außer der Erinnerung an eine Entäußerung (»auch ich bin mal auf einer Reise gewesen, die nicht ein Teil von mir war«)? Wie gesagt, seltene Hochzeiten, herrliches, auf die eigene Kappe genommenes Schule-Schwänzen. Als ich den »Grünen Heinrich« las. Vor 30 Jahren, um die Osterzeit, an einem Bahndamm unter einer unwahrscheinlich perfekten siebenbürgischen Kirschblüte; die dumme Meßlatte einer ebenso dummen Militärdienstzeit (die damals den Erdaushub am Bahndamm betraf), vergessen neben mir im Gras – Gottfried Keller, aber um den ging es ja nicht, sein Grüner Heinrich, aber um den ging es ja nicht, mein Selbstentzug unter den Eierschalen jenes Frühlings, aber um mich ging es ja nicht: so ein Puzzle! Solche Einzelheiten! Ein so totales Lesen und Gelesenwerden.

Oder, mit ähnlich ganzem Anspruch, einmal die Lektüre des dicken »Henri IV« des ebenfalls dicken Heinrich Mann.

Oder »Der Einzug der Königin von Saba«, ein schwedisches Puzzle, handgesägt, ein Meisterwerk naiver Durchdringung von Schriftband und Pinselstrich – da kommt sie gefahren, und die Kalesche hat Speichen und Federbusch und Mohrenköpfe-Sattelknöpfe und andere Trittbretter für den Fährtenleser, der sich ertappt glaubt, während er die gemeinsame Struktur falscher und echter Anschlüsse ertappt. Kaum fertig, ist sie davon. Aber Sie warten auf die zweite Enthüllung.

noch ablesbar sei (nein, es ist nicht mehr zu erkennen, ist auf der Strecke geblieben, oder passiert, oder ausgeklammert – Feststellungen, die wiederum etwas vom »Inhalt« der Gedichte umschreiben), so deshalb, weil im Projekt es mich ja bewegt hat. Nun sagen wir: interessiert das Muster, so ist es auf eine interessante Weise entstanden; ist das Muster undeutlich, wird an den Glauben appelliert; Glauben ist nicht interessant. Mich interessiert aber die Hexenprobe: Wer nimmt mir ab, daß ich bei der Herstellung der 33 Gedichte »aus« den 33 Sonetten nicht gemogelt habe? Oder so gemogelt, daß ich guten Gewissens sagen kann, ich hätte nicht gemogelt? Freilich, wenn ein Rest von Machart an die Oberfläche kommt, werde ich überführt – die Sache wird prüfbar, also schuldig, eine seltsame Kategorie, mehr als Attrappe nämlich, die im Projekt eingebaute Krise des Projektes. Nur solange »meine Petrarca-Gedichte« unvergleichlich erscheinen, schenkt der Leser ihnen Glauben, oder nicht. Er wird an meinem Projekt geprüft: vertraut er ihm unbesehen, so ist er verloren, ein Weggefährte »auf meiner Seite« des Scheiterns. Andererseits sind die treuesten Leser natürlich jene, die mir mißtrauen: so will ich es ja; und sie finden Substanz von Petrarca auch gegen mich in den Texten, falls sie sie finden. Zuneigung, falls es sie gibt, mißt nicht – das ist der Inhalt. Ich bin aber der Leser, der mißt, der Schreiber, der mißt, der Widersacher des Messens in einer Person mit dem Gegenstand, mit dem ich mich nur messen kann. Wie gesagt, die Hexenprobe. Indem ich mich eigenmächtig setze, denunziere ich Wort, Schöpfung und Setzung. Die dritten Sachen sind Vorgänge, der Wortschatz ist Inquisition. Unvorsichtig sind die Vorschüsse »vor den Bug« – vielleicht eine Chance, vielleicht schon wieder Galionsfiguren. Ohne Metaphern gäbe es keinen Abgrund unter den Planken, zum Scheitern. Mein offener Schiffbruch kleistert gleich die Mißverständnisse zu. Gleichzeitig liefert

die Welt sich zu den Texten nach, das heißt ich glaube, indem ich rede, sie tut es.
Der nächste Autor ist ein lebender Autor. *Marin Sorescu*, Bukarest, geboren 1936, einer der wenigen rumänischen Lyriker, der mit leichter Schulter seit Jahren einherkommt, etwas wie den Atlas tragend; ihn zu übersetzen, hat mit Entspannung zu tun (Rekreation, Pause im Schulhof, Luft schöpfen – gegen Erschöpfung). Bälle, die mir zufliegen, die ich zurückgebe, die ganz normale Technik, 1 : 1. Ist es wirklich so einfach? Die Realismusfalle in puncto Übersetzung lauert wohl in der Vorstellung, hinter dem Originaltext stünde ein Sachverhalt, ein Tatbestand, den es bloß zu präzisieren und dann ins Deutsche zu bringen gälte – sozusagen etwas intermediar Wirkliches, aber Außersprachliches. Nur: wie denke ich diesen Sachverhalt? rumänisch? deutsch? mathematisch? in anderen Zeichen? Hier kommt Whorf ins Spiel, den ich noch in Bukarest verschlungen hatte, Sprache und Denken. Es gibt also, streng genommen, kein Übersetzen. Nur Konfrontation, Begegnung mit der Grenze, die Illusion des Kennens und Lernens – und wie ich sprachlich reagiere. Die Sprachen in mir sind inkompatibel gemengt, Wasser und Fett, eine Art Emulsion, bis zur Verseifung. Bei Sorescu spreche ich ein falsches Rumänisch und ein falsches Deutsch – gerade falsch genug, daß es im Glücksfall stimmt.
Nüchterne Abwägung: Ich weiß nicht, was übersetzen heißt. Gewöhnlich wird bei Übersetzungen das Honorar halbiert. Für entlegene Sprachen gibt es in Verlagen keine Lektorate. Profi-Übersetzer kümmern sich um Aufträge. Man müßte entweder kein Selberschreiber sein oder zwei Leben haben. Ich setze meinen Namen nicht unter fremde Texte. Den Vorschuß, den ich leiste, stecke ich mir an den Hut, den ich nicht trage. Lustig ist das Zigeunerleben. Nie wieder – bis zum nächsten Mal.
Es gibt in diesem Geschäft einen Aspekt, über den ich

nicht viel reden möchte; wenn Staatsgrenzen so verlaufen und Systeme so beschaffen sind, daß der Übersetzer unweigerlich in die Rolle gerät, im Leben anderer Schicksal zu spielen, wenn er den einen übersetzt, den anderen nicht, diesen Text oder jenen; ich denke an Institutionen, die Texte eindampfen, bis nur noch ideologische Knetmasse übrigbleibt ... oder wenn der Übersetzer etwa in die Lage kommt, nicht mehr übersetzen zu wollen, bis seine Familie nicht beisammen ist – und diese Kraut und Rüben verquickende Pokerebene ihn anwidert, aber vernünftig ist ... nein, ich will nur sagen, daß mir die Aura des Übersetzers als Kulturvermittler manchmal dürftig erscheint, daß diese Vermittlung dann oft ein Zufalls- oder gar Abfallprodukt ist – so schön und wichtig sie im Ergebnis auch sein mag.

Schnitt. Wer legt in diesem Detektivspiel die Fährte, wer verwischt sie, wer ist der Gesuchte? *Tristan Tzara* hat, bevor er 1916 nach Zürich ging und dann nur noch französisch schrieb, in den Jahren 1912–1915 mehrere Gedichte in rumänischer Sprache verfaßt und zum Teil auch publiziert. Frühe Gedichte also, und noch nichts, oder, wer weiß, vielleicht doch schon was von Dada? Als ich vor gut drei Jahren die von Saşa Pană gesammelten rumänischen Gedichte zu übersetzen begann, interessierten sie mich fast nur als Dokument. Dann passierte etwas Seltsames: beim Übersetzen war mir plötzlich, als hätte ich es mit ins Rumänische übersetzten – und zwar oft ungelenk und fehlerhaft übersetzten – deutschen Autoren zu tun, menschheitsdämmernden, Else Lasker-Schüler etwa, aber auch Trakl, manchmal auch Heine; und die es nun gälte, in ein mögliches Original zurückzuübersetzen! Nichts Belegbares; aber gerade die vermeintlichen »Fehler« waren irritierend – wenn Tzara z. B., ausgehend vom deutschen Homonym »Futter«, den rumänischen Ausdruck für »Nahrung« in einen Kontext setzt, der schlüssig würde, wenn er das rumänische Wort für »Bekleidungsinnenseite« verwendet hätte ... Ich weiß zwar nicht, was Tzara damals alles kannte, aber als Übersetzungsmotor hat mir die »imaginäre Retroversion« doch ein paar Lösungen nahegelegt.

Und immer noch ein Wort zur vertrackten Beziehung zwischen Selberschreiber und Übersetzer einerseits, und beider zum sogenannten Originalautor. Launisch – ja; diffizil – ja; doch kein Grund zum Lamentieren. Selbst wenn da Rivalen sich auffressen, einander einverleiben, nach Legitimation wie nach Absolution schielend, anmaßend, irreverent, Hochstapler und Wucherer mit der sie umgebenden Unwissenheit; im Grunde schleichender Rufmord wie lebensstrategischer Notnagel – in der Tat, »Rufmord und Notnagel«, so könnte man den freiwildernden Umgang mit fremden Texten und Autoren dann nennen; gemeinhin läuft das unter Gottsuchertum, romantischer Ironie, Sprachmystik.

Im Funkhaus Baden-Baden soll 1969 darüber diskutiert worden sein, ob *Urmuz* nicht etwa bloß eine Kunstfigur Ionescos sei. Als 1976 »Das gesamte Werk« von Urmuz deutsch vorlag, wiederholte sich das mitwisserische Blinzeln, diesmal in meine Richtung. Ich versichere hiemit, daß mir schriftliche Äußerungen von und über Urmuz noch in meiner Bukarester Studentenzeit vor die Augen kamen und daß, was in Zeugnissen auf gut Glauben über Urmuz zusammengetragen werden konnte, jetzt in den mitzulesenden Stücken der *Urmuz Legende* steht; dieses Zeitgenossen Kafkas, der im Zivilleben Herr Richter Demetrescu-Buzău, in seiner nächtigen Existenz aber Autor und Komponist, also Urmuz war, angeblich durch Selbstmord endete und zur Galionsfigur der rumänischen Avantgarde aller Schattierungen wurde. »Mit knurrenden Mägen und in der Dunkelheit außerstande, die ideale Nahrung zu finden, die sie beide so nötig hatten, nahmen sie denn den Kampf mit verdoppelten Kräften wieder auf, und fingen unter dem Vorwand, man nasche voneinander ja nur, um sich zu ergänzen und besser kennenzulernen, an, sich mit zunehmender Wut ineinander zu verbeißen, bis sie, sich nach und nach gegenseitig aufessend, beide beim letzten Knochen angelangt waren ... Algazy war zuerst fertig ...« (Urmuz, aus: »Algazy und Grummer«)

Lameles Eiland
(Avertisen und Kuittn)

»... nimmt Turnavitu auch einmal im Jahr die Form eines Kanisters an, und wenn er vollgelaufen ist, mit Petroleum, dann unternimmt er eine ausgedehnte Reise, gewöhnlich zu den Inseln Majorca und Minorca; und fast alle diese Reisen bestehen aus Hinfahrt, Aufhängen einer Eidechse an der Klinke der Tür der Hafenkommandantur und dann wieder Rückkehr zum Vaterland ...«

(URMUZ: Ismail und Turnavitu)

OA-OA ist der Vorgang zwischen BUNKER und TAGESGLUT, welche gegenseitig, alle beide, litanisch anzubrechen pflegen. Als »Abstrahldom« fungiert eine Wulstung, die »Melone«, gefüllt mit dem begehrten »Fermaceti«-Öl. Nur MANUS KARDAN besteht auf der »Örtelung des Dialogs« – macht aber dauernd den SCHWARZEN PETER zum AGERMENT, eine ebenfalls litanische Verstörtheit. Später, wenn das »reisige Sigma« Leimrutenstreiche an die Wangen, alle beide, des treuen Brutuz verteilt, ist kein Futuz mehr zugegen, weder Schwimmweste noch Gürtelrose, Isel-Schlamm, Migrastion, Einfühlsamt, Lastrost, Ischl-Wal bzw. Wigwam, Diptam, Scherbengericht – eine heiße Spur.

DES JAMERS LAM hin Wolle
und Beta Flumen – es an-
erwahn jedocht: 1 offen-
standen Molima mit Speck

Zivil und Essear ischten
keines Bor: am Nullpunkt
nur ein Hinling – da die
Dament ungemein maroders

und fackelter (es Jamers
Lam) vor nicken Trosamt:
Oas Beta-Ciss die vielen
kleinen Pümptches Krotor

Eine in Federn plene Na-
tur (ex fregax aul) ver-
mochte selbst an Bömeres
Nor Ulkusch die Äskorzen

SINN UND ZWECK solcher Postpotlatschen (Datten & Putten, Informationsgekröse) erscheint im Hinblick auf die Praktiken der OAKISCHEN SCHOPYRLA als »mieser Hausmann im Korb«. Erst das Brühwarmsystem (»ein gewagtes Wort«) ihrer Kükel-Attrappe ermuntert die Elite zum Fußvolk – wir haben es mit eingepflanzten Miniphroditen zu tun. Wird ihnen der Dolden unter dem Bolden entzogen, so zeitigt »jede phonetische Aufgabe« ein »Echo von lioten Flächen«, etwa die Miselsucht zum Firnsalz, den Feuchtigkeitsstau oder das fliegende Hollein mit Polkapokal und Kniehöhe aus dem zierlich behaarten Schnitterwinkel – »und auch sonst nicht gekrönt«. Ja, Schopyrla pflegt den Magnetismus auf den Boden zu pfeffern ... folglich auch den Phil, den Phob und den Phag. Es ist ein Jamer.

ISOLAPES EUDOPSIE:
Saolizium
per
Lio-Burst
Zibini-Fez per Sio-Xil
(Alisium silesne Phlox)
per Ensele & Solistiz –
Trennschärfe

Ensil per Wolkenwand
graun Lentach emigerst
in Talmesch-Phlogistan
per Kniwwel & Belutschi

Grant
Oalision
Hebbal:
Grünstich-Haut
zweier Biersiegel-Römer
(per Sesen-Ise & Haimes)

Plux
Renzelgenero
Plux
Lupenreins (Gestichtete)

LAMELES ÜBERFLUM besteht aus Schimmer und Rohr. An Überflums Ende beginnt Oa-Oa. Wenn Lamele dementsprechend anbricht, verlieren sich Schimmer und Rohr – die Sachlange ist die eines Ablaufs, nicht unüblich, aber durchaus so, daß es passiert (andauernd diese Hisenzeum & Kürlinger & Lobos Söhne mit den See-Igeln und Schafskopf spielenderer Gahltöchterées: abschirming unstetem Landlam!).

OHM-ZESCHELLEN
d'Rubbin' Papille:

Asons Eigensing
in Paradays'
Hefe-Kapitel . . .

Oatam Freddach
tas Almol Engsil
oatal koilesten
Schmüzm-Attest
»die Puffer-Plantagen«

Porzellanose per Isolamelle
Lotomanuto per Krupel & Istel
Oman per »Edesko jedosch«
(Oa Geo Äppäs)
Goa Pefferle

LAM ENTDECKT VON TIEFEN SÄULERN GEBEUTELTES SCHISMA – Lam wird von einem Vliese überfallen: Ära der Araken (»Lausch im Pelsch«) und Diplomatischer Konstantinoppel (»In-Split«). Lam und Mar; Lam und Stal; Lam und Worf; Lam und Leng, Lam und Oms. Lam zwiesam Lam (»Jakobsleiter im Rozenhag«) – eine groafe Garoafe.

SAH KUMMER ORN UND Elsas Rahm
schnitt landlau Ehrenpreisest
in Pulm und Frohsack kahm und
ging des Umblums Lab und Wome
per Ziesenkind und Migrastion

gemezetlich Bleu Diesels Brut
bzw. »Zwiesal-Scheren« – fing
Hildbrung Lome Kukumatz wobei
zweidrittel Lemberlyk-Azirros
mit Fernanschlag Ren Drowborn
Kahn Boot und Liebeslehm afrö
wie Pumpur faßte Nikes Em-Kel
über die schulterfreien Alpen
sitzen Es: Lomeo-Lumpur koate
ungeman ins Schneisen – voran

Welcher man in gewöhnlich als
Zerfleischigung darstellt und
Elsas Rahm noch schnüren fand
als Orn und anerlamer Kniwals
in Pala vor durster Gleichnam

NUN ALSO DIE GRAZIÖSE ÖSTERLICHKEIT auf langem L-Hut und mit spitzem Knie (10 Suren) knapp über den Isolatoren zu Bruche hing – sein Fledermund! Die Gebärden! Und dennoch: kaum Lam es bas, da Ring ihm Fum – ebenfalls ein schlagender Beweis. Nach wie vor bedecken Elam und Eiweiß die Blöße des Beileids; Text und Konsorten fallen unter Sport und Hexen-Kot; den Sepia- und Spezialimbisten gebühren »noch vor heute« Pfalmen und Pfauchsieder – Ex Boliente Lux! Nieren- und Hermelinschäden hingegen berühren, wie sollte es anders sein, Südsee und Charakter – »elementabel« wie »Mottenrost« . . . Bloß dann, wie angedeutet, die Heimkehr des totgesagten Kolons (»Park & Blumenkohl«) – bzw. der Druckabfall in schmucken Instrumenten (»Schabefleisch & Klysma«).

KAUM AN JEDEM EINEN FINGER –
und auch weder fest an ihren

aber an so einem eher keinen
und kaum einander hirtenfest

Welchem weniger als so einem
der auf den als Finger zählt
und kaum so verschieden dann
über kürzer an jeder Hand so

Zauber hatten oder so Ziegen
aber eher auch keiner wieder
und sie dann an jedem seiner
dieser böser kleinen Finger:

Welche ihren von je so unter
einen muschamalisierten Melk-
fuß stellen daß kaum an kaum
auf nicht einen könnte jeder

IM FADENSCHEIN DES GEISTES ZÄHLT DAS WEILAM zu den Tieren, welche, obgleich klippenarm, das Oberkinn verloren (»kein Ikon – kein Verlaß«), von Kuittn gesäumt, nach Zahl und Heimat zu den Schweißrollern bzw. Rollenbrechern zählen (»die statistische Brandung«) – verwandt dem litanischen Pappelschrein wie dem Tsap-el-Phyll an der Klinke zum ozeanischen Rachenraum hinter Oa-Oa, bei Gnos. Es hat blaue Zähne und einen gordischen Puma.

HAMER LAM TÜBINGEN
Bagel Bosel Flögel
Stam Gaxor Bruming
Jumbus Unger Strägel
Humer Bambus Stum
Afer Stramström Drosel
Pym Ambla Sögel
Bamel Umblock Hebel
Ripel Anker Balbö
Jamer Lam Nubel
Inger Anstel Öchelböm
Walwerk Atelgur Ägi
Mübe Zelberg Zelberg
Öser Löser Donerstag
Beifus Gustav Rübesom
Seifer Nagel Razupfel
Rampa Bürse Leifei
Zinger Absug Wänge
Uxlo Jöde Senkel
Angus Hohan Otenfris
Laba Umblum Gürel

MANUS ISOBOAME ALS »APERSCHUHFLÖTHE« – dem erweiterten Kommunikatset zur Andämmung »bis zum Abstrich«; Manus Gerippe als »Raza X« (Drift-Kratzer); Wal und Lam als U-Born (Kläranlage). Im Frühjahr die Karotten-Übse für systemantische Ardetten zum Tiburtium (Bündenprall)! Anspielung auf die Häufelung von Dünenwitzen, ein »vorüberprittelndes Ordessa«, sozusagen »Tand & Virchose« – bloß was geschieht? MALES PREFIGURRE – EIN DULDUM-KARDAN? ACH, WALAM ELES MAULAND ... ISCHLWURG ... ISCHLWURG ... Daneben sind wir Waisenkinder – dezibel, submerzibel (»Düsteres Gleichnis«).

Protokoll vom El

Fläzt sich die Breitlast der Schiffe
schwer an die Brust,
gib zu Protokoll: Sielen,
die Treidler, Schwielen.
Prasselt Steinschlag
wie Laub zu Tal,
zu Protokoll: Lawine.
Wellen, den Seelöwen plätschend,
Protokoll: Flossen.
Stellt Schnee nächtlich Schritte
von Fallenstellern fest,
Protokoll: Lapplandschuh.
Lullt Welle das Boot, die Zille,
trägt die Welle Leut drin,
Protokoll: Lastkahn.
Trägt breiter Huf
den Elch im Schlammluch,
Protokoll: Fessel.
Und ausladendes Geweih:
Damwild, etwa Schmaltier.
Ich stell mir einen stummen Dampfer vor:
Mahlschaufel keilt die Wasserlast,
schon verliert der Wirbel den Drall,
vergißt zu gründeln.
Und gib, wenn das Brustleder
Lanze und Pfeil letzt,
zu Protokoll: Latz, ein Schild.
Löckt ein lappiges Blatt
gegen pralles Licht,
Protokoll: Lattich.
Laubt die Lichtung sich an,
Protokoll: der Loh, ein Wald.
Blitzt der Schwalbenflügel länglich
als Lusch, blau, eines Platzregens auf,
zerfließt als Lusche der Last,
lädt die Seglerin auf ein Blatt,

gib zu Protokoll: fliegen,
blitzen, Machtraub-Blick.
Ist mein Liegelager
die Lade am Ofen, der Lehmweg, das Luch,
ist mein Leib ein Lastkahn, ein Floß,
befällt mich Lümmellust.
Faulpelz, Lungerer – oder Lastkahn? Wer bin ich?
Hier wie dort: Trägheit, sich fläzend.
Glieder, zum Leib geflößt,
kein Blasebalg bewegt das Laub,
Protokoll: lau, flau, Lee.
Wenn Wasser Stein ist, breit,
ein breites Flöz aus Schnee,
Protokoll: Firnfeld, ein Gletscher.
Glitsche: Schildpatt des Schulwegs.
Der liegende Lauf, flach, übers Land,
ist dem Tierleib zugelautet,
lotrecht Gehende tragen den Leut-Namen
(»Die-aus-dem-Löffel-schlürfen«),
denn nur die mit dem Leut-Namen
tragen den Rücken wie eine Pappel
lotrecht, die Zweibeiner,
und nicht wie die Tiere,
deren Rücken flach liegt.
Wo die Finger, fünf Pfähle,
als Lusche zusammenlaufen,
Protokoll: palma, die Flachhand, auch Dachtel.
Leichten fällt Fliegen leicht.
Leuten mit Leuten, Leut-Leuten, fällt
Lieben leicht. Leutliebende, Leutgeliebte.
Das El. Uns fallen Elfen ein, Elche, Lessing.
Chlebnikov spricht, während ich dolmetsche,
von den El, den leichten Leli.
Vom El als eine Stulpe
eines Platzregens vieler Punkte.
El als die Lichtlast eines Strahls
auf den Planken des Lastkahns, auch Zille.
Das Lot im Schnürlregen und im Rinnsal.

Was aber ist die Übersetzbarkeit? Sie ist einleuchtend. Sie ist so einleuchtend, daß der Fuhrmann sie dem jüngsten Sohn abnimmt und ohne Schwierigkeit durchs zwanzigste Jahrhundert vehikuliert. Sie ist ein Hoffnungsschimmer, den Worte an sich haben, die Politik machen, indem sie ihr heimleuchten. Der Kürbis wird von innen erhellt, eine Fuhre Illumination. Wir erweisen Denkanstößen die Reverenz, indem wir sie anstößig übersetzen.

El als der Weg eines Punkts aus der Höhe,
aufgehalten im Wall einer Fläche.
Die Sohle, das Fleisch, die Plane, das Land.
Im Wortleib Liebe lebt der Befehl,
die mit dem Leut-Namen zu lieben.
Und die mit dem Leut-Namen, Protokoll:
sind die, die zu lieben sich lohnt.
El macht den El-Regen zum Liebenden,
die Lache zum Liebling.
Wird ein Punkt im Wall einer Fläche aufgehalten,
gib zu Protokoll: Der Prallverlust
im Wall einer Fläche, das ist,
Protokoll:
die Ver-El-lichung,
der El-Gewinn, oder
die El-Kraft im Lautleib des El.
(nach Velimir Chlebnikov)

– oder die Elche. Welche? Die wie Häcksel im Stroh-
sack? Die Fenchelgeräderten? Die auf dem Wechsel?
Schönes Getier, stolzes Getier. Ist stolz schön? Ist

Getier stolz? Ist Getier auf seinem Platz? Von El-
chen, sagt Cäsar, sie wechseln wie Streusalz die Rich-
tung, die auf der Pfütze, die unterm Licht – das wie-

derum wechselt die Elche, grün, weiß, grau, wie eine
Flechte. Sprechen wir nicht davon. Auch Cäsar hechelt
und streckt sich: auf die Plätze! Die mit Bolzen im

Pelz legen sich prachtvoll ins Kreuz – Lagerschein;
die nächsten heben schwere Melkschemel ins Heu – el-
fenbeinerne Schaufeln; und erst die restlichen! Elche

mit Brüchen und Kugelgelenken – sie humpeln und stel-
zen. Von Gründen zu Gründen, sagen welche, sie tram-
peln wie Cäsar: die auf den Knien, die unter dem Ex-

empel – das wiederum stempelt die Elche, herrliche
Wälzungen! Die wechseln die Lichtung, den Zorn, den
Stolz, die Dichtung; diese die Elche – nichts für

ungut; es gibt welche, die sind grün, weiß und grau;
auch Flechten gibt es, Bärte, lähmende Rechnungen
wie Hampelmänner im September – beschämend schön.

derentwegen? Die Elche; hinüber? Hinüber; welche Elche? Diese Elche; von der einen Grünheit in eine angrenzende Grünheit – wie ging das? Auf der grünen Lichtung; also in Richtung? Nicht gesagt; von Elchen, sagt Caesar, sie wechseln wie Frage und Antwort, sie im Licht, das wechselt die Elche; und weil Elche älter und enger, und grüner, und jener grüner und lichter und – – – könnten Oden, die älter – – – die Öhre der – – – welche – – – lich – – – lin – – – die

Schtümi : wir
abban / ier
Zeitt / sie sie sie
wölker an gal-
bem Sstejnun : Kh :
waerden ßint
zweite
drite
achte
huellft

Ech krobbem wurd el-derstens:
Oelde laire apurbe falslafs oelre
chond-itta purps!
. . . Ng-gn aibå acului
Tü ill

»mith foertherm unk ßtangal
mig tsu fan« –

Tuth ille uan schpronk
lin
hoeld uan-uan
lin:

Err binst üb err
Schteumbe : wir
abban / ier
Zeitt / sie sie sie
fawlschloughk

»o vidal hocui
vhu choeldar-vhuaakz«

Ion tü ill
eeach-l
ihn

Text

Bei allem, was ich schreibe, ist – glaube ich – etwas wie Alchemie im Spiel.
Vor etwa 10 Jahren begann ich, in diese Alchemie auch Brocken einzubringen, die nicht direkt auf der *Schiene der Einsprachigkeit* liegen; Reste von all dem, was sich im Laufe meiner Biographie (also in einem ganz bestimmten Mengen- und Schichtenverhältnis) im Kopf angesammelt hatte: SPRACH-SATZ, der poetologisch ja schon immer nicht wegzudenken gewesen war. Konkret: die siebenbürgisch-sächsische Mundart der Großeltern; das leicht archaische Neuhochdeutsch der Eltern; das Rumänisch der Straße und der Behörden; ein bissel Ungarisch; primitives Lagerrussisch; Reste von Schullatein, Pharma-Griechisch, Uni-Mittel- und Althochdeutsch; angelesenes Französisch,

Wahrscheinlich kommt man nicht herum, sich in einem speziellen Sinn als Mystiker zu sehen. Als in einem großen Konnex existenziell Beteiligter, Eingemischter. Der im Einzelfall, am Einzeltext also, die Wirrnis, indem er sie leibhaftig demonstriert, leibhaftig zu entwirren versucht. Mit leibhaftig meine ich die Sprache als Leib.

Englisch ... alles vor einem mittleren indo-europäischen Ohr ...
Und, alles in allem, ein mich mit-ausmachendes Randphänomen.
Daß ich die – wie nebenbei – entstandene Sammlung dann nicht nur »Lieder und Balladen« sondern auch »des krimgotischen Fächers« nannte, war west-östliche Diwan-Fopperei; Simulacrum. Ebenso die Rede von einem »künstlichen Dialekt«. Aber auch: Hommage an den von Grimmelshausen (Simplicissimus nämlich), einen gewissen Isegrimm (meine Mutter ist eine geborene Wolf), an diverse Krimi-Autoren, ja und an die beiden Brüder (Jacob und Wilhelm), die dazu gehören.
Jedenfalls funktioniert mein Krimgotisch als System überhaupt nicht.
Und ist auch nur *in* diesen Liedern und Balladen vorhanden.

Wie alle echten Randphänomene buhlt nun das Randphänomen des krimgotischen Fächers um seine Beschreibbarkeit; es sehnt sich nach Formalisierung. Wir nennen das »die menschliche oder populärwissenschaftliche Seite«. Doch hat es im Unterschied zu anderen Randphänomenen auch unverkennbare Züge des »realen Haders« und der »heillosen Philosophie«. In diesem Zustand beherrscht es die Kunst des Bebens ebenso wie die zivile Gliederverrenkung (Chiropraktese); es abwest durch Dumpfen, entübt durch Namengebung, bannt durch Muskelhaftigkeit; es wildschweint; es drudenfußt und storchenschnabelt; es inhaliert seine Exhalation; es inselt und wargt, barnt und tarnt, scheuchelt und zermagt; es bindet ab; es gerinnt; es zahnt, kontaminiert, furkt, ürzt, keilt, trübt, lachst (jede Zahl, die größer ist als 10 000 Heringe), pilzt schiert, lost, nickt; es stellt sich tot; es simuliert ein Machtwort, einen Wochentag, einen postalischen Ausruf des Drängens, einen aromatischen Flattergeist (Seelen-Fluß); es gibt sich ohne Umschweife als Krisengestirn über der Mark Brandenburg aus – und im gleichen Atem als das Wohngebirge des Zehnkampfs, McPherson oder der Verlust des Zentrums, alle Monate mit R, den Achilles, den Regen, die Linde, den Spargel-Wurm, und (auf die bloße Frage: »Wo sind wir hier?«) als eine mechanische Sägevorrichtung, mit deren Hilfe schreiende (plärrende) Scheite in Mythologie zerfallen ... Staunen, Einstein, II ... an jedem Bein grau drei ... (Pullman-Bremsschuh-Theorie).

Hozu

Taz hat
owi-zaz
waizaiz
Hon

oku-sain Soizu
hatu moznhart
Zait

alla Paz
alla Taz
Ntaz
Ntaz
Ntn Taz

alla Harza-Parza

ai ai
hara Tazn Zai?

Metronom

Oku-Saka
aiwaiz
zaz aizn (zewis) Zaz

Paz Klumpatsch

Oinhoitn
Aizhaizn
Oinhoitn
Aizhaizn

Haiku-Raniza
(ausatmen)
Züs

(Hozu ter Mezzar
ter Zaiku Roibar
ter Kiri-Hazn-Tazn)

Owi tempest
waizu haitu
zorran

Nö

(blänntä)

Das Nachwort im Buch ist wichtig, aber es ist selber »Text«. Diese Schwierigkeit, drüber zu reden, ist vielleicht der gleiche Motor, der mich getrieben hat, die Lieder & Balladen zu schreiben. Nicht »über« etwas reden, sondern einfach reden. Tun, als ob man rede. Das Reden imitieren. Darum auch die bewußte Intonation, wenn ich laut vorlese: Staunen, Frage, Antwort, Zögern, Zweifel, Einverständnis – die ganze Regie, die es dann »tiefsinnig« erscheinen läßt. Oft auch rhythmische und/oder »musikalische« Anlehnungen an die Gattung »Lieder & Balladen« (obwohl ich da im einzelnen keine Zitate identifizieren könnte). Ich lese die Dinge so selbstverständlich, weil sie mir total plausibel sind, so wie sie sind, ohne sie »übersetzen« zu wollen. Etwas wie eine Privatsprache; aber »Sprache« ist schon zuviel, denn es ist kein System und gilt immer nur für das eine Gedicht.

Ich würde nun vorschlagen, zwischen den einzelnen Stücken dies Metronom schlagen zu lassen, damit Sie nicht nur merken wann das eine Stück zu Ende ist und das nächste Stück beginnt, sondern womöglich auch der Negativ-

Effekt aufträte, nämlich daß unser Höricht von A bis Z ein schlagender Zeitfresser wäre, unterbrochen von Stücken mit Stimme, an denen zu merken ist, wann das Metronom aufhört bzw. anfängt zu schlagen.
Wir können die Sache mit dem Metronom aber auch sein lassen, wenn es zu sehr Spektakel wird, und uns das Ticken bloß vorstellen. Es kommt fast aufs Gleiche heraus. Auch ich benütze ja nur Worte.

Also »eine Erfindung das Reden betreffend«. Nein, wende ich ein, eher sich so verhalten, als sei die Erfindung eine zur Unzeit erworbene Übung, die besser im Panzerschrank wäre. Fernab jeder Kasuistik ist das Gerede von einer Erfindung das Reden betreffend jene Form des Tätigwerdens, die wir mit Blau anzeichnen wollen. Man räumt ja nach wie vor Lufterschütterungen wie diesen eine hochbrisante Etagenbauküche ein, »doch um den Übergang der Atmung kümmern wir uns nicht«. Oh oh ihr logischen Subjekte! Es scheint wirklich einleuchtend zu sein, daß eine Erfindung sich so einleuchtet, als sei sie eine zur Unzeit erworbene Übung das Schwimmen betreffend, das wir mit Blau anzeichnen wollen, oder das fremde Verhalten, das Dasein betreffend, eines Eis-Eies in einem kochenden Alaska-Huhn, das wir mit jener Erfindung das Reden betreffend anzeichnen wollen.

Die Gedankenverbindung zu Dickicht, Spülicht, Kehricht, zu dieser Anhäufung von Müll und Verschleiß, ist provoziert und will provozieren. Daher die Trauer des Verwirrens, und die Trauer des Entwirrens.
Es sind also Stücke aus Sprechzeit, Stücke aus Hörzeit, Zeitstücke. Poesie der Übertragung, wenn Sie wollen, oder übertragene Poesie.

Sie hören das Höricht von Jakob und Sillis. Sie hören was Sie nicht hören wollen aber hören, weil ich sage Sie hören es. Sie wollen das Höricht von Jakob und Sillis nicht hören, weil ich dazu sage Sie wollen es nicht hören. Aber wenn ich sage Sie hören was Sie nicht hören wollen, also das Höricht von Jakob und Sillis, so sage ich das nicht ins Blaue sondern Ihnen. Ich sage Ihnen Sie wollen nicht hören was Sie hören, weil Sie hören wollen was Sie nicht hören, also nicht dieses Höricht, weil nicht Ihr Wunsch etwas zu hören was Sie nicht hören können weil Sie es ja nur hören wollen, sondern ich Ihnen sage, oder sagt, Sie wollen hören was Sie nicht hören, weil Sie nicht hören wollen was Sie hören. Ich sage mir, Sie sagen sich Sie wollen das Höricht von Jakob und Sillis nicht hören. Sie sagen sich, ich sage mir ich will Sie überreden es auf jeden Fall zu hören. Ich sage mir, Sie sagen sich, ich sage mir, Sie wollen das besagte Höricht nicht hören, weil Sie sich sagen, ich sage mir, Sie wollen es nicht hören, damit ich Sie überzeugen kann, daß Sie es schon eine ganze Weile hören. Das aber stimmt wahrscheinlich nicht. Sie hörten das Höricht von Jakob und Sillis.

Sie schrieben mir: »Für die Sendung brauche ich ein paar erklärende Zeilen von Ihnen vorneweg. Ansonsten laufen wir Gefahr, daß die Hörer zur Sendezeit anderes treiben.«
Ich sähe keine Gefahr darin, bloß einen Nonsens: denn was wäre schon ein Höricht ohne die Hörer?

Das HiFi-Höricht ist äußerst fein gesponnen. Der Hörer vernimmt das Geräusch, das sein Ohr beim Hören von Geräuschen macht, die sein Rundfunkempfänger beim Hervorbringen von Geräuschen macht, die der das HiFi-Höricht sendende Sender beim Senden von Geräuschen macht, die das zu diesem Zwecke abgespielte Tonband beim Abspielen von Geräuschen macht, die das Mikrophon beim Aufnehmen von Geräuschen macht, die das Ohr der aufgenommenen Person beim Hören von Geräuschen macht, die eine große Windstille beim Verschlucken kleiner Windstillen macht.

Schmum!
Die Stille herzustellen ist ein Kinderspiel für unsere Geräte!

Die sind so fein, so zart, so filigran.
Sie produzieren Stille durch Selbstbehorchung –
dagegen ist mein Trommelfell ein Waisenkind:
Tatsächlich!
Und erst das Kabel!
Was es alles kann.
Die Transmission ist so perfekt, daß ein unversehens dazwischengeratener Hörer zum Störfaktor wird;
dann spielt der Hörer defekt
und wir spielen alle mit

Ballade du câble défectueux

L'adafactas
Kveaunbl
Illtz crahoutz cataractaque-lment
Kascavldesk
ossabranx Brambl
ossa 'ndoth . . .

Abwattez le
abwattez le
filiozon

Lo caskavlad

Lhabemus là?
Lhabemus
Non jas pam
cascocan

C'eh ben un
embrouillansch
crahounsch
un bassamaschd
Hounschl-Grompt

Kveaunbl o Kveaunbl qual
Kveaunbl-pryse!

Ballade vom defekten Kabel

Adafactas
Cowlbl
Ed rumplnz kataraktasch-lych
Uotrfawls
aachabrawnkts Brambl
aachr dohts . . .

Schlochtehz ihm
schlochtehz ihm
ehs klaren Zohn

Ihn Uotrfawls

Humrem hä?
Do humrem
Nodo humrem
kaineschfawls

Ehs ischtolt ain däfäktäs
rumpltsch
traktaz
ä nedderschtilchz
Rompl-Grompt

Cowlbl o Cowlbl wottä
Cowlbl-gotz!

Gehbät uns ain
adakuats Ch-bell
ntmr hiechffn
s-trumpltsch Bvchuelltr
aasm
Naawbl

Donnaye-nous z'un
Ch-bell adécvat
por échlévvier
l'Miondsch
trompeste
de l'Nombrouil

(aus dem Krimgotischen ins Französische übertragen von Renate Kühn und Oskar Pastior)

Der Effekt des Bodenlosen tritt beim Überqueren von Ballungszentren nicht plötzlich auf sondern unerwartet weg. Eilig anwesende Reporter: »Wann kam Ihnen der Gedanke?« Keine Antwort – auch eine Antwort? Es stimmt nämlich nicht, daß Gedanken im Gehen kommen; sie gehen vielmehr, Rülpser durch die Fußsohlen, eine abstruse Vorstellung der Beine, nacheinander, im Gehen von uns. Ein Entweichen über Hohlräumen, Schächten, Kanalisationen, ein Abfließen ins Kabel-Genabel. Man könnte sagen, es kommt zu einer Art Erdung, aber wie gesagt, es geht bloß durch die Lappen. Gewissermaßen ein Wegtreten, das ist der Gedanke.

Wenn das, was als Gedanke in der Mitte zu wachsen anfängt, »nicht ist« – was bleibt dir »zu fühlen«? Und »ist« es – mein Gott, wie muß es beschaffen sein? Meint (und du zitierst noch immer) »das, was in der Mitte zu wachsen anfängt« es gut mit dir, wenn eben sein Ende dein Ende ist? »Tut« das weh – oder »ist« das schlimm? Ohne Wurzel, aber wachsend; die Lust, die Pein; du schürst, um auszulöschen; wohl oder übel – Geschwätzigkeit. »Ein Mißverständnis, und wir gehn daran zugrunde«; noch ein Zitat. Und es widert dich an, an diesem Halm zu kauen (»Tod und Leben«, »erquickender Verschleiß«) – und braucht, um zu geschehen, dein Einverständnis nicht; da stimme ich zu; auch eine Art von Trauer. So hin und her, zerbrechlich, außer Kontrolle, fern von Dingen; so unwissend leicht, den Wünschen irrtümlich verwandt, und »doch« entwöhnt – kläglich; der Gedanke überläuft mich heiß »und« kalt.

(Petrarca, *Le Rime, CXXXII*) (endgültige Fassung)

Was ist »Zitat«? Alles, weil alles Wort für Wort aus Petrarca hervorgegangen und jeweilig seine »Substanz« ist? Die reichlich verwendeten Anführungszeichen sind nur ein zusätzliches Stilmittel, um augenfällig zu machen, wie durchsetzt von ständigem Zitieren Sprechen überhaupt ist (Sprechen = Wörter zitieren). Knifflig wird die Frage nach dem Zitatcharakter, wo ich den Namen Petrarca mit in den Text bringe (»Petrarca redet von . . .«) – wahrscheinlich bloß eine Verstärkung des Tatbestandes, daß *alles* hier Petrarca-Zitat ist. Eindeutig, daß es sich nicht mehr um Petrarca sondern um einen anderen Autor (von dem ich wünschte, daß man ihn kennt und erkennt) handelt: dort wo ich das Wort »Zitat« gebrauche (zitiere). Also Kafka und Kleist. Beide Zitate hatte ich zufällig kurz hintereinander in einem Wortbeitrag (Buchrezension?) im Radio, SFB, gehört, während ich an der Fassung II saß, und sie mir sofort, vielleicht ungenau, notiert. In meinen Kopf sind sie »zeitlos gleichzeitig« und direkt in den Arbeitsprozeß eingefallen. Epiphaniemoment?

Wo das Kleistzitat vom Mißverständnis, an dem wir zugrunde gehen, genau zu belegen wäre, weiß ich leider nicht.

Mein offener Schiffbruch kleistert gleich die Mißverständnisse zu.

Das was bei Kafka in der Mitte zu wachsen anfängt, ist der (normalsprachliche *und* künstlerische) Gedanke, so habe ich das Zitat gehört, und deshalb hat es mir eingeleuchtet. Laura, die von mir ausgesparte, ist ja

Petracas fixe (d. h. mit Zuwendung bedachte und erstrebte) Idee. Beim Fixieren in die »armen Worte« wird sie entbegrifflicht, entplatonisiert – wenn Kunst gut, also Kunst ist, *muß* das passieren. Die Renaissance im Kampf mit den idealistischen Konzepten: Paradigma für das was im schöpferischen Prozeß immer passiert. Mein Ansatz, die »Metaphern in statu nascendi zu überraschen« wiederholt das, ein wenig mechanistischer.

Und nun Kafkas »Gedanke« (sowohl, als auch), und über das »Gras« sofort der »Grashalm« und daraus »Halm-Messen« (aus meiner Bukarester Uni-Zeit: das Lied von Walter von der Vogelweide muß irgendwo in einer Anthologie auch unter dem Titel »Halm-Messen« gestanden haben). Hinzu das Bild (ich sehe es vor

S'Amor non è, che dunque è quel ch'i' sento?
Ma s'egli è Amor, per Dio che cosa, e quale?
Se buona, ond'è l' effetto aspro mortale?
Se ria, ond' è sì dolce ogni tormento?
S'a mia voglia ardo, ond'è il pianto e 'l lamento?
S'a mal mio grado, il lamentar che vale?
O viva morte, o dilettoso male,
Come puoi tanto in me, s'io nol consento?
E s'io 'l consento, a gran torto mi doglio.
Fra sì contrarj venti in frale barca
Mi trovo in alto mar senza governo,
Sì lieve di saver, d' error sì carca,
Ch'i' medesmo non so quel ch'io mi voglio,
E tremo a mezza state, ardendo il verno.
(Petrarca, Le Rime, CXXXII)

Wenn es Liebe nicht ist, was also (zum Teufel!) ist das was ich fühle?
aber wenn das Liebe ist, mein Gott, was für ein Ding und welches? / wie beschaffen /
Ist sie gut – woher der rauhe todesähnliche (tödliche) Effekt?
Ist sie schlecht – / woher die Süße jeder ihrer Qual?
Wenn ich in Lüsten brenne – / warum / woher das Weinen und die Klage?
Wenn das Schlimme mir behagt – warum (wozu) dann lamentieren?
O Tod bei lebendigem Leib, o entzückendes Übel
wie hat das alles in mir Platz, wenn ich nicht einverstanden bin?
Und wenn ich einverstanden bin, quält es mich und tut mir leid.
Zwischen so gegensätzlichen Winden im zerbrechlichen (schwachen) Boot
(Kahn) befinde ich mich auf hoher See ohne Steuerung,
so leicht vom Wissen (???), so beladen mit Irrtum,
daß ich selber nicht weiß was ich überhaupt will,
und zittere mitten im Sommer brennend nach dem Winter.
(Fassung I)

mir, wahrscheinlich aus einem ganz beliebigen Film, Bukarester Jahre): der Junge und das Mädchen haben *einen* Grashalm im Mund (waagrecht!), an dem sie kauen, wetteifernd, wer zuerst schneller beim anderen, also in der *Mitte* (beim Kuß) angelangt ist. Von beiden Seiten her auf eine Mitte zu. Und nun Kafkas entgegengesetzte Aussage: von der Mitte aus (auf der Vertikalen, die Schwenkung um 90 Grad!) nach beiden Seiten: das ist doch herrlich! Was entsteht, ist nämlich auch ein Zeichen: + . Das ganze Problem des Redens und Schreibens und der Kunst reduziert sich auf das armselige Bindewort – *der Gedanke überläuft mich heiß »und« kalt.*

Nachkonstruierte Bemerkungen, ich hoffe sie sind für Sie auch ein wenig von Interesse.

Wenn was ich fühle, nicht »die Liebe« ist, was ist es dann? und
ist »sie« »es« – mein Gott, woraus besteht sie, wie ist sie beschaffen? / was ist sie, abgesehen von der Bezeichnung? /
Fühlt sie sich »gut« an – wieso bewirkt sie Rohheit, Tod? / führt sie im Endeffekt zum Tod? /
Tut sie weh – warum ist ihre Pein immer auch süß?
Fühlt sie sich »schlimm« an – oder ist sie es? / Tut sie weh – oder ist sie schlimm / Trotz des süßen Ziehns?
Sagt, was ich fühle, mir wohl oder übel zu – weswegen also lamentieren?
Ach, lebendig zu sterben; ach, erquicklich / erquickender Kräfteverzehr /
– und alles das in einem – ohne mein Einverständnis?
Und sag ich Ja dazu – gleich tut es mir ehrlich leid.
So hin- und hergebeutelt, zerbrechlich.
außer Kontrolle, fernab (fern) von den Menschen,
so unwissend leicht, so anfällig für Irrtum
seh ich, / wird mir bewußt / daß ich ja selbst das Objekt meiner Wünsche nicht kenne
und davon wird mir heiß und kalt, Winter und Sommer // Wechselbad Schüttelfrost //

(Fassung II)

Wenn aber, was in der Mitte zu wachsen anfängt, »nicht ist« – was bleibt mir »zu fühlen«? Und »ist« es – mein Gott, wie beschaffen muß es sein? Meint – ich zitiere – »was in der Mitte zu wachsen anfängt« es gut mit mir – wenn der Ausgang tödlich ist? »Tut« das weh – oder »ist« das schlimm? | Ohne Wurzel wachsend – eine Lust, eine Pein. Ich schüre beides um es um es auszulöschen: wohl oder übel eine klägliche Würde. »Ein Mißverständnis, und wir gehn daran zugrunde« – ein anderes Zitat. Und es widert mich an, an diesem Halm zu kauen (»Tod und Leben«, »erquickender Kräfteverschleiß«) – es geschieht ohne mein Einverständnis. | Da stimme ich Petrarca zu; auch seiner Trauer. So hin und her, zerbrechlich, außer Kontrolle, fern von den anderen; | so unwissend leicht; so anfällig für den Irrtum; so fehlt mir selbst die Kenntnis dieser Wünsche: und davon wird mir heiß und kalt – »ein Hund lief in die Küche und so weiter«.

(Fassung III)

Halm-Messen

Aus Kafkas Text, wäre er ausdenkbar, gibt es kein Erwachen. Seit ich lese, weiß ich nicht, wo und wann ich je las. Vorher wird es das Folgende nicht mehr so geben, als sei nichts geschehen – das ist der Text beim Erwachen, ein halbes Glas Schrecken: vielleicht bin ich seine Parodie, ein Mörder, ein Sandfloh in der Schwimmblase zwischen den Zehen eines Muttermals, eines Schlackebergs, einer Mutation. Vielleicht bin ich der Irrgarten, in dem er, verkleidet als Grenzer, immer um die nächste Ecke biegt, den Druckbogen lesend, den ich verloren habe. Darum brauche ich Kafka nicht mehr zu lesen; er macht nur hysterisch.
An welcher Stelle und an wessen Stelle ich auch Kafka nicht lese, da ist er keineswegs doch überall auch nicht gewesen. Kein Stückwerk hat keinen Teil, aus dem kein Ganzes spränge, wäre es ausdenkbar. Das Verfahren ist der Stoff, ein halbes Glas Erwachen. Bald macht Kafka eine aufregende Erfindung: wo niemand ist, da liest der Text – das ist die Lesertechnik ohne Leser oder die Holographie. Das Bündel, das man dir schnürt, nirgends zu Buche geschlagen, doch auf den Leib gebracht, wo wir zappeln: Syntax in jedem Fall, allenfalls.
Wäre ich ausdenkbar, fände das, was laut Kafka »in der Mitte zu wachsen beginnt«, dort statt, wo der nicht gelesene Text den gelesenen Text trifft, wenn sie am gleichen Halm kauen; ein Mißverständnis; aber es gäbe ja nur dieses, wo das Erwachen aus keinem Namen beginnt.

Wenn, um mir Luft zu machen, ich den Laut bewege, der dich bei mir »wie eingefleischt« vertritt, nennt er, kaum über die Lippen gebracht, bereits sich selber »wie selbstverständlich« und »so wertvoll« – er wird

zum eigentlichen Anwalt, außerhalb von mir. Sein Wirkungsgrad (»die Realität«) fällt andererseits mit doppeltem Gewicht auf mich zurück: Aber sei still, aber empöre dich endlich: Aber was wäre »im eigenen Namen« denn anderes als »im Hinblick auf dich«? Wer Namen einwirft, übernimmt Verantwortung – das machen Klänge wahr; obwohl es Allerwelts- und Lückenfüller sind; sich für dich verwendend, wirklich wie unwirklich, sind meine Seufzer Stöße – ins Allgemeine und in mich besonders. Erst wenn mein Blatt, samt seiner öffentlichen grünen Seite, von dem du abhebst, Name, dich in den Schatten stellt, ist es gestört, gewendet, »überhoben«, bloß noch die Zunge.
(Petrarca, *Le Rime, V*)

Kannitverstan

santavinktern
nervanstinkat
transnektivan
nitanervankst

vaternsinnakt
venntrakistan
katsentirvann
kvarantinnset

tannesinvarkt
virkantenstan
knistarventan
kantatensvirn

starvnetkanin
kannistervant
versnaktnitan
kastrinnavent

atventrinnaks
tranvaninsekt
vristkantenan
inkastravennt

taksivarnennt
vrennanstatik
antikvarennst
varintenstank

svankritanten
vankentristan
tatravenskinn
kantinenvrast

envantanstrik
varnetanskint
anstarktvenin
istkernavannt

ankantenvrist
vantekanstirn
invantkratsen
stanknernativ

tankvarintens
stanitverkann
knirtannavest
stennknarativ

krensnitavant
vintkanastern
stanvannektir
iktervannstan

Die Zahl im Köcher:
Hausaufgabe
(gegen
Selbstaufgabe.
Mathematisches Tüfteln)
gegen
unmathematischen Tod.
Allgemeine Aufgabe
gegen
allgemeine Aufgabe.

Pfeil gegen Pfeil.

Aufgabe des Allgemeinen
zur
Potenz
(Unmathematisches Tüfteln
mathematisches Leben);

Spiel gegen Spiel.

Aufgabe der Zukunft
Aufgabe heute.

Ein Molekül Tinnitus und ein Molekül Tinnitus ergibt ein Molekül Tinnitus. Und noch ein Molekül Tinnitus und noch ein Molekül Tinnitus ergibt noch ein Molekül Tinnitus. Aber kein weiteres Molekül Tinnitus und kein weiteres Molekül Tinnitus ergibt ein weiteres Molekül Tinnitus. Gleichwie ein Molekül Tinnitus und kein Molekül Tinnitus ein Molekül Tinnitus ergibt; und kein Molekül Tinnitus und ein Molekül Tinnitus ein weiteres. Nicht ein Molekül Tinnitus sondern kein Molekül Tinnitus ergibt ein Molekül Tinnitus. Und weder ein Molekül Tinnitus noch kein Molekül Tinnitus ergibt ein Molekül Tinnitus. Ja nie

und eine Welt Literatur und noch eine Welt Literatur macht eine Welt Literatur und noch eine Welt Literatur –
türen! Einmal Aischylos – Zungenburg, bitte, türretür!

ergibt ein Molekül Tinnitus und ein Molekül Tinnitus ein Molekül Tinnitus; denn sowohl eines als auch keines ergibt eins. Und selbst ein Molekül Tinnitus im Abstand von vielen Jahren ergibt ein Molekül Tinnitus. Ja nie und nimmer ergibt ein Molekül Tinnitus immer ein Molekül Tinnitus; nie umgekehrt.

Text

Text hat weniger Text als zusammen mit einem Leser. Text hat auch mehr Texte als Leser. Text hat aber auch mehr Text als Texte und weniger Leser als ohne einen Leser – diese Ungenauigkeit, und immer im Falschen Moment. Denn wenn Text aber mehr oder weniger hat oder ist, ist er doch auch vieles womit er nicht zu tun hat. Den Falschen Moment kann er sich, obzwar er mehr Text als Leser ist und mehr Text als Texte hat, nicht aussuchen. Zwischen ihm und seinen Texten und zwischen (s)einem Leser und ihm passiert ja mehr Text als im Falschen Moment – das zumindest ist weniger Zwischenfall mit Debakel als Chance ohne richtigen Text. Punktuell wird der Text von seinen Texten zugeschweißt, versiegelt. Punktuell wird Text zu keinem Text. Im Kopf der Leser ist er anderswo als der Kopf der Leser, den besagten Moment lang. In dem auch sonst unheimlich viel passiert d. h. genau so nicht.

Hat und ist weil das an ihn Gelegte in ihm nicht aufgeht, weil er im Angelegten anders aufgeht als im Nichtangelegten, weil er wenn das Anlegen und das Nichtdrinaufgehen zum Angelegten werden plötzlich wieder – Schrecken! – über eine Poetologie verfügt, die weniger die seine ist als eine eines seiner Texte oder eines Lesers ohne ihn.

Hat und ist also wenn seine Machart, hinter der er her ist, ihn nicht einholt – Die Schöne Lemma, Das

Schöne Elbst, Der Schöne Wisch. Wer und was da wo da wem entgegenkommt: Lambda bis Kuweit und Luna je Standort – hier Archibald, hier oh die Glyphe! Das Material im Flaschen Moment – der Fisch im Schiefer.

Allerlei Rohtext: das schiefe Loch als Ur-Cäs oder Cäs-Ur vor und hinter dem Cäs, aber etwas mehr doch hinter (Iumium). Diese Symptomatik alberner Symptome dann als Warnung des Textes vor seiner Begrüßung – he! Vor der Logik abgefeimter Verständnisse erblassen selbst die eingefuchstesten Warnfunktionen; überhaupt die Ausgepichtheit seines Menetekel-Steckenpferdes »nicht über – sondern selber«! Repetiert, dokumentiert, evoziert seine Austreibung durch Eingemeindung (Hutsch nur, Weide!; Inglobulation) – leider sind Phagen und Pathen so rar. Implizit erwächst Heulern und Albern neuerdings allenthalben eine etwas seriösere Kategorie. Entwaffnend bitte sei er also bis zur Entblödung, kurzum politisch erzieherisch; gespreizt, kurzum erotisch; auf einem anderen Blatt stehend, also zugehörig; unter die Haut gehend, also heutig oder dermatologisch entblößt; dabei nichts als ein Privatbrief, du weißt schon, also verkrakelt bis dorthinaus; und desgleichen mehr.

Text hat weniger Text als zusammen mit einem Leser. Sein Geheimnis. Text hat es nicht nötig, gut oder Text zu sein. Seine Unnötigkeit. Er braucht natürlich andere Texte. Das ist seine Moral. Er verliert auch niemals keine dummen Wörter. Das ist sein Mißverständnis.

Das Wort »Mißverständnis«, im Kleistzitat vergegenwärtigt, geistert schon seit Jahren, wenn auch recht vage, durch meinen Kopf – auch angesichts aller, selbst der besten, Rezensionen, die zu meinen Texten geschrieben wurden; sozusagen als eine »Ästhetik (Rezeptionsästhetik) des Mißverständnisses«, die aufgestellt werden müßte.

Der Kopf, den Sie sehen, er spricht noch. Was sagt er? Mein Anliegen, sagt er, am Hals, am Kehlkopf, ist ein enges Liegen am sausenden Abfall des Ohres von der Akustik; lassen Sie sich von dieser Stimme nicht täuschen: je sanfter sie einherkommt, umso perfider geht sie ins Ohr – da liegt der Hase im Pfeffer, das Haar in der Suppe, die Redensart auf dem Tablett – ritschratsch, die Wörter: STANDORT MIT LAMBDA – KUWEIT MIT LUNA

Standort mit Lambda: Yellow Backelohrs Battom: Wiesenhahnenfuß in Agonie / Januar in Fulda – immens drauf im Rennsport / Irgendwoms Steißbein: Franzbranx allweil jo / Frühstück aber vor Oktober: Tiefbau-Impfuß / Fanny im Lipptau: Putzfrau mit langem Trugschluß / Hirschfang mit enger Basis: Loden aus Dorschleber / Tasso roh im Tatsch: Kuweit mit Luna.

Erst wenn am Kopf die Zeit von beiden Seiten klaffend ineinanderfällt (zwei Schläfen einer weißen Entropie) – dann ist sicher der Punkt: endgültig vorläufig, nicht eher, solange. Unterdessen operiere ich spitzfindig mit Dingen wie »weswegen« und/oder »wozu«, sehe überall die Formel für »Schmerz« verrotten, sitz aber prompt (»entzückend«, »rührend«) dem kleinen Hafer auf: noch ziept etwas, noch gibt es Kontakte. Läppisch, mit trockenen Augen, lasse ich laufen, was läuft, habe meine Mühe mit osmotischen Erscheinungen. Noch durchzucken sie mich ein wenig, sehr beunruhigend, aber immer noch im Rahmen dieses Schlachthofs. (Petrarca, *Le Rime, LXXXIII*)

Vorläufig endgültig kam Gülfig Läu vor
Gül Endäu vorte Figtig
Tig vor Endl Endl Endl
Tor
Läuf gult Vorlauf

endlich Vorl da Keit
Keit endläufig
Keit vorgültig
vorlich Keit und endig Keit
Keit Gül Keit Endl
Keit keit vor Keit alles keit
läu Gülfig fäu
äu
Torl

Schon unterhalten die Sonntagnachmittage
sich so fließend in der Sprache der Fußballer,
in jenem Gezwitscher der Stoppuhren,
das heimisch ward den Alleen.
Eine Trauer hat die Schwäne erfaßt,
und ihre Stummheit sucht ziellos
die Brückentore und läßt dem Abend
den Vorrang, der rauschend ist von Siegen und
Niederlagen, Alphas und Omegas und Menetekeln und jenen
gewaltig brandenden Lauten des Stadion gewordenen Leibes,
für die das Wort scheu nach Bildern sucht
bei Amazonen und Inkas.

Haufen im Heu

Die Nadel wächst. Es schrumpft die Made.
Es schrumpft das Meer. Die Erde schwiebelt.
Miß Marple schrumpft. Es schwärmt die Iller.
Es wächst der Schrumpf. Der Belfer schnurrt.

Die Sonne scheint. Es schrumpft die Wade.
Es schäumt der Mond. Die Stunde Welt.
Ein Mikrosimulator mampft Makrelen.
Es rumpft der Rumpf. Die Biene schweint.

Fußbälle schrumpfen zu Kanülen – Buhfall!
Der Winzer wunzt, es naht die Naht.
Es nurt ein Flopp – zwei Rillen kratzen.
Sir Kiefer saß daran und megate – ahoi!

Aber Sie warten auf die zweite Enthüllung. Ich fresse nämlich ohne Wenn und Aber täglich meine paar Seiten Krimi, genauer gesagt Detektivroman, diverseste Autoren, ob sie nun gerade schick sind oder nicht, obwohl, ein gewisses Faible für Nero Wolfe und seine Crew, Perry Mason und seine flotten Fälle oder neuerdings die offenherzigen Affairen Dave Brandstetters will ich blauäugig zugeben; ganz zu schweigen vom zyankaliblauen Engel der Gattung, Miß Marple. Seit kurzem allerdings wächst sich die Krimi-Lektüre selber zu einem Kriminalfall aus; der nicht nur mit der dubiosen Praxis einiger Verlage zusammenhängt, alte Krimis unter neuen Titeln wieder aufzulegen – nein, die Indizienjagd in meinem Kopf (»ob ich dies alles einmal schon gelesen habe oder nicht«) wird immer spannender und ist mit viel grandioseren Fallen gespickt, die oft schon in Bereiche kalter genereller Zweifel reichen, als die Donkey-Schotterie des Textes. Noch bin ich aber dem Ritual um eine Nasenlänge voraus, die vertraute Reihe, der Tick der in der Familie bleibt, während das Tack noch aussteht. Vergewisserung, es hat uns eben noch gegeben.
Das ist wie gesagt spannend und lustig.
Und erst das Leben!

Die Moorwenzel-Verschwörung

Den Kerlen was zum Vor-die-Beulen-Jagen geben – ja man
muß die Eulen füttern! Von Pelikanen, die sich dabei
leicht verneigen, lernen beide: de Gier – und wer de

Gier nicht kennt. Nicht allzuviel – bloß ein paar Ver-
schränkungen am Hals: ihnen Saures vorkaun (»Klötze na-
gen«) oder an Erlenstämmen hängen (»vor die Keulen scher-

beln«) – de Gier sagt, das sei vornehm. De Gier sagt
auch, das sei gar nichts – man muß mit Eulen wie mit Pe-
likanen über Stumpf und Stränge federn, und wer de Gier

jetzt kennt, mag ruhig wegsehn! Beide haben was zu ler-
nen: nicht ungeduldig werden – die kurzen (»angetipp-
ten«) sind rundum gedacht; geperlte (»Bälle«) gleichen

zwar dem Regen, laufen jedoch ohne Schweiß; und was den
Schweiß betrifft, ist er ja bloß ein Regen. Sagt, wer
de Gier nicht kennt. Die Eulen federn, und die Pelika-

ne federn, vermeiden läßt sich nichts um keinen Preis.
Die Kerle sollten sich beim Vor-die-Beulen-Jagen zusehn
– und verneigen! Jetzt füttern sie de Gier, der sie

nicht kennt. Man muß nicht unbedingt geduldig sein, um
sich zu neigen: sie füttern sich – wie Karpfen, meint
de Gier – und wer nur zusieht, der weiß gar nichts.

W wie Angelichter: W wie Anathema, das Anlaufen
verbaler Dünster, Zungenschoner, die wie Oblatten
vorgeben, etwas zu tun – etwas wie W: indem der

Gaumen schwindet, hin und wieder, W einfach hin
wie Zimperlich: Aussage gegen Aussage, in Wirklich-
keit wehrt sich kein Gimpel dagegen: W wie Unwirklich:

hin wie nichts wie hin: es ist in W etwas wie An-
bündeln mit etwas in W und wir wissen nicht ein-
mal, wie etwas in W zu sein hätte; ein Jammer; ziem-

lich genau wie W nicht: wie ein Tempo-Tüchlein,
doppel-illuminatorisch, dann wieder auch nicht;
wie etwas Spezielles in etwas wie Angemein; Ala-

baster-Anhebung; in Wurm und Wahrheit regt sich
kein W gegen Wurm und Wahrheit; der Sinn wandelt
in W und ist fällig in W wie Hin-Geist, Ange-

stiftung, Grob-Holm; was W fehlt ist nach Geist und
Faden weniger wie W; in W kräht kein Hahn danach:
W wie Agathon, wie Büschelbusch – in etwas wie Täbris.

Eine besaubernde
Kasse
fündich
gans reißend
aber der
Schmus
meine Lübe
zum Kosen

Es

Unter anderem besteht es aus der Trennung seines Schnupper-Ichs vom anderen Teil, dem eigentlichen Stummel; welcher hellgrau glänzend, zäh (Zugfestigkeit 40–70 kp/mm^2) ist und sich schmieden, walzen, ziehen, schweißen und polieren läßt. Im Bewußtsein aber unter Wegfall des eigentlichen Stummels geht es deshalb gerne Verbindungen ein, vor allem mit der Otte, dem Ussell und dem Tesischen Teufelchen; bisweilen hoppuliert es mit Acho im Ree; seltener mit Ajan in der Tause. Seine nie steile Riere hat jedoch einen Abinerhaken; daran hängen Men, Min, Dan, Bon, ein Dinal (Punkt) und ein pelziger Neval. Mit Hilfe seiner fragilen Osserie bedient es sich der Sehnsucht, gewöhnlich nach den fernen Paten, Atschi, Thago bzw. aibischem Fiol und einem Ton hoch ätiger Amellen. Absurde Flünsche wie Akum, Tell, Zinom, Bid, Bol, Batsche, Dätsche usw. essieren und niffeln es – Niese, Kasse, Ambolage, Neol, Damom, Enz und Ausche begleiten es zum eiskalten Bergsee Akul, in dem sie alle schwimmen. Ies und Itas haben Tei und Tothek. Go, Awane – funkel! Zer, rette Nüffel, Ola & In! Ach Amsin, ach Schin, Nivor, Avelle! O Pfen! So kommt es, daß es saftig durchwachsen ist wie jene »Mulde im Gebirg«, mit der es schnuppert; wir nennen es darum abwechselnd auch: Isma, Toffel, Affe, Yatide.

bel
(für franz mon 1986)

wenn das paradepferd in die paradepferd
und dies wie deis dem digma um die oxen

wenn aber lele lipomena sie peten gehn
bei noias meter plüh und sol verschütt

o klet – dann ist finöl phasie-kinese
(bellum phrast laxe, die siten fudern)

weil ja hinter brezza fango urti gone
bolisch reitet graph die lyse zu mount

Das diesgen dus dasgen dös demgem
dehn sdumb
errarös dogngum ü gendix / tas riesgen / tas
riesgen: tas riesgen!
Ogar nees . . .
Rieschn rott / rott iskion-been / been roent-
gen hats clavingo
Neg autem / hörscht? / Emgem-demgem an reg for-
for – nu gonx! La ryngelz das dönsgen xa dusnts
nt geggen rix hötnges dangtor luez prakntiz –
pör weng? Ribu snubbelz in gesges rubi-prachty
rati-sfinktad / schpa blumelent bisakkel asko
bäumula ok-ok ö cheen!
Wes wasken wux wenms? Ws rn-gts? Wutr dng-küm?
Ajni üi-üi-üi?
Hortekamura ruttaprismanschu
primenitt rho chuii – paradyms:
däs däsgen düs dasgon tregg-dasdis-gars gras
diesgen

Metaphorisch: bereits das »so und nicht anders« (»hier und nicht dort«, »zu diesem und nicht zu jenem Zeitpunkt«) eines Textes; die Privatsprache (Geheimjargon) mit der sich der Autor, im Vertrauen auf die Solidarität einzelner Leser, gegen die Vereinnahmung durch totale Zeichensysteme wehrt; der Grundwiderspruch zwischen Sprechen und Sprache, dem singulären Material-Akt (Leibhaftigkeit) und, sagen wir, dem Ideologieanspruch (Leisten); die Zwischenbereichlichkeit (Physiologie, Naturphänomen, Erfahrung, Bedeutung, Einklang und Störung . . .); und sicher noch vieles andere mehr.
Da erschiene mir die Unterhaltung bloß über Stilfiguren doch ein wenig wenig.

*die kalesche der poesie wird im gleichnamigen alle-*goriegedicht erwartet ihr gegenspieler ist die muschel der welt hinzu werden verkörpert die geschichte des sinnbilds das sinnbild des gedankens der gedanke der freiheit und die freiheit der muschel ein unbekleideter wesfall irrt durch die regeln des irrens im hintergrund wird die kalesche mit eingesetzten personen eingesetzt sie naht

Brautkutsche hält
Bräutigam ab ins Gebüsch
Braut träumt einen kurzen Regen
Wald macht Szene

Aus dem Gebüsch ein Hundekopf
aus dem Gebüsch ein Kalb
ein Kalb mit einem Hundekopf
niemand sieht zu

Wald traurig
Wald dichtet:

»Kalb mit Hundekopf ist der schlimme
Prikulitsch
alles fürchtet sich
alles sieht zu!«

Aus dem Gebüsch
niemand sieht Regen
niemand sieht kurzen Regen
niemand Brautkutsche
niemand in Kutsche ab
Vöglein von links:

»Prikulitsch Prikulitsch!«

Wer es liest
der hats gelesen

Sie sehen, was diese Texte zusammenhält, ist, daß ich sie Ihnen jetzt vorlese. *Sie* halten sie zusammen, indem Sie zuhören.

Gelsenvertreiben

Simtar haische Guggl: Simtsar
Simtsar Guggl haische: Tsimsar
Tsimsar haische: Guggl Tsimtsar
Tsimtsar glaische Tsintsar glaische
waische Guschlwurg Tsintsar

Hujdu-huh hujdu-huh
Onnoma-pöh

Waische Guggl-Gongeles
Diktschor

Waische Tsintsar
waische Tsimtsar
waische Tsimsim
waische Simtar
Diktschor

Hujdu-huh Manna Peloh
waische Onnoma-pöh
Diktschor

Haische Glaische Waische
Tschimtschor

Übrigens, mit Gelsenvertreiben hast du recht, es kommt aus Schäßburg, (vor allem Diktschor, Gongeles, Manna Peloh aus einem Verschikel, das der alte Doktor Markus Pitz – der Vater von Ursula Bedners – immer auf den Lippen hatte und von dem er behauptete, es sei Zigeunerisch); während das Hujduhuh ein Selbstzitat ist aus einem ganz alten Gedicht, wo die Frauen damit die Wildschweine rings ums Haus vertreiben – Volk und Kultur wollte es nicht bringen, ich weiß gar nicht, ob es dann doch erscheinen durfte, jedenfalls gab es »Klassenfeind«-Bedenken.
Die Berührung zum Privatsprachlichen. Nur was bringt das, abgesehen von der Anekdote?

1977 (Kurt Schwitters wäre damals 90 gewesen) fuhr ich – es war im März – mit der englischen Eisenbahn nach Warwick. Die Verstreutheit mittelgroßer Gegenstände an der Oberfläche; dazu vergleichende Magrastik solcher Ortsveränderung (»er mag fahren, er mag rasten«); die Berührungsproblematik von Zeitschichten in der Collagetechnik (tango, tetigi, tectum, tangere – der Lateiner tanzt Tango, wenn er berührt); dann natürlich das ungesättigte Märzlicht auf den Dingen; und schließlich das Steigerungsmoment im -er, das durchaus nicht nur Adjektiven eignet: siehe Kupf-Kupfer-am Kupfersten, Schwitt-Schwitter-am Schwittersten, Poem-Poemer-am Poemsten.
Ich habe eine Idiosynkrasie gegen Superlative und fühle mich angemessen im Unterschiedenen. Darum beschränkte ich mich auf Poem-Poemer und nannte meine Hommage à Schwitters, die ich heute lesen werde, einfach:

TANGO EMER DENN PORREN
(Wetter Kupfer Manifest)

NICHT HATTE MAGRAST ER DIESEN UNSTETE MIR – DENN AUF FACES TAPPEN; BERÜHRTETEST MIR EIN ART BLUSEM-HOPFEN (AKTION); WODR AIST IN

-äologie als eine hauchdünne hier über webster als in sonstiger Oberflächenerscheinung; Magrast er die verstreuten Betrachtern wie Tappen eines Naturgesetzes eher hauchdünne hervor; worfer die Netze dereinst (dienstatags) nur Faces Gepflegthaut

d. i. die Interferenz von Champignons und Schafe-Tieren miz unstete Parzellier durch Wetter Kunder Augem jenen Tappen uph naturgesetzter vorkommest mich Wetter Hauch Dünem Auge aist landschaffer; worfele die Netzhaut über Yorkshire; eines Lesebrille aus Hecken-Kupfer und/oder den es sonstwo nicht gibt; hatte Magrast Plastiksäcke gelbsgrüner Unstete & Hume darauf

Egge (durfte)

ZWECKS PARZELLIERUNG DER LANDSCHAFT
wirft er die Netzhaut auf Yorkshire
DURCH WETTERKUNDIGE AUGEN
seine hauchdünne Gepflegtheit
WIE EINE LESEBRILLE AUS HECKEN
miz dünnem Faces Tappen
WO DEREINST ÜBER YORKSHIRE MIZ DONNAR-VOLTA
die Unstete eines gelbsgrünem Berühre-Gesetzes
D. I. DIE LIAISON VON CHAMPIGNONS UND SCHAFE-TIEREN
wie eine Lesebrille aus Hecken
VORKOMMEN MÜSSTE

Egge (Kokos-Durft)

berührte dienstatags meinem Gefühel daß während nicht untätiger sich tätigst ein Wissen-Tier ganz in der Nähe umtreibst mit Nachricht; ten! mehrer Stündleins sogar; hatte Magrast er; hattetest sich Gefühel; hier ganz in der Nähe wie Eiche und Epheupheu (Lulu); nicht länger denn krimgotischel Aspekter als wenn der Wind die Motorchlaube dielse antike Berühre oder die Weihe des Übermuts (Seelntau); während (fefe!); die zumutbare Entlassung des Vogels Lebehda Eigenbrod in dielsen zu schönen Dienstatag

Egge ud Egge

noch unverdient glut meint Xerox-Ozon 3 × täglich und verfügt über tiefe Anmut und höchste Töne im Sprachlabor es; man hat meint Xerox-Ozon seraphisch hier zutiefst aufgenommen in unsere 3 × täglich vergleichende Magrastik dem kleinen Fieberkurves nicht der Redede wert an dielsem zu schönsch

n-Nacknlautn-n

HAST DU BEMERKT DASS DIE LUFTVERDRÄNGUNG DURCH ABWESENDE KÖRPER AM MORGEN (OBERKINN) OZEANISCHER IST?

als über Gütersloh; denn wenn Kupfer nicht so unverdient Zinn oder Fortuna gehabt und nicht hier oder jenem und nicht jenem in jenem sondern zu einem anderswo Zeiterpünkt der nicht mit jenem Gunst Art Zinn oder Inlet übereingetönt doch unabwendig mit jenem-jenem erst würde (Anderswärtigkeit) o Unart Zinndurft Gunst und Würde o Fortuna und/oder Kupfer wo nicht mehr euer unverdient ander sondern euer ander unverdient wäre geboren wäret als über Gütersloh aus privaten Sammlungen (Newgatl Kaokao-Acker)

TOPP UNVERDIENSTATAGS WILDERT GLORIA PATRICIA IN FREMDER PETERSILIE DIE SEIDE IST GELB ABER NICHT DIE GELBE SEIDE SIE TRÄGT IHR HALSBAND SPAZIEREN

Eggegge

legem dir eger die Plastik Sir Epsteins mit den schwarzen Dum-Dum-Schlangen den Troddeln und Querschlägern nein nicht eger flimmert Xerox-Ozon (wider den erkennungs-ritterlichen Mißbrauch von Benzinbonbons wie rühmend Hüpfen) man klettere lieber gen Epsom denn Fremdhaut

wie man Forellen mit bloßem Auge fängt oder

viel jeger in fremder Petersilie trägt Gloria Patricia ihr Forellenauge das über tiefe Anmut verfügt schleppend wie/oder hilfsartig spazieren das Gelb ihrer Seide die Elektion ihres Wetter-Horizontes

Epheusus

ICH SÄGE ES DIR AM KOPFES STÄTTE HERVOR: DIE LUFTVERDRÄNGUNG TRÄGT EIN WEBSTER GEFÜHEL ÜBER DIE HIER TATSACHE DASS FESTE KÖRPER EHER ZU (SIEHELE KROKOS-ESTER)

und für die Chance daß Ort die Luft wie ein Agathon behandelt Erde hält auch schon Vergleiche zu; noch selbst die meint er Kalamitäten verdrängen einander abendfüllender hier zu Landklammer (chandler)

als über Gütersloh

zu Duftes diesem Gelbes aber nicht diesem Duftes Gelbes; genau; aber büßrisch denn zinner (reglotz) hält unserem genauer hier-hier; wodr aist; während jene hier keinen Platz haben und die hier sich in die Grün- und Gepflegthaut mittelenglischen Landlebens vorklommen (eupheu location, exact, of); Mensch Webster ist dielse Auseinandersetzung ozeanographisch unter aller Wirklichkeit; intimtim

UPH LUME PAHUUSE (USUS)

weil meint Xerox-Ozon Baumraum- und Geckengefühel auch keines solcher Füsilier-Parallelen zum Fluchtpünkt für Gohlweg & Mäuerleins außer dielsem hilfsartig Faces ein minder in Time-time Existenz anderes dufter; hätte jener Oster-Egge einsam verstreut auf weiter archäologischer dort bei uns genau kein Flur-Kultur (Ismis) denn

wetterer (hoch über Newgatl-Schwiwi)

IN TEE MIT MILCHS ENDEN ETWAS SÜDLICH VON

Gegel (Antidots)

gegen Gog-Oggol (Volta Kos Itters)

ENTMÄCHTIGT DIE LEIDMACHER/KLAMMER 3 DIE ENTKUPFER

denn wo unter bitte Mißachtung des Geborenseins übernimmt wer die Parzellierung des hauchdünnen Grün-Zinnes (Truppengrupp porösem Schikkanie) auf weiter denn schier; und bitte wo im Usus porren Tennis (subkutan) unterschlägt wer die weißen Spachteln der weißen Magie

O SCHWARSAM TEICH AUF

O GLOBE OF KRIMIMI

emer garren lückenbutsen oho; Manifest sagt er Latiner ein Vorhut-Coda ein porren Leid-Entmächtiger; Ausreißer denn jäh bevor sie die Hand an sich legen und auch nachher sozusagen fest in der Vorstellung Kanonen mit Disteln zu putzen und rein nicht zu achten

Schwepfs

DENN LEGO BLOOM IST DER BRUDER VON ANA BLUME
LEGO BLOOM IST ANA BLUMES BESTER BRUHUUDER
LEGO BLOOM EGGT WIE ANA BLUME
ANA BLUME EGGT WIE LEGO BLOOM

luck luckenbütsen wirn dazu ein Anekdots; der schöne Rudi studiert in Berlin UNTER MISSACHTUNG DES GEBORENSEINS Elektrotechnik; in Berlin; der schöne Rudi ist mein Onkel (Oberlippenschläfe alias denn Reglotz) und die Stadt ist in den Zwanzigern und Berliotz ein Heckenstutzer und der Eiermann eher ein Milchgewitter ALS ÜBER GÜTERSLOH; was steht wenn der schöne Rudi studiert hat in seinem Diplom? EGGE!; was heißt und zu welcher Länge wird er verglichen? UPH LUME O MANIFESTER LEGO DENN BLOOM!

sagt unstete Magrast er aber Reißem Felsem Breitengrades und/oder Volta-Flächen-Boom-boom aber

ABER TANGO BLOOMING IST DIE EHE (TETIGI pp ARIA) und/oder das letzte ist besonders drittel (HUPFER)

HALTEN WIR FEST: DIE EHE ZWISCHEN ANA BLUMES BESTEM BRUDER IST DIE POPULÄRWISSENSCHAFT VOM 3-PHASIGEN VOLLMOND UNTER MISSACHTUNG DES GEBORENSEINS DENN EHER WOLLEN WIR DEN TAG NICHT DURCH ARBEIT ENTWEIHEN DENN EGGE DENN TANGO DENN DENN SCHIWI wohin gehen wir? unstete er bernsteinfarben; Duftes Eingreifen in den Konflikt; Ana Blume ist mein Onkel; Berliotz kennt Lego Bloom; bitter menor p! denn wo; erkennen lerner möchten; er Vorgift-prä hud Antidot; natal ist Magrast vierhundertdreiunddreißigtausend Volta ausgelieferter; als über Gütersloh

Leo

oleofaktisch blum das Liebesleben der Nordsee; relativiertem wieder bei Vollmond (Krokos-Topos) unverdient auger denn porren aber nicht porren Auges; emer erekt; o Dynamo o Meeres-Oberfläche o 3-phasig rosa gehörntez Oberon

O ANA-LEGO-LIAISON (BLOOMING) UPH TANGO (prester:)

hopp-hopp Topo-Poem mehr denn mehr; ein porren Hausrat und/oder die Luft am Zinn; unsteter denn wem sagt Webster (em eiger ntangntangs) einem Art Comparatio; skandalös wie oft deren sympatischere Daseinsvorrichtungen bei uns ankommet und auch wir ihnen freundlich und flehender denn ihre oft impertinenter hilfsartig an sich Meinungen gehn

hahnebüchen

upherbloom

das sind die emer Porren von Champignons und Schafe-Tieren meint Xerox-Ozon 3 × täglich im Sprachlabor wo er über tiefe Anmut wie höchste Töne an dielsem zu schönen zum Premierminister hatte; und/oder Zoom (Gummidünste); wir wollen uns nämlich von Ihnen verösterlichen aufstocken zum Litzen fitschen und nicht untätig und ganz in der Nähe und lückenbutsenfüllen (Personalakte); wer anderswo sein Gewissen ist rein aber nicht sein reines Gewissen hat als über Gütersloh der hebe es ab als erster zu stoßen über den Zoog (Edelmut)

AN DIE TAUSEND KUPFERDRÄHTE
EINE ART BLUSEN-HOPFEN (TIPPTOPP AKTION)
UND VIERHUNDERT GABEL-STABLER
UND DREIUNDDREISSIG PROZENT KREISSÄGEN

hier als erster zu werfen über Hecken und Mäuerleins eines naiver »Orz Mutabor« und wer menschem Oberfläche ist hier schon sicher vor Mutes Orz; uns nicht ausgesucht hatten; les aggressiefz-ehn Sparmkäuzl-Sparmkäuzl; fremdhauts; ud uns bereits nicht mehr im Fadenzähler wo Lego Bloom feine Wasser sortiert sie aber Ana schon ausradiert hatten 1 : 1 (COVENTRY); dielse antike Berühre

ud uns nicht hatten die ausgesucht schnellerem Bruts

UD KANZELTE AN DIE TAUSEND KREISSÄGEN HERAB UD AN VIERHUNDERT EMER PORREN AKTION UD EINES UNVERDIENT DREIUNDDREISSIGEREM KUPFER-PATENTE (DUSTERGLOOM)

an dielsem zu schönen Tag

eines Art Seelntau-Orz (fefe!) mit Geburtsteilen Spießbluten unter Mißachtung der Oberfläche durch wetterkundige Augen; sein Bier er sagt er braucht wodr aist in d. i. ein anders Gegorensein (fefe!) denn wo ab em er wie eines Lesembrille mit Lückenbuts-Qualifizier for an stargalant stargalant an die tausend stargalant; wodr aist in; Meßtischblatt

uph legge

tu awer lückenbutsetest über Personenverteilung (Ozon) in fremder Pertersilie miz Stabs-Edda dem hexagonalen Hennah-Lulu (subkutan)

Eggegge

sein sagt Problem er; spielt Mister Evans Evozier dem Wissen-Tier (eines Vermißtenliste) den Rücken; über zu milde Meeresluft

Graber
Wohlez
Ephraim
Stunt

DUFTEL HUME UNTER EMER WIRKLICHKEIT AUF PORREN FACES TAPPEN; DURFT PATENTEM EDENBROCHT; MENSCH WEBSTER SCHRECKLICH HIER DIES EINVERSTÄNDNIS; IMIS NEXTER UND SO VERSTREUT

dienstatags wir näherten uns zu bringen ein top Moor-Hampton emer denn unser Opera for Zinn & Gloria ubber dem Seins-Weh statt an Schwelle ze Yorks (Eggele-Eggele); hier lasset Zeltes schlagen aus kupfer Aufgelassenheit (-äologie) wie ausreißen die Berühre jenem leidmacherischel Zeitpünkt (Xerox-Ozon); kos mis nexter wer sonst; nämlich die Weihe des Übermuts an dieser zu porren Luftverdrängung über dem Abend miz Lückenbuts; Sägentau-Füller; Unstetems; hier lasset schlaggen aus Baumraum & Geckengefühel ein tausend Elektroschock for pränatal Zeileiß & Upherdruß; wo sonst; dir will mir vorkommen hatten anderswo nicht ausgesucht hatten; und/oder die zumutbare Entlassung des Vogels Lebehda Eigenbrod in den zu schönen Opfraß (travmphahe, Lindon-Bows)

Chorus

Melchior
Mudmud

HIER UD KEINEN PLÖTZLICHER ZUSAMMEN (ENDE) VERFÜGTE ALS ÜBER KIDDELMINSTER EINES HAUCHDÜNNER POPULÄRWISSENSCHAFT ÜBER DIE INTERFERENZ VON CHAMPIGNONS UD SCHAFE-TIEREN MIZ OZEANISCHEM NETZ- UD GEFLEGTHAUT VON ORTEN WIE NACHKRIEG UD AUSREISSUNG DENN UNTER MISSACHTUNG DES GEBORENSEINS D. I. WODR AIST IN GENANNT BLUSEM-HOPFEM (EIN ART AKTION) ÜBER DEM TIEFES ANMUT VON LEGO BLOOM UNS ANA BLUME WIE TANGO (BLOOMING LEBEHDA) ODER DIE GELBE SEIDE ABER NICHT DIE SEIDE DIE IST GELB UD WO SONST O MAGRAST ER (EIN NEWGATL LUME DEM SPRACHLABOR GLORIA UPH UNSTETE MIRTES MIZ KUPFKUPF NEIN EMER WIR WÖLLTEN DAS LETZTE DRITTEL DAS BEKANNTLICH BESONDERS SCHÖN IST NICHT DURCH PORREN MUTS UD/ODER GEZELTETE

als über Gütersloh

Unsteteter Magrast
(rezension)

lase am poem bitter-setzant denn poemer o am sehr poemsten

ärger denn 1 und 3 foderte zu einem zeitpünkt 2 unter missachtung des geborenseins (demut) heraus: emer denn porren ergo donner denn jewo

anrufungst: porren o porren! o herm o eter! o! siwwan: witter denn schwee (ein vorhut-coda sagt er ein porren leid-entmächtiger) mawgler denn zibelius y allang dem gar!

eth nunc kettete assoz oberflächer-zeiterpünkt güter denn loh

ha tango lateiner haz-haz (tetigi) mis schafetiere

berührtetest ärger denn 1 und 3 mich heraus: komp zu einem zeitpünkt steiger denn ei-ei (gibs) verglichertem upherall

mim gotico hättete iter-konch krimäa südwels (»o schwansam teich auf«)

eher kondiz willte siech er mitschmschlaogch widder 1 und 3 (gloria patricia eggenst ana blooming) allerlei teigl-dergl und kreissägen ärger denn webster

zuper pompluschn: mühehe emer denn hompfem (o globe ofh krimimi) 2 darren-harren koma o

Vom Schreiben leben?
(1975)

Es ist absurd bedauerlich, daß sich zu der Frage »Vom Schreiben leben?« aus eigener Erfahrung nur äußern kann, wer – auf irgendeine Weise – schreibend überlebt hat. Ich denke an die nicht entstandene und, wie ich fürchte, in zunehmendem Maße nicht entstehende Literatur. Die außerliterarischen Siebe zeitigen bloß im Resultat eine literarische Auswahl. Ich kann auf die an mir vollzogene Auswahl nicht stolz sein, mir aus ihr keinen besonderen Selbstwert ableiten.
In Rumänien habe ich nicht vom Schreiben gelebt. Die Honorare waren ein willkommener Nebenverdienst. Ein Lyrikband brachte, als Pauschalabgeltung, etwa das Fünf- bis Sechsfache meines Monatsgehaltes, was nicht viel besagt. Ich schreibe langsam, die Aus-

schußquote ist hoch, der Zeitaufwand keine Gewähr. Damals und dort hätte ich es – abgesehen von allen geistigen, ästhetischen und ideologischen Implikationen – nicht gewagt, als Lyriker nur vom Schreiben leben zu wollen.

Was ich nun seit sieben Jahren hier versuche. Kraß gesagt, es ging um die Entscheidung: Leiste ich mir den Luxus, kein festes Einkommen zu haben, den Wohlstandsbedürfnissen nicht entsprechen zu müssen, nicht arbeitslos werden zu können, mich nie krank schreiben lassen zu müssen, mit einem Minimum auskommen zu dürfen – also den Luxus einer nach relativ großer Freiheit riechenden Lebensform, zumal ich sie nicht missionarisch oder beispielhaft antrat, sondern eher: »Mal sehen, wie lang der Sport läuft; du kannst immer noch auf etwas einfacher Nützliches umsatteln.«

All das mag sarkastisch klingen, und ist es zum Teil, aber nur zum Teil. Jedenfalls bewahre ich mir eine Distanz und Gelassenheit zu meiner Existenz: wirkliches Bedürfnis, wie ich meine, und zugleich notwendiges Produktionsmittel für jenen lyrischen Bereich, auf den ich mich beschränke; weil ich es – aus Einsicht, aber auch im Hinblick auf die gesellschaftliche Effizienz – für wichtig halte, daß spezielle, begrenzte Fähigkeiten optimal eingesetzt werden, und sei es für Teilbereiche, in denen die soziale Anerkennung schmal ist.

Ein Wort zum Geld, das ich brauche. Für Miete, Zigaretten, AOK, Essen, Briefmarken, Kleidung, Papier (in dieser Reihenfolge) benötige ich zur Zeit im Monat 450 Mark. Bis zu dieser Grenze hat das Geld nicht den »eigentlichen« Markt-, sondern meinen *Lebenswert*. Fehlt es, so bedeutet eine Mark unheimlich viel; ist es vorhanden, so bedeutet sie kein Geld mehr. Erst über diese Grenze hinaus ist die Mark wieder eine Mark – und gerät meistens natürlich ins Reservepolster für die nächsten Monate, das nächste Jahr.

Ein Wort zum Geld, das ich verdiene. Es kam bisher hauptsächlich von den Rundfunkanstalten. Zwei Versuche, meine experimentelle Lyrik in die größere Form des Hörspiels einzubringen, wurden wiederholt gesendet. Es war für mich eine Umstellung, jedoch auf eine lyriknahe Gattung; auch meine Rundfunkpraxis von früher half dabei. Einmal im Jahr kommt ein zusätzlicher Batzen von der Verwertungsgesellschaft Wort, bei der ich alle Sendungen mit eigenen Beiträgen anmelde. Mit dem gedruckten Wort verdiene ich verhältnismäßig wenig.
Trotzdem: Bücher und Zeitschriften verfliegen nicht im Äther; ihre vertraute Handgreiflichkeit ist noch nicht widerlegt; schließlich dienen sie auch indirekt beim Geldverdienen, als Werbemittel. Ich habe 1,5 bis 2 öffentliche Lesungen im Jahr. Einen Förderpreis 1969 und 6- beziehungsweise 3-Monate-Arbeitsstipendien in Berlin kann ich nicht als Geldverdienst bezeichnen, doch in meiner Buchführung stehen sie auf der gleichen Einkommenseite. Zweimal bin ich zeitweilig auf nichtliterarischen Geldverdienst ausgewichen: Schreibmaschinenarbeit für die Computersetzmaschine einer Druckerei und Verwertung meiner Rumänischkenntnisse für eine Redaktion. Anderes habe ich abgelehnt, wie etwa Übersetzungen von Autoren, die mir weniger liegen.
Wie ich die Dinge auch wende, ich sehe keine direkt quantifizierbare Wechselbeziehung zwischen: meiner beim Schreiben und fürs Anbringen des Geschriebenen geleisteten »Arbeit«; der materiellen Anerkennung, letzten Endes durch die Gesellschaft; der ideellen Anerkennung, letzten Endes durch einzelne Personen. Die den Bedarf an Literatur, insbesondere an Lyrik, hemmenden Faktoren (Situation der Verlage, knappe Sendezeiten und so fort) sind bekannt. Das Hausieren mit den Manuskripten ist aufreibend, langwierig, oft erfolglos.
Schreiben ist immer Vorschußarbeit. Kontakte suchen

nicht jedermanns Vergnügen. Auch all dieser Unmut dürfte bekannt sein; indem ich schreibe, gehöre ich ihm an. Nur glaube ich, man kann im Geistigen nicht weltoffen sein, ohne die Existenznöte in der Welt auch als Maßstab für die eigene Existenz zumindest anzulegen.

Flaschenzug / Aufschwung

Unermüdlich will ich faul sein – falsch:
Es ist schon schwer und lästig, unermüdlich
falsch zu wollen – faul! Nicht mal uner-
müdlich will ich, wenn ich mal zu müd bin, faul sein –
einfach einmal alles andere als schwer und lästig:
Nur wenn es mir paßt zu unterlassen, was,
wenn es mir nicht mehr paßt, zu unterlassen
müßig wäre – das, was, könnte ich es unterlassen,
nicht zu fassen wäre oben – aber bald! aber genau!
Denn falsch und müßig wäre, genau das zu unterlassen,
falls es mir doch paßte, mir zu passen – ohne Spaß!
Nein, es ist mir, bitte, ernst zu tun um jenes,
welches, sollte es mir einmal wirklich passen,
ernsthaft nicht zu spaßen wäre mit ihm oder
lieber doch womöglich ohne – flau! (Fal-
sche Voraussetzung nimmt ihren Lauf, eilt, ödet,
wird ihn mir mächtig zurückgeben) – denn es ist so
schwer und lästig, einmal unvermeidlich albern
nicht im Spaß davonzulaufen vor den flachen
Willens- und Verhaltenssachverhalten, welchen
faul zu sein mir unermüdlich vorzukommen
ernsthaft schwerfällt – bis zur Entblödung.

Bei meinem Unbehagen an der Subsummierung unter die »Verkannten« kommt ein persönlicher Umstand hinzu. Einer der Gründe, weshalb ich vor fünfzehn Jahren aus Bukarest wegging, war eben der, daß ich auf dem besten Weg war, dort von der Obrigkeit hochgefördert, hochstilisiert zu werden, zum

Aushängeschild einer Minderheitenlyrik – und das hat mir gestunken. Statt *so* bekannt zu werden – dann lieber das Risiko hier, auf Kategorien wie »verkannt/nicht verkannt« pfeifen zu können.
Ich kann das Wort »verkannt« aber auch ernst, d. h. wörtlich nehmen. Mein grundsätzliches Verkennen und Verkanntwerden, sobald ich spreche oder schreibe. Der linguistische Aspekt. Da ich diese ständige Verunsicherung in meine Texte einbeziehe, sind es, sobald ich sie vorlese, auch irgendwie »verkannte Texte«. Und so gesehen, sind Sie das verkannte Publikum.

antipex / rahmenverkanter

1 sprach es
ramencator der:
kelvins frunkel
haaren sehr

2 gen rom gen rom
morgen ja morgen

3 nein doch
alme pulpa jason
höre tochter meander

4 narch
ranana
anrichte – ha

5 der hunfonarf
auf den gekomen ist
der narfonhunf

6 warze momise pharao
da sie einander mischzellen

7 abgewetzt bis auf die sprünge
sitzt fernando dezibel
einar von gunderol

8 retzloh fällt die pumpe
jementhaul
im gehörgang ein und kos

9 nimes und reimes

10 die foeldis claim
sei so gut amoebe
thula!

11 unholder holunder
von beregungo
kein zundar

12 doch öfter noch als ausbund kleiner apotheker

13 nuskel morpher dreher
fendert seinen
schlenderpfuhl

14 stülpungen aus einem heu
auf dem anderen rabenor

15 ginter ade
dero arrognazia
felpest ihm pazza

16 um auf kelvin zurückzukommen
von dessen flehkinnmassen
winkelöhsen träumen

17 hüben kiwi fläche von hüben
plomben trainingsbecken winken

18 schein mir hier in ofenrom?
o hamerfester porto fé?
– odur zedar?

19 palmitzen frau schuta
froll mais voran
paradeis!

20 steiler hosack
pietro in vincoli
hat mauritiusblau
unweit ossen gebrudelt

21 haarpsalter aber
sind eskimos
und leben auf besuv

22 turco lano curcubemu
flimer auf dem – sehen sie
die taxi sind alle gelb

23 schalles napper sechzehntel:
bettnische zischdecke
der boden ist lasig –
alla spurca ramo (pepetir)

24 husch – kelvins amphorismus bleckt

25 küste wie hühnerbrust
fersenblecher wie schweine
gabelung wie oktopus

26 guten morgen heftklammer
einwangig durch epheuruß

27 gewis perka stenoldts (vende overle vende)
puwis kanto witomir (orde narch olevano) –
oberschleißheim!

28 dunken einwärts
nahtgefleurem tych
baos pins faz

29 kein reger nutznießer hat ozalith in mongolei

30 glove – glaff
glaff – glove
hunch (tickel)!

31 phi getrunken rho gehangen
delfing duktschen – volontär
elbis gehsal firsing feif
schwierigem zurück (patron)
– das muß ich nicht erklären

32 storx ebro lunder yukatan
haben dem dreieck
zahnweh getan

33 stolz am zollstock:
muh-tang und kaskade

34 maß-kameras optik:
paß-keramisch (tech)
kasten-axen-spastik:
kafkas kameraden rasten

35 simfero- und interpol
kriteln zanz vor zuzieh-flor

36 hackschleifheit mit rabia-kalter
stele – gartenschock auf
kamelackmusele

37 unvor sehne
herge lide
anschuh ovis
puntsch!

38 mitten im album zart
sport interimes lone

39 mit loser nutzung einer f minus spuriustenose

40 nimbus
den stimbus
phlox gibraltar
– wimpy!

41 oben geht ein knödelwürger hecken
der andere schwarze hund heißt jackie
(viele stunden und fluren unweit)

42 stax! hadu mesmer pompé
gibrant? er knitert gern
von bilden walken ab

43 wie von alleine und zurück
durch hadelnölzer föhrt

44 moorlake – kein leiz getan
und jetzt noch tombolanum

45 geh niere ziere glander ein
da sennheiser giraffe macht
ist schlaufez nubel nicht weit

46 trutz venenweg glatt überpinselt
– pflegt kelvins niveau

47 kiesgrubendynamik
für gymnospermen in kubus
und schüben (aufmarsch)

48 lava me
ne tava lu!

49 stirwen kniwwels – abgenagte
luckis und drallos

50 kaps union raps gallion
die billen so sie gilben
horrimini bis kaja tryb –
sie ringen sie zielen sie tronen

51 oder will dein schilderhaus
auslaufen – tender brustigar?

52 schubsache laubt
gyäne hisch –
fulgonarette
fulgonarette

53 die liefern nex und apsis
und kriegen wuz und buxe
wahlweise 110 / 220

54 spanend
wie schlafung
auf fungi abfährt

55 ach kelvin
von allen gefühlen
eines der maßvollsten

56 a) cumulus
b) kann das haar
c) nicht auseinander
d) nougat-ragout
e) muß remulus
f) kakadu-musaka
g) in mouliné-emulade

57 wartender bartender
mäuerlein am nasenbein
lukas der andere – formel eins?

58 lapidra das ist die
ekelhüfte wistrin
lapidar eos mit kleps

59 tellerwäscher kelvin als kehle der drossel

60 hier o hier
o lief o
viel o mehr

61 koma der komet macht tupfer
im lichtwinkel von zicklon

62 hydra zenith wo anthra zehn-acht

63 vier thüringer
gladiolen
benzinölen
– labbraviatoren

64 darmatischer mezzosopran
schießt lücke zischen
auswisch und abwand

65 hall in graz
(drei silben)
palzi-fingur

66 zinn-fleck wink zobis ein weiß

67 wie einer schlupfwespe impfgenossen
nicht mehr zurück konnten und man
heu mit zähnen zu verhindern suchte

68 ganglionen nämlich das sind galeeren-
formationen im spülbereich – krini mole . . .

69 und die wampen kalfen
und die lefzen schemmern
und die palanken zirzen

70 horizontaler zarkophager elikofzer

71 sprinkler: mit ägäis
an die eukla
ypten!

72 b-ton und del-ta – kelvins macken

73 kalm hier – o er flüge!
aber gliffer nicht
jehms giro?

74 phorum hainarum –
im nachhinein
wars morula darum

75 reibungsscheue oz marella
malmud am stroboskop:
mühlwade wahlmüd

76 nie reichen sie zimmer
benn frotuna haarbüschel drechselt

77 knirsch knarsch knursch
die zwei hunde
schwarz gelb schwarz

78 pazzarilla scheingeldtasche – oz made

79 strele weiden: nur kelvin
wird nicht kürzer
gleiche zangen: nur kelvin
scheuert mehle

80 es waren birnen auf dem meldeamt

81 ein viertel ehwie sora mende –
bebet und turnet fleißig!

82 mundwerk lapsus aus freilassing
hechelt deutlich – ha die belohne

83 kelvin zolltest bissen:
in busten gelse nekasto –
rambulatorium

84 oder semaphoren?
(die aus bennurin
via viale filaxis
pro ulter marin –)

85 99 tausend knöchel
garnitur & remington
himmel – eben wechseln sie die typen

86 ein jeglicher mittelbars pinien – ölschwämme

87 ärme c minox busum
warze des dübels
hülsenreiche litze

88 roh oden drohn: profetenton
je umso ergo nurmi – organo re
(uranus-tang)

89 denn ich muß euch sagen:
o vesti miglia juckreiz-bul

90 kelvins rückreiß-binom
besteht aus fis-kultur
– aber die zisterne!

91 fläzt sich die breitlast in kuben
einfalt in falten-asfalt
– schlauf kumi

92 alberne taverne
des motorfracks
g plus c miroir

93 sie hatten ihm einst einen
der ager war und i-gronom

94 kledon und redon – o dill

95 theaterdonner:
das rituelle
schlauchaufblitzen

96 buchaufschlitzen:
taufrolle schüt-
telt die hotten

97 tex wie pilliz
plics wie meduse
pag wie hole ihn

98 aber nur wenn zembal de-
zent sich schnerozen tät!

99 im übrigen kelvin
geht nichts über
flinke knie-elf

100 daramu – jam!

Kelvin, der Rahmenverkanter, reicht bereits durch die Augustea die Jahreszahl: 1984. Die Verkantung unausgefüllter Rahmen sollte ihm Spaß machen, doch niemand sieht in einem Rechteck den Cavaliere. Den es nicht gab, jetzt gibt es ihn? Er hat ja zwei Malteser Schlüssellöcher (Formeln), aber nur eines reicht bis nach Rom:
Null Grad Celsius = 273,16 Grad Kelvin
– das andere gehört den Eskimos:
Null Grad Kelvin = minus 273,16 Grad Celsius
Rom ist also eine Wechselwirkung von Kühler-Haube und Brenner-Visier. Die Mimosen reichen durch den Pol und zischen angestrengt: Iglu! Gulli! Liniment! Kelvin wiederum lebt von den Altertümern Schritt & Tritt, die ihm begegnen. Nichts als respektive Erhebungen respektive Vertiefungen. Darum sind die Türme, die Karkassen und die Limousinen aus der gleichen Ablagerungsmasse. Es geht um Zeilenbildung, den Horizont.
Wie aber, und das ist Kelvins Debakel, kommt solche Populärwissenschaft in Rom um die Runden? Denn Steckdose und Ritterlichkeit sind auch hier rectangulär, und die Uhr hat 24 Stunden.

Von Rom sei hier die Rede, lasse ich mir sagen; Petrarca redet von einer Unverwüstlichkeit, die über »euch«, über dem »Ort« zu schweben scheint; und kann, aus diesem Grunde und an dieser Stelle, von unserer üblen Vergangenheit nicht absehn; er steht auf, schreit, will sich von Argument zu Argument ins Allgemeine retten, »Himmel!«; doch, wie in einem Treppenwitz – »Weglaufen gilt nicht«; jede Zeit ist Zeit insofern, als unser Wiedersehn im Spiel ist – erinnere dich; mit den gegebenen Dingen; sagt die Vergangenheit; sagt parallel Petrarca zu sich, zu uns, zum plötzlichen Einbruch der Kälte, wenn die Nachricht kommt: »Geh oder bleibe«; dann der alte Impuls, dann der jüngere, der diesen umkrempelt – wer setzt sich durch, wer wird es dann noch wissen; es ist ein Kampf, bis heute, Runde um Runde.

(Petrarca, *Le Rime, LXVIII*)

Irreverent – weil es da eben nicht nur um eine literarische Größe mit P ging (= Petrarca), oder um eine mittlere historische Größe mit P (= Person), oder um eine sonstwie geartete (= Pastior), oder gar um andere Größen mit P (= Projekt, Potential, Pneuma, Pingeligkeit, Praefiguration, Plenum, Platzbewußtsein), sondern schon auch um weitere Größen des Alphabets (= Anmaßung, Befangenheit, Calamität etc.) – auf der Buchstabenschiene ist vor dem Herzen alles gleich. Selbst mein Vorwissen um die Renaissance war ein heutiges, schmales. Schließlich hatte ich keine Bedenken, in den Sonetten ein aufmüpfiges, schwejkhaftes Substrat im Umgang mit den schönen Wörtern auszumachen.

Ausweichend und einkreisend
Liebesspiele der Frührenaissance
andeutend, sind meine Stolzenburger
geflügelten Büffelrücken
an der Absicht vorbeigeflogen,
jauchzend, oh, sybillinisch

Der Erkenntnisweg – ein plötzlicher Kurzschluß. (Man hat was erfahren,

schnaubend über der Kuhle
vorbeigeflogen, wo die Stadtschlüssel rosten,
die Eisbeine an
jung aufgegangenen Sonnen
schaukeln –
vorbeigeflogen am Speckturm,
wo Botticelli die Krähenfüße mißt,
niemandes Alter bedenkend,
wer lachte blau,
als meine geflügelten Wortrücken
schon Nester trugen
mit ausgestopften Ewigkeiten?

aber es läßt sich nachher nicht mehr in einen Satz bringen, denn dieser Satz geht total vorbei).

vor einem Hintergrund mit Wildem Wein der über einen Umbau wuchert und im Vordergrund mit nicht tragenden Materialien aus einem Plankton ragt unter dem dauernden Wegfall eines wild wuchernden Hintergrunds

Was ich noch sagen wollte, Urs, im Hinblick auf die Bächlein und Seen und auf das Meer, in dem sie sich verästeln, oder die Berge und Siedlungen dort, beziehungsweise hier den Schatten im Laub oder jenen Dunst vor der Sonne und diesen Nebeltrog, in dem die Landschaft sich badet – ja abgesehen selbst von solchen Dingen und auch anderen Widerständen, die mich reizen: Jeder Anblick, und sei er noch so angemessen, ist mir im Wege; er verstellt mir die Welt; und erst ein Blick in Blicke – Interferenz von Schleiern!; darum

Die Natürlichkeit des Geistes und seine abstrakte Natur; auf einen Blick dann prompt die weite Perspektive – dabei nicht unbesonnen; umsichtig und flink im Urteil – auf lange Sicht vorurteilslos; und in der Tat entsprechend der Befähigung: unter der Unzahl der Erscheinungen entdeckt der Gesunde Verstand im Nu die vollkommenste; mitten im Dekor; alles andere, Zeit und Zufall, tritt vor dem Wink zurück – einnehmend zieht er die Schönheit an sich, küßt der ins Bild geratenen »die Augen«, dann »die Stirn«, so angemes-

sage ich: Los jetzt, Augen, trennt auf, erschöpft euch, am besten weint. Nun ja, Scham macht nicht froh; auch Stolz ist eine traurige Sache; was mich bewog, ist nicht rückgängig zu machen; mir winkt die Hand; mein weißes Ärgernis – ich werde mit ihm leben.

(Petrarca, *Le Rime, XXXVIII*)

sen, daß es jeden freut: beneidenswert verquickt, der Umgang, »süß und selten«.

(Petrarca, *Le Rime, CCXXXVIII*)

Irrtum: vom Zeichen (Auge Auge Komma Strich) gehen Falten aus, die kein Gesicht haben oder nichts als Wülste sind; aber von ihnen gehen gleichzeitig andere Zeichen aus, die nun weder aussehen noch Schatten oder Haare haben, sondern angehören – Verschriebene des Papiers; ferner daß versehentlich Fibern und Fasern von links nach rechts für den Lauf der Dinge stehen und von rechts nach links gehalten werden – für und von Erinnerung; auch wie von ihnen Überbeine ausgehen, Irrtümer eines Knochenbaus; im Dunkeln werden Schriftsteller zu sinnlosen Porträts für andere Berufe; nur von Zeichen gehen Augen aus, die keine Augen sind, sondern Gummilinsen oder Texte von Zeit zu Zeit, wenn sie im Dunkeln die Augen aufmachen aber nicht lesen.

Gutes Papier ist mir wichtig.

musca volat – manet manet

punkt komma gedankenstrich – das gesicht
gänsefüsschen unten oben – soll ein zitat sein
schiefer balken – der pinsel im auge
klammer auf klammer zu – unverhüllt verhüllt
doppelpunkt – atemlos von brust zu brust
accent grave accent aigu – poren und anderes
plus minus semikolon – ein horizont steht ins haus

asterix – die mitgedachten plejaden
lyra & millimeter – charakter & ausnahme
eszett – fehlt, ich tippe auf lispeln
umlaut für i oder e – kleine naivität
elision – die felder sind nah
prozent – zwischen caffee und billiard
ausruf – der amateur verrät sich
rückwärtstaste – ein simples lichtverhältnis
trennung – hand aufs herz
circonflex – das halsband
frage – nach welchem schwebenden verfahren
ein viertel ein halb – die brüche ändern sich
ausruf – mit durchschlag
leerzeile – leerzeile
ist gleich – portrait meiner olympia

waslick - pudlick

ferbant maunent
riptans woulant
wounams triptan
maulent farbant

maules kriblans
naumest woulant
soulans ritbang
ferbant louwant

fuiti fuiti beo
aorta mio edici
maudisons gorgo

eternisi tautor
woulo ze manont
franguan dedici

Ja, ich teile Nietzsches Meinung, mit einer Einschränkung: unser Schreibzeug arbeitet mit am Text, nicht an unseren Gedanken. Ich weiß nicht, was Gedanken sind.

Triumpf! Triumpf! Er ist in Sicht! Ich bin auf diesem Tüpfelfinger imstande, ein triumpfales Fleich herauszuchlagen! Rach, rach, es ist mir eine Lust, auf einer Triumpfmachine herauszuchlagen, was das Fleich hergibt. Dieser Triumpf erzeugt einen Charakter, der sich von anderen herausgechlagenen Siegen abhebt, ein ganz und gar überwundenes Fleich. Ein ungewohnt großer, ein triumpfaler Charakter im Chriftbild dieser Vorrichtung. Auf dieser tüpfelfingrigen Psyche chreibt es sich einmalig, nämlich fast physich. Meine Triumpfmachine ist selig. Nun wird sie sich's endlich überlegen, immer diese chnöde Fleichchleichwerbung zu betreiben. Wie sich das ausnimmt! Ausnehmend groß und voll. Der Charakter des Triumpfes auf dieser Machine ist praktich un-

Auf ganzer Breite 6 Schreibmaschinen, in gerader Linie, auf denen Stifters Nachsommer abgetippt wird, mit allen unregelmäßigen Pausen, die dabei entstehen – von je einer Seite der Seiten 1–6. Stimme 4 ist gleichzeitig bei allen Schreibmaschinen und ruft, sobald sie angeschlagen werden, die Selbstlaute aller beim Lesen zu betonenden Silben aus – a, e, i, o, u, au, ei, eu, ä, ö, ü. Die Figur ist mit Selbstlauten gesprenkelt und kann bis zu 30 Sekunden dauern.

chlagbar. Ich werde ihn ihm chon herauschlagen, diesen Fleichcharakter!

Buchstaben wie Walzprofile. Die Literatur als ein Walzwerk, Blooming – so besehen gibt es auch ein Industriegedicht unter den Wechselbälgern. Es hat dem Band den Titel gegeben:

Wechselbalg / Querschnitt

I sei des Vorschlags-Wesens U verbolzen. Wie Si-
derurgen treiben T in T des Mangels V hoch See-
lenhammer-Dämpfe ... Hätte gewesen U ... Doch eins

ums andere klafft mittlerweile und vor HU-Zonen
T zimperlich Gehaben-Sein zur Walze. T ist was
V am Platz-Verband des Einzugs: geh weg falsch

I-Sinn eines T-Verfahrens im Strangulier-Ballon!
Geh aus dem Takt sollst U mir gehen! Zapf am Pro-
fil die Demut H vergebens zum IT des Frischlings!

Kontakt-Geweih laß I den Tobler TVT zum Ausschuß
zischen! Auch die UU-Seilschaft verfirkelt oft-
mals des Unverblümten Holdes Leid – Wunder und

überhaupt U Träger H wie hätte! Wie rollte IVV-
Gestränge T in Blum, wenn H nicht hätte hab-gewe-
sen (wässrig) pro Unze Ungemein und Kühlturms Pum-

pe den Gäulen ferngespeist mit I-Sinn aus TT ...
Verbogen eins ums andere ungemein des Mangels U
vor H: klettre O Seelenmark in Gnaden-Stößen I.

Also der Wechselbalg! ... Bitte nehmen Sie diesen Titel so ernst, wie er gemeint ist – also: Wechselbalg – Wechselstrom – Häckselstroh – Drechselbank / also: Drehschnur – Nabelzopf – Nebeltropf – Hebelkopf, bzw. dreiphasig gehörnter Kröpfelstrang – Oberon – Drosselbart – – – – – – Rösselsprung! Mit einem Wort: WECHSELBALG!

Wenn Sie sich das Buch ansehen, werden Sie feststellen, daß alle meine Wechselbälger in *Dreizeilerstrophen* angeordnet sind – ein kleines optisches Signal dafür, worum es mir (wenn ich nachträglich überlege) wohl in allen diesen Texten, oder Gedichten, geht: ». . . um mein Löcken wider die unselige Bipolarität in Sprache und Denken, und in der durch Sprache und Denken doch auch geformten Umwelt . . . und eben die verquere Logik, die ausufernden Wortketten, und auch optisch die Dreierstrophen als eine Möglichkeit, gegen diese binäre, bipolare Art des Denkens und Sprechens – aus der wir ja nicht herauskönnen . . . – anzugehen. Und auch der Spaß dran, das widersinnige Lachen . . . Im Märchen muß der Wechselbalg, dieser Bengel, (in einer der Varianten) zum Lachen gebracht werden, dann löst er sich, dann geht er ab, dann springt er raus aus der Haut – Haarspalterei, Katzbalgerei . . . ja, der Digitaldenker, der soll ausgetrieben werden, diese Binärpulsare, Bösendorfer, Ja-Nein-Asketen usw. – bis weit hinter die Pointe . . .«

Gewaltig hoch und tief

Angesprochen auf seinen Ernst, schäumt das Leben hoch und
gewaltig waagrecht, denn alles andere ist unernst. Platt
und unseriös die toten Sprachen, das anorganische Flick-

werk – lächerliche Gen-Konstruktionen. Hingegen das Hoch-
Schäumende, das Waagrecht-Krause, das tief sich Spaltende,
der Ernst. Er ist des Lebens. Alles andere des Todes, des

Ringsherumigen, der Hilfsmarotten, stoffnäsig und hochmütig: Kind Gottes oder des Teufels! Du bist ein Kind, also des Lebens und vom Ernst gezeichnet. Ding der Unmöglichkeit! Du

bist ein Ding, also des Todes und von der Kurzweil gezeichnet. Oder was? Und du Anblick der Vernunft bist unmöglich und doch tief und schäumend, weder Kind noch Ding. Also bist du

sowohl des Lebens als auch des Todes, ein Unding des Waagrechten, alles andere ist platt. Sag mir, wes Unernstes du bist, und ich sage dir, Kind oder Ding, wessen du bist, des

Lebens oder des Todes. Und erst die Klünkernis! Das Borned-Biefige, das Technisch-Machbare, das krumm sich Knödelnde, der Witz. Er ist vom Leben gezeichnet, ein Kind von Traurigkeit, ein totgebornes Ding. Angesprochen auf seinen Sinn klumpt sich das Leben gewaltig, denn alles andere ist waagrecht: Wes Kindes Ding! Und viele Geister sind des Todes Ruhm.

die sache mit dem fehlen des nötigen
beines in einem sachverständnis dessen
nötiges fehlen im ernst mir abgeht –
eben dies voreingenommene anschonen vor
recht welches in jedem vernünftigen au-
genmaß zu benötigen es ausmacht dies
bein nämlich oder die schlinge um den
arm des fehlenden von solch gemeinem
nutzen; das aber verschone es mit dem
nötigen ernst vor dem unnötigen fehlen
dieses augenweidentricks um den oder das
ein bein in der schlinge vorgibt mir ab-
zugehen – es ist die sache vom nötigen
ernst in der sache die allen ernstes mir
schonend es beizubringen unabkömmlich
macht aus dem sachlich verschlungenen

verständnis heraus welchem es an unnö-
tig fehlendem gebricht; schon ein arm um
solch gemeinen nutzen verfehlt das augen-
maß vergeblich um das breitenwirksam nö-
tige fehlen des fehlbaren ernsts in ei-
ner nötigen sache

Klumpatsch

Ungern und forsch aus Technik und Wissen geboren:
sprunghaft erloschen im Hinblick vor jeder Bezie-
hung: was du auch tust, tu es im plumpen Bereich

und denk an die Frösche: auch Wirbelströme irren:
gib dem Fett einen Auslauf, sei Vorsehung und Sei-
de, wenn du kannst, doch gib acht auf diese dummen

Ratschläge: der Mond auf seine Art hat keinen Appe-
tit: habe dessenungeachtet Seife im Ohr, vernachläs-
sige dein Nagelbett, greif ungeschickt nach jenem

grauen Papier: wenn angesichts einer feuchten Ge-
hirngrube dein Gestirn in Phasen geht, blau, gelb,
rot und andersfarben, auch metall-blöde – zeig was

du nicht kannst und klump dich breit auseinander:
glühen kannst du noch immer: mach aus deinem unter-
entwickelten Hehl keine Herzfaust und aus den Eier-

schalen keinen Schraubstock: gescheitelt werden im
dreckigen Wetter, das sollst du: tu es im falschen
Bereich: scheu keinen Matsch, sei eine menschliche

Enttäuschung in plumper Hinsicht: galvanisch und
pieslig geboren, von der Seite erloschen, was du auch
tust: tu es dick und klitschig, ungern und forsch.

Ohne Titel

Mir ist, es scheint, ein Unnah-Bluh Gespirren;
ein bluh-haft Unnah-Bluh mir scheint und ist; es
Wintermassen; und es Fußweg; dann im Kreis Ge-

spirren ca. 10 Minuten; mir scheint, es Schnee;
durch Pfeile ist ein – es – im Freien bis Blau und
Rot ein Fußweg; mir bluh-haft es ein Kräftespiel-

Gespirren bis es Massen; ab Mitte Spirren und bis
Poloplatz Markierung; dann es Fußweg (Pfeile);
S-Bahn bis Wittenau; und dann noch ca. 10 Minuten

Fußweg bis Poloplatz; anschließend ist, es Bluh, es
mir; dermaßen scheint es mir, es es; U-Bahn bis
Tegel (für Begleiter) und im freien Spiel Gepfeile

durch Blau und Rot dem Bus der Linie A 12 bis
Kräfte; mir ist, es Holzfleisch es, auch Fußweg;
anschließend wegen Kräftespiel im Freien dann

über Stadtbahn ca. bis 10 Massen; es schneit, es
schneit; dann ist; dann U-Bahn bis Gekreisen;
es ist dermaßen Füßen, es Unnah-Bluh, es Spirr.

Titel sind ohnehin oft genug Einengung, Einschränkung, wenn nicht Rechtfertigungsversuch oder gar schärfender oder entschärfender Zeigefinger. Andererseits hängt die *Titellosigkeit* auch mit meinem Argwohn gegen alles Etikettierte, Klassifizierte, in Kästchen und Register Eingeteilte zusammen, ist also wohl doch auch mehr als ein formales Null-Phänomen. Und noch etwas: Ich glaube, diese Gebilde sind (vom Entstehen her gesehen) nichts anderes als hin und wieder zu Papier gebrachte Strecken eines Sprachflusses, eines Kontinuums, dem Organischen und Fließenden verwandt, also auch ohne feste Anfangs- und Endpunkte. Wie sollte man so was betiteln!

Ohne Titel

Das kommt nicht auf diese Art, das geht vorbei;
geht auf jene Art, die nicht vorbeikommt, vor-
bei; auf diese Art kommt es nicht, nur auf jene;

es kommt auf eine besondere Art und Weise einher
wie etwas, das vorbeigeht auf jene Art, die
nicht vorbeikommt; immer geht es bloß vorbei;

so kommt es, daß es nie anders als auf jene
Weise oder Art vor sich geht, die anders ist
als diese; es kommt anders als es geht, und

Diese Gedichte laufen ja auch nicht auf eine Pointe hinaus. Selbst wenn kleine Pointen vorkommen – in der Weiterführung werden sie zurückgenommen, und sie haben auch alle einen Punkt der Langeweile in sich, über die hinaus ich den Text weiter fortsetze.

jene Art zu kommen ist nicht diese Art zu kom-
men, und jene zu gehen nicht diese zu gehen, und
auch jene Art zu kommen ist auf diese Weise vor-

bei; auch jene Art und Weise, so einherzukommen
als käme es darauf an, wie es vorbeigeht, geht
vorbei; ja auf eine Art und Weise kommt es, daß

es auch kaum darauf ankommt, wie es kommt, daß
es auf diese Weise nicht ankommt; es kommt eben
auf jene und geht doch auf diese vorbei; die

nicht vorbeikommt; daran kommt es nicht vorbei;
es ist eine Art Kommen und Gehen im Gange, es
ist direkt schlampig, wie Dieses und Jenes ein-

hergeht, eins klüger als das andere; aber das
geht vorbei; diese vorwitzige Art und Weise im
Gehen und Kommen ist ja bloß jene, nicht diese.

zugspitze

Reporter: Wie kam's zu diesem Gedicht?
Pastior: Durch einen Einfall ... Ja, die Wunden und die Sandalen – das war der Einfall. Die hab' ich plötzlich als Völker gesehen. Als Wörter, die Völkerschaften bezeichnen ... Und dann ging's eigentlich weiter. Und weil man ja also gerade zur Zeit der Völkerwanderung immer zwei zusammen hat, die Goten und die Gepiden – dann sind das die Bipeden und Bepiden (Lachen) undsoweiter ... Und dann kam mir auch ziemlich früh der Titel »Zugspitze«. Also quasi, wie sie alle über die Alpen ziehen. Und das hat eine seltsame Perspektive dann ergeben: Also so wie ein ... – so sehr von oben gesehen – ein riesiger Zug von Völkerschaften, die sich ameisengleich über die Zugspitze, über den Brenner, weißgottwie, oder herwärts wälzen und gleichzeitig, na ja, also auch, die Autoschlangen undsoweiter (kurzes Lachen).

die wunden
und die sandalen

die postboten und die restposten

die schulden und die wonnen
die daumen und die karten
die wangen und die gurten
und die rouladen

die waden und die schwalben

die pulpen die schluchzen die latten die fluten
die waben und maden und schaben und karren
die backen und die gurken

die bracker und die schnaken
die galonen und die waller
die tafeln rahmen flanken fersen
korken und tuschen
wolken und zensuren

noten und betonen

die spül-mühlen wühl-waren bach-mandeln wach-raunen
die antilopen burikaden kantilenen
die biskoten und balamuken
die kanuten und spinaken
und die lupinen

die bipeden und die bepiden

die ingwer die jeden und weden die beben und quasten
die lysen und praxen (und die mix-besen)
die schnatter und die rost-grillen
die gneisen und die schloten

die euter und die paar katen

die langusten
die tomaten

die kauminuskeln
und die gliedpfannen
und die südpfoten
und die mondmuskeln

die wimpern und neutronen

und die bimser kälter tinter spenzer / dormeusen mähdüsen
 bermuden / taxen tuner pemper / tüten pönaken dolomiten /
 wandersalamander parzen spaten aurier / zähren muränen
 migränen und glyphen und kiwis
die astern rüstern lulus mukas lettern und binsen und mangos
die ruck-musen fakronen bamoks garotten fiaker moustarden
 puletten
die hunters gluckis basen wiesen zubringer

und die rebusker
und die massacker
und die komparsen und bombinen
die schnauber und die stauber

und die styropäer

und die bummeln
die primeln und sekunden
quarzen und toten

und die leumonaden

und die ampeln

und die wufs

... und Melchior, sie kamen
in großem Stil. Voran
die Erinnerung an etwas,
und dann die alten Namen
Myrrhe, Merlin und Gofan.
Auf Eselchen, im Zwerchsack:
Balladenzeit und Käse.
Dann die Hofsilben mit blauen Backen
und unterm Baldachin: Frau Exegese.
Die Bären und die Büffel
zogen nächtelang mit.
Ganz allgemein folgten die Berge
durch den Schnee im Humpelschritt.
Wir hatten im Ohr ein Klingen
und im Auge verwunschene List.
Herr Akkra rief nach den Dingen,
wollt rasten am Wallenstein.
Der Mond war ein weißer Bovist.
Und wir gingen und gingen und gingen,
Myrrhe, Merlin und Gofan,
mit Eselchen und Sänften
zum Riesen Schurian.
Dem bringen wir von allen Gaben
die schönste, die wir gar nicht haben,
vors Immertor aus Molkenblau,
behütet von der Wolkensau,
die schenkt uns ihren Wörtersee,
der reicht ins Land der Aberfee.
Die hat ein Aug aus Eise,
dort kehren wir die Reise
langsam zum Anfang ein.

Irischer Fluß aus dem 8. Jahrhundert,
A Kingdom for a Horse, a Horse, a Horse,
A Soul for a deeply Sleep. Und
Wallensteins Astrologe, im zweiten Sonnenhaus

was heißt liebesbegünstigt? Und
im Testraum Achtung vor fünffüßigen Jamben.
Sara zeugte Jevo. Jevo zeugte Mira
und Mar, Kain und Abel, Dach und Au und Schwitz.
Au aber zeugte Naga und Hiero und Kyb.
Und waren gehorsam an ihren Kindern
bis ins vierte Glied. Da erhob sich
ein da senkte sich ein da tat sich auf
ein irischer Fluß aus dem 8. Jahrhundert,
A Kingdom for a Soul, for a Horse, for a Sleep.

Namen, Register

Das Personenregister. Die Namensliste. Der Nachweis, Hinweis, Ausweis. Matrikelverzeichnisse, Katasterauszüge, Ordner und Speicher.
Bist du auf der Liste? Also du auch. Die Zusammengehörigkeit von Dingen, sobald sie auf einer Liste stehen.
Die Auflistung macht die Wörter, aus denen die Liste besteht, zu Eigennamen. Dafür haftet sie, die Liste; dafür haften sie, die Namen. Ich bin mein Name. Er haftet für mich. Ich werde für ihn belangt, befördert, bedacht, befürwortet, übergangen, geliebt und gemieden.
Durch Geburt bin ich auf eine Liste gelangt, sozusagen getauft worden. Darum interessiert mich jede Liste – ich suche mich auf ihr zu finden, ich könnte drauf sein. Beamte, die mit Listen umgehn, kommen mir meistens zuvor: auf einer Liste, und sei es die der Ausnahmen, finden sie mich. Dann wird befördert, deportiert, die Einheit des Ortes, der Handlung und der Person hergestellt. Eben darum ist die Zuweisung von Huld & Schuld, die aufgrund von Eigennamen irgendeiner Liste erfolgt, so interessant. Ich finde mich eingemischt. Die Minderheit haftet für die

Djs ist das Buch von des
Menschen Geschlecht. /
Da Gott den Menschen
schuff / machet er jn nach
dem gleichnis Gottes /
[2]Vnd schuff sie ein Menlin
vnd Frewlin / vnd segenet
sie / vnd hies jren namen
Mensch / zur zeit da sie
geschaffen wurden.
Vnd Adam war hundert
vnd dreissig jar alt / vnd
zeuget einen Son / der sei-
nem Bild ehnlich war /
vnd hies jn Seth. [4]Vnd le-
bet darnach acht hundert
jar / vnd zeuget Söne vnd
Töchtere / [5]Das sein gan-
tzes Alter ward neunhun-
dert vnd dreissig jar / Vnd
starb.
Seth war hundert vnd
funff jar alt / vnd zeuget
Enos. [7]Vnd lebet darnach
acht hundert vnd sieben
jar / vnd zeuget Söne vnd
Töchtere / [8]Das sein gant-
zes Alter ward neunhun-
dert vnd zwelff jar / Vnd
starb.
Enos war neunzig jar alt
/ vnd zeuget Kenan. [10]Vnd
lebet darnach acht hundert
vnd funffzehen jar / vnd
zeuget Söne vnd Töch-
tere / [11]Das sein gantzes
Alter ward neun hundert
vnd funff jar / Vnd starb.
Kenan war siebenzig jar

Mehrheit, das ist die geschichtliche Dimension. Mein Arbeitslager damals im Donbas war einerseits *nach* Auschwitz, *nach* der Kristallnacht, *nach* Katyn und Stalingrad und Coventry und Dresden – hatte aber »noch« nichts zu tun mit Yalta und Cuba und Napalm und Mogadischu, oder Schwarzmeerkanal, oder Prag, oder München, oder Beirut, Jumbo, Pershing, SS 20 ... auch alles Listen. Meine kleine Verstrickung, die darin bestand, erst und doch schon 1927 in den nicht mal typisch siebenbürgisch-deutschen Vornamen »Oskar« und dazu in einen mittelbürgerlichen Familiennamen eingeboren zu sein, nun diese Verstrickung hat mich zumindest vor anderen Verstrickungen ein wenig bewahrt, vor manchen auch nicht. So daß zwischen Nomen und Omen nichts als ein »und« steht, der Name für Heil und Unheil, dessen Stammbaum ich nicht kenne.
Aber die Liste, die meinen Namen enthält, gibt es, und fälschungssicher.

Wenn ich zurückdenke. Wenn ich zurückdenkend mich an den Namen entlang vortaste. Ich, denke ich dann, denke nicht mit dem Kopf voran, sondern mit den Namen. Und die Namen, denke ich dann, denken mit mir, mich heraus. Ihnen geht es dann ebensowenig wie mir um die Verschachteltheit solcher Tatbestände und Aussagen. Die ist nur im Augenblick. Die Namen haben keinen Augenblick. Sie reihen sich, sie sind sich beigeordnet, sie laufen höchstens auf die »Parataxe« des Geschehens hinaus, würden Luther-Linguisten sagen, aber Namen laufen nicht, sie sind. Indem ich lange Namens- und Geschlechtsregister aus dem 1. Buch Mose lese, lese ich aus einem Text, der dem Namen Luther beigeordnet ist, die Luther-Bibel. Ich habe diese Kapitel und Stellen ausgesucht, denn ich bin kein Luther-Fachmann; und die Register sind inter-essant, denn in ihnen sehe ich mich, und Luther den Übersetzer, und im Grunde jeden einzel-

alt / vnd zeuget Mahala-
leel. [13]Vnd lebet darnach
acht hundert vnd vierzig
jar / vnd zeuget Söne vnd
Töchtere / [14]Das sein
gantzes Alter ward / neun-
hundert vnd zehen jar /
Vnd starb.
Mahalaleel war funff
vnd sechzig jar alt / vnd
zeuget Jared. [16]Vnd lebet
darnach acht hundert vnd
dreissig jar / vnd zeuget
Söne vnd Töchtere / [17]Das
sein gantzes Alter ward /
acht hundert funff vnd
neunzig jar / Vnd starb.
Jared war hundert vnd
zwey vnd sechzig jar alt /
vnd zeuget Henoch. [19]Vnd
lebet darnach acht hun-
dert jar / vnd zeuget Söne
vnd Töchtere / [20]Das sein
gantzes Alter ward / neun-
hundert zwey vnd sechzig
jar / Vnd starb.
Henoch war funff vnd
sechzig jar alt / vnd zeuget
Methusalah. [22]Vnd nach
dem er Methusalah ge-
zeuget hatte / bleib er in
eim göttlichen Leben
drey hundert jar / vnd zeu-
get Söne vnd Töchtere /
[23]Das sein gantzes Alter
ward / drey hundert funff
vnd sechzig jar. [24]VND DIE
WEIL ER EIN GÖTTLICH LE-
BEN FÜRET / NAM JN GOTT
HIN WEG / VND WARD
NICHT MEHR GESEHEN.
Methusalah war hundert
sieben vnd achzig jar alt /
vnd zeuget Lamech. [26]Vnd
lebet darnach sieben hun-
dert zwey vnd achzig jar
/ vnd zeuget Söne vnd
Töchtere / [27]Das sein gant-
zes Alter ward / neunhun-
dert neun vnd sechzig jar
/ Vnd starb.
Lamech war hundert
zwey vnd achzig jar alt /
vnd zeuget einen Son /
[29]vnd hies jn Noah / vnd
sprach / Der wird vns trö-
sten in vnser mühe vnd
erbeit auff Erden / die der
HERR verflucht hat. [30]Dar-
nach lebet er funffhun-
dert funff vnd neunzig jar
/ vnd zeuget Söne vnd
Töchtere / [31]Das sein
gantzes Alter ward / sie-
ben hundert sieben vnd

nen von uns sozusagen als Nahtstelle, als Reißverschluß am Nabel der Welt, wenn Sie wollen als Kaiserschnitt von der Literatur zur Nichtliteratur, also zur eigentlichen Wörtlichkeit. Luthers Leistung beim Übersetzen langer Namenslisten ist philologisch nicht zu messen. Die Übersetzung ist selber der Name. Der Übersetzer nennt hier ja die Namen beim Namen, er ist eins mit dem Entstehen, dem Vorgang, dem Zustandekommen. Die Häufung wird zur Abfolge, die Abfolge hebt sich auf in dem, was ist. Es ist die Leistung einer Zurücknahme oder die sich herausnehmende, also zurückgenommene Leistung – das, etwa, denke ich, ist Geschichte, die Nahtstelle. Nicht Geschichtsschreibung, sondern Geschichte selbst. Ich denke auch an Homer, an Joyce und ein paar andere, die den Kaiserschnitt zur Wörtlichkeit antraten.

Das sind nun wieder Bilder, heillose Literatur aus dem Bild von der Sprache als Über- und Unterordnung, mit den Hierarchien und Nebensätzen und ihrem vermeintlichen Realismus. In den Registern finde ich mich noch unversehrt, also parataktisch, beigeordnet vor. Die Chancen, ohne Unter- bzw. Überordnung in dieser Sprache, die es ja gibt, auszukommen, sind zwar gering, aber, solange es Personenlisten gibt, irgendwo offen.

siebenzig jar / Vnd starb. Noah war funff hundert jar alt / vnd zeuget Sem / Ham vnd Japheth.
Djs ist das Geschlecht der kinder Noah / Sem / Ham / Japheth / Vnd sie zeugeten kinder nach der Sindflut. [2]Die kinder Japheth sind diese / Gomer / Magog / Madai / Jauan / Thubal / Mesech / vnd Thiras.
[3]Aber die kinder von Gomer sind diese / Ascenas / Riphath / vnd Thogarma.
[4]Die kinder von Jauan sind diese / Elisa / Tharsis / Kithim / vnd Dodanim. [5]Von diesen sind ausgebreitet die Jnsulen der Heiden in jren Lendern / jgliche nach jrer Sprach / Geschlecht vnd Leuten.
Dje kinder von Ham sind diese / Chus / Mizraim / Put /vnd Canaan. [7]Aber die kinder von Chus / sind diese / Seba / Heuila / Sabtha / Raema / vnd Sabtecha. Aber die kinder von Raema sind diese / Scheba vnd Dedan.
[8]Chus aber zeuget den Nimrod / Der fieng an ein gewaltiger Herr zu sein auff Erden. [9]Vnd war ein gewaltiger Jeger fur dem HERRN / Da her spricht man / Das ist ein gewaltiger Jeger fur dem HERRN / wie Nimrod. [10]Vnd der anfang seins Reichs war /

Litanei und Kindheit. Nachgedacht und hervorgebracht mit einem seltsamen Blindfleck, beim näheren Hinsehn, nämlich dem Blindfleck für das Spezifisch-Lutherische an dem, was meine Schulzeit in Hermannstadt wie selbstverständlich umgab. In Siebenbürgen war man, wenn man Hochdeutsch sprach, noch sehr dicht an Luthers Hochdeutsch, oft bis in die Wortwahl – wir sprachen, und sprechen, leicht verschlafen, umständlich rückversichert, parallel zur schweren Mundart, aber schlagfertig im Hintersinn, nicht im Argument; ein Hochdeutsch der Lehrer und des Mittelstandes, Realisten, Taktiker, Skeptiker, der

Bloß als Kuriosum sei berichtet: Meine Eltern haben mich mit den beiden Vornamen Oskar und Walter bedacht. Vom Urgroßvater väterlicherseits heißt es, er sei als wandernder Schornsteinfeger aus der Gegend um Beuthen nach Siebenbürgen gekommen und habe, nachdem er in Schäßburg ansässig wurde und seinen pollackischen Namen Pasdschor (ich schreibe, wie mir die Stimme der Ama-Pick im Ohr klingt, als sie, die Großmutter väterlicherseits schon nicht mehr Tierarztensgattin sondern

Tierarztenswitwe war und der namenspendende Jagdhund Pick längst unter der Erde war) in das der schwerfälligen Zunge der Schäßburger geläufigere Pastior auffrischen lassen. (Galt es, Spuren zu wischen?) Jedenfalls sorgte er fortan als braver Schornsteinfegermeister für guten Zug der Essen und daß keine Funken in die Sparren fuhren.
Meine Mutter stammt von ehrbaren Siebenbürger Wollwebern aus Heltau ab, doch war ihr Großvater zeitlang Förster und ihr Vater richtete sich den Weinkeller erst ein, nachdem er als Schiffsjunge auf einem k.u.k. Schulschiff die Erde umsegelt und ein Magengeschwür und eine Hawaiimuschel nach Hause gebracht hatte.

Babel / Erech / Acad vnd Chalne im land Sincar.
11Von dem Land ist darnach komen der Assur / vnd bawete Niniue vnd Rehoboth Jr vnd Calah /
12 da zu Ressen zwischen Niniue vnd Calah / Dis ist eine grosse Stad. 13Mizraim zeuget Ludim / Anamim / Leabim / Naphtuhim / 14Pathrusim / vnd Casluhim / Von dannen sind komen die Philistim vnd Caphthorim.
15Canaan aber zeuget Zidon seinen ersten son / vnd Heth / 16Jebusi / Emori / Girgosi / 17Hiui / Arki / Sini / 18Aruadi / Zemari / vnd Hamathi. Da her sind ausgebreitet die Geschlecht der Cananiter. 19Vnd jre Grentze waren von Zidon an / durch Gerar / bis gen Gasa / bis man kompt gen Sodoma / Gomorra / Adama / Zeboim /vnd bis gen Lasa.
20Das sind die kinder Ham in jren Geschlechten

(D. Martin Luther, Die gantze Heilige Schrift, 1545 – 1. Buch Mose)

den Ungarn, den Rumänen, den k.-u.-k.-Beamten seit Generationen immer auch aufs Maul sah. Das Schulwesen natürlich evangelisch A. B., nämlich Augsburger Bekenntnis. Der Konfirmationsunterricht, auch meiner, mit dem großen und kleinen Katechismus. Die ambivalente Nähe von Völkerball und Landsknechtsliedern (Jungvolkimitation) auf dem Schulhof. Die thörichten Jungfrauen, »steht auf, die Lampe nehmt«, Motetten, Weihnachtsoratorium, Mitsingen in der Matthäuspassion, und »hohe Nacht der klaren Sterne« – was Wunder, wenn Jesaja, auswendig, »gefallen ist, nicht steht wieder auf, die Jungfrau Israel«, schon Sondermeldungen, dazu Weinheber, dazu Claudius, beide, und dann doch auch, wider den Stachel löckend »Idomeneo«, vielleicht, jedenfalls Mozart, ein Blitz. Zurückgedacht kommt mir dies ganze Vokabular nun trotz des erwähnten Blindfleckes ziemlich luther-trächtig vor, sehr deutsch; die verklärte Litanei. Bevor dann im klirrenden Januar 45 die Aushebung begann, das Gebot von Kaiser Augustus, ab 17 die Buben, ab 18 die Mädchen, nach der Liste der Familien vom Stamme jener, die eingemischt waren. Ich kann die Lutherbibel nicht unbefangen taxieren. In diesem Zwiespalt denke ich nach und lese ich vor. Und, letzte Klammer, indem ich – auch das würde stimmen – nachlesend vordenke: wie kann ich in diesem Personenregister ablassen von dem, was mich nicht losläßt. Darum ist auch das hohe Alter dieser Namen nicht verwunderlich. Wo nebeneinander nicht losgelassen wird, sind Vor- und Nacheinander, weil es sie praktisch nicht gibt, mit Blindheit geschlagen für die Unwahrscheinlichkeit von Sachverhalten; so unwahrscheinlich aktuell ist das. Denn mein mit Saftigkeit geschlagener Fleck in diesem Register ist wie alles im Register durch alles vorhanden, was im Register nicht vorhanden ist – und selbst diese Leugnung wird saftig, fleckig, unausdenkbar.
Namen und Namen. Kein Bild mehr.

Willentlich gebrochen

An dieser Stelle fehlt ein weißer Fleck. »Ich
hasse einen weißen Fleck, der es mir nicht er-
laubt, in die Nähe eines geliebten Toten zu tre-

ten.« Was an dieser Stelle fehlt, ist unüberseh-
bar – weiß und mittelgroß. »Ich hasse die All-
macht des Flecks, die es mir verwehrt, ein letz-

Ich glaube, sie sind so gar nicht erinnerbar, die Gedichte . . . ich erzeuge Vergessen, fast.

tes Wort mit ihm zu wechseln.« Selbst diese Stel-
le ist am Rand zum weißen Fleck, der fehlt, fast
weiß. »Ich hasse diesen unübersehbaren Fleck, der

es mir nicht erlaubt, den Toten selbst zu waschen
und zu kleiden.« Er ist so mittelgroß und so weiß,
weil er an einer so unübersehbaren Stelle fehlt.

»Ich hasse alles Weiße, das es mir verwehrt, dem
weißen Fleck die letzten Liebesdienste zu erwei-
sen.« Der Stelle fehlt an jeder Stelle die All-

macht der mittleren Größe. »Ich hasse die Toten
in ihren weißen Kellern, die mir nicht erlauben,
allein und mittelgroß zu sein.« An dieser Stelle

fehlt ein weißer Fleck. »Ich hasse diese Stelle,
die keinen Zutritt freigibt.« Was fehlt, das ist
ein mittelgroßer Fleck zum Fehlen dieser Stelle.

*Kein Grund zum Aufhören, kein Grund zum Weiter*machen; das Schlimmste kommt noch, die Hoffnung dauert; ich behaupte zu brennen und nehme einen Gletscher wahr; wer sagt, daß man nicht anderswo sein könnte – aber ich bin hier; außerstande, etwas zu besitzen, umarme ich die Welt: Du bist die Klammer, die mich weder schützt noch bedroht, weder ein- noch ausschließt; darum ist auch mein Inbild von dir weder tödlich noch gesund – es braucht mich so wenig wie es mich losläßt; bald werden die Sinne ersetzt – womit hörst du, wenn ich keinen Mund habe?; im Begriff, nicht mehr zu sein, klammere ich mich an ihn; im Eigensinn »den ich hasse« liebe ich »was ich nicht habe« – am Widerspruch mich weidend, tun mir die Paare weh; Ja und Nein sind mir gleichermaßen verdächtig; so also steht und fällt es, Partner, um mich durch dich. (Petrarca, *Le Rime, CXXXIV*)

Um die private Führung ist es demnach ziemlich eng bestellt. Das Abstoßen von Ballast läßt den Zufall öffentlich auffliegen – Gegenbewegung, eine schöne Versuchung! AB-BA / BA-AB /

Sonett-Theorie

Wie ist der Biorhyth ein hartes Mus! Ein Mus? Ein
Bodensee von Mus! Fürwahr ein Bodensee ist dieser
Biorhyth! Meiner zum Beispiel ist AB–BA. Da bin

ich zwar im Zweifel nachher immer tapfer aus dem
Schneider, doch die gesamte Menschheit, in Kubus-
masse 1 : 1 hineingedacht, und zwar im Sommer, läßt

seine Oberfläche bloß ein wenig steigen: ganze 10
Zentimeter. Eine Welt ohne Sonette! So läppisch
zwingt der Wasserspiegel sich verschlingend auf,

BA – AB . . . Nun, wir gewinnen also den im nachhin-
ein erzeugten Kuhsprung: Stallwärme für den ganzen
Schrecken *und* die beiden Kappen – gebrochen al-

lerdings durch Sieben; das sind die Gänsehäute o-
der Fliegen auf der Sphäre. Wenn es gut geht (»da-
von und von nichts anderem ist die Rede«) war al-

les nur ein weiterer Streich: Zwetschgen und Fen-
chel. Wenn nicht, dann nicht – die ausgesparte
Fassung, wenn CDE etc. dazwischenschießt. Wie ist

der Biorhyth ein hartes Mus zum Leibe, Schnitt ...
Dann wieder 1 : 1, doch asynchron – am Boden krau-
chen Analphabeten, mit Epidermis-Zungen übersät ...

Zu den *sonetburgern* muß ich was sagen. Einmal sind sie wahrscheinlich PETRARCAS RACHE an der von mir bei ihm vernachlässigten Sonettform.

sonet-burger	*wetscherahnenclub*
ain udn baos	assa saas blu ulb
bina udn ain	boob obbo gir gri
obsa udn ain	kook okko pis pis
nia budn aos	appa paap zur ruz
nai dubn ain	noon onno kni ink
abo nidn aos	adda daad luf flu
ubn oba naos	alla laal ubu bub
boa sudn ain	dood oddo mit tim
edi buasnacn	fefe efef rür ürü
basama doino	mama amam ter ret
ao deli catn	spel leps udn nud
samarabolino	kaka akak kel elk
leda oa bacn	term trem ümü müm
paludinacino	lada alda nku unk

AB-BA / BA-AB / Hinzu die dritten Dinge: CDE /CDE! Oder so ähnlich oder so anders verschränkt. Das Schema des am Reim aufgezäumten Sonettes; vorgefunden, vorexerziert, und vorbelastet. Denn ein Schema ist ein Schema, also orthodox. Ob *ich* ihm glaube oder nicht, scheint unbedeutend.

Heißer Abend im alten Tulcea

Das Ringelspiel im Hafen schlenkert in den Ketten,
die Obeliskensäule mit den Nymphen dreht sich nicht.
An einem Draht hängt weiß im Strahlenkreis ein Licht,
und Schatten gehn vorbei, als ob sie Stelzen hätten.

Das Grammophon ramonat ratlos wieder und zerbricht.
Der ganze Hafen sitzt beim Gartenbier wie Kletten.
Die Gäste drehn im Bahnhotel sich in den Betten;
das Ringelspiel am Kai dreht sich am Abend nicht.

Auf Steinen hocken Paare, und im Schatten
sieht man Matrosenbeine neben Hüften gehn,
und ab und zu wird groß durch Blätter ein Gesicht

und steht am Zaun und äugt durch grüne Latten,
wie sich beim Bier die Rauchrosetten drehn.
Das Ringelspiel am Kai dreht sich am Abend nicht.

Ein Korsett anlegen, das schmal genug macht, um vorzustoßen. Das fette Mastodon in die Schranken fordern. Einschränkungen mit zusätzlichen Einschränkungen begegnen – zur Sonettform eine weitere Fastenregel: die Zeilen kurz, aber alle gleichlang. Kein Schreibmaschinenanschlag mehr oder weniger. Auch der Rand nach rechts sollte lotrecht sein.

lied der seemaid in not

nein sie aß nie spargel
gell sie aß wohl spinat
aus flagella-leguminose
aber spargel aß sie nie

ja sie war immer genuin
und hatte keinen hunger

der bug hat zwei fübe

ügel beg und ügel tal
begel gügel tagel beg
ta ügelbal ta ügelbal
ügel ügel beg und tal

ügel ügel tal und beg
gagel begel gü und gü

oder kein junges gespür
sparsam war sie da wohl

aber nein immer nur sie
rittlings auf zahnbürst
war nie und nimmer satt

hatte ja auch im spinat
viel sellerie zu putzen
und saß dabei unbequem?

bagel ügel tü und bal
ügel babüg bab gügbeg

dabel-bü gü dabel-beg
bülbe taltal und tatü
begbeg gülge güga-tal

begel daldal gal ügal
dabel-gü gü gegel gel
ügel ügel bül und bül

Die Jungfrau und das Eisen sind aus einem Gub: ein fleibiger Phub in der Scheibe, ein Phub im fleibigen Abstob – das ist das Mab der Mabe und hat was auberordentlich Potato-Pfirsiges . . . Oh logischer Schlub: Mobydick & Mubidenn befinden sich bald beide (blob & blab & heib) im Flub – zum Stäbele hinaub!

Hinzu kommt: wo blieben die Zufälle, das Übersehen, die Verleser, das Vergessen und Verschlampen – das ganze Arsenal an persönlicher Unvollkommenheit, das für den »Einfall« unabdinglich ist?

Überlebensgrobe Euryathne auf einer allergoriechn Wolke vorbeischwebend

(Zie bläzt Heu-Tompete
heu wie zie bläzt:)

Radix, Codex, Minox – Äskulap! (haddehz)
Agne Remtemtem-Tschütörtök-Trumbitza, agne
Karm-Ha-Kzieh! (haddehz)
Agne Äskulap-Hypostas-Extaz, agne

agne,
agne,
agne
. . . ädyms! (haddehz)

Mlatex, Astik, Klytem
(heu wie zie bläzt)
agne perückende asklepiadeische Glesna!
Agne Atam-Thum, Galuppi-Glups,
agne lymphomagne agne,
agne,
agne
. . .xtas! (haddehz)

(Heu wie zie trazpiriert ihren Schnoizn-Schloiz,
ihr Charakter bläzt, zie roizt muko-glyppal,
es rinaspiert, auf der Wolke erscheint ein phä-
nomenomenales Trazparet:)

Heu meu mymykeus heu
heu Rystix-Tox meu
heu Katareutschitschi
peutschitschi meu-meu!
. . . ädyms!

Agne heurippemde
neue
Erkenntniz-Glyps

Von all den Erkenntnisgeschäften, über die ich schlecht Buch führe, sind zwar auch viele abwesend, doch selbst die Vordrucke entbehren fahrlässig der Vollständigkeit.

Ich sprech natürlich pro domo. Nur: alles was ich schreibe wäre ohne die Sprachen und Literaturen, von denen ich ein Zipfel erwischt habe, nicht denkbar. Die Denkbarkeit der Welt hängt eben auch von Leibniz und Hölderlin ab.

*Enge des Denkens, o kränkende Beschränkung! O we*sensgegebene Keks-Menge! Verzehrende Zwänge, fernere Dränge, o transzendente Klemme!

Als Autor von Wort- und Zeichengebilden setze ich auf einen beweglich gebildeten Leser, der Augen und Ohren neugierig offen hält und selbstverständlich an den Schriften von Leibniz geschnuppert und von seinen Keksen genascht hat. Was nicht alles mit Namen und Wörtern und Dingen im Namen von Wörtern und Dingen passiert!

*Eine Leserin bittet um Auskunft, was man bei Lebens*mitteln in der Literatur zu beachten habe. Ihre Bitte ist verständlich, im Prinzip aber ein Trugschluß, von dem sich die Literatur, doch nie die Leserin ernährt. Frau K. in L. verwechselt die Konservierungsmethoden. Sie glaubt z. B., daß ein Fleischtext der Erreger und Keime wegen ins Gefrierfach gehöre, dort aber, im Gefrierfach, keine Chance habe, in hundert Jahren von der Leserin noch goutiert zu werden, weil diese, da selber kein Fleischtext, bestimmt nicht in der Lage wäre, der Erreger und Keime wegen, in hundert Jahren zu ihm, dem Fleischtext im Gefrierfach zu greifen. Es sei denn, sie könne glaubhaft nachweisen, sie habe nichts Fleischliches mehr an sich oder im Sinn. Davon war aber nie die Rede. Wir raten der Leserin, verderbliche Bücher möglichst rasch zu lesen oder die Frage nach den Lebensmitteln an die Literatur zu stellen, nicht an uns.

Sie bitten mich um Kommentare. Der erste wäre ein Fragesatz: Wie weit darf man Selbstauskünfte eines Autors, selbst wenn sie ernst gemeint sind, wissenschaftlich ernst nehmen?

Keinesfalls denke ich an eine normative Poetologie, an ein Kochbuch, einen Leitfaden der Poesie. Aber ich sing auch nicht »wie der Vogel singt, der in den Zweigen wohnet« – was ebenfalls einer Poetologie entspräche, einer, es hat sich herumgesprochen, naiv-gefährlichen.

die ornipse ist eine flatterhafte eigens für das LUSTIGE VOGELGEDICHT gemachte stilfigur die ornipse bevorzugt nur dinge auf die sie sich anwenden läßt auf diese weise überträgt sie ihren flatterhaften charakter auch nur einem teil des sonst ernsten vogelreiches das LUSTIGE VOGELGEDICHT besteht also aus einer liste die liste beginnt mit den handwerkern unter den vögeln der polir die spachtel der nußknacker der spengler der laubsauger es folgen die mitläufer das ballhorn die eberechse anselma die finke schnabel der grün aufrecht der poch archigull slachtibald der zikadu die feldhaubitze der stieglhupf im anhang mit stern die pickeltaube das kehlköpfchen der blausiegel die kneppfe und der uho sowie die hausakuste und der mäuerling im LUSTIGEN VOGELGEDICHT erfüllt die ornipse eine nicht unwichtige funktion sie wird mit blei gelötet

tireliertext

zwinkerton und pinkerton in starenheit und farnheit – daraufhin wollte dergestalt raus. dergestalt war rein allerley. nur eben was allerley dergestalt vorschwebte war nachgerade keinerley. ruhlos revox paradox: keinerley gallionsfigur auf weiter flur im schwebesitz ungewitter potenz – ein kleins rehlein tief in tee gesetzt gemeinhin eh gems weih: quaquas rad. fontäne rennt. tanne brennt an. oh von brentano ging in sonderheit einher von flüchtigem heraus. lief tickend floh dereinst in tierbegriffen zur sprache kam die umfließendes trieb – kam also vielerley zu sieben mit

mancherley in schöne fahrt denn offensichtlich wraben auch graben darin. an taus enden schillen ditto billen elen den in beste hände geschwisper. wenn alle mit zungen so hortensie nicht. vieles war verbandelt und verwandelt.
grubenhund mit schweinerley zu sieben – linden hupen hagen touren staren baren bunden zischen . . . hin ränzelte dergestalt daß weben an deren taugen erst erben dann bürden. stiefen bolkenlohwahnen zornweich in und vorne ging obilob ein tag ein jahr ein kerol wie ein elis.
zunder boot oben! – trief talsohl-kuhlingen zu boston von tender . . . ruder er trute her! flötete mottete anna tschillachs rüsen-druden-schewelüre. von schlappechsen und schlawaunen (die man im wald aufgestellt hatte) gar das besentliche wisent faun. waldohrseulen! den lups- und glutsaubern trug schluß narch. ätten aargenommen und seien was ihrer bauweise entspreche schließlich dazu raumgeschafft. wasser landschaft im ritten glied den mond wässrig mache seien dicke seeglocken aus heiterem himmel lirumlarum direkt in die faxination. wieso bitte?

spargel der einsamen, blutende mitgift: spargelder, ein samen blut, ende mit gift.

nun die bellten der bat emsig vielerley saß auf gings stroh ja man erzählte regen seeigel ältere rehgänse die sequenzenforschung gedieh. tellerrand und felsenrand zu sieben schrie: . . . ho knie am orn! / sie stemme nie / das orn am knie! . . . – doch am end war heinerley der fragte was soldaten beuteln? und gesagt getan: firma . . . demnach war dergestalt dreimal so alt wie mancherley zuvor.
es war einfluß. wie hatten je die deren tantom war sich um des bütens willen sogbefindlichkeit gekümmert dem sie verdehnten hahngesichts die stange wühlten? wo elche in kraft praten und humor machten da haar in saus und graus bis sport ins haus nußgroß aktiv aviatuk nautuk semiotische aktion. rauch tafel mittel spender botmaß diesen gangs knapp auf die breitgestellten kindskopfbräute – fast eins zu eins. denn

kartographisch hat von jedermann zu leporello heimweh am stand der dinge wo nicht gar lehmsteg oder philosophengang. genug des rundwetzlichen. datum vielleicht sein großonkel gewesen? nein eher fußball zwitschernd mit dem walken flieder war von den hunnengrunnen nur ein plus gram – busento pizzicato und pluto hatten vorgeschluckt. mit einem schuhplattler extrapolierten nun käfer und schäfer die wandelgänge ja irgendwo hatte belarm den alarm gelöst: zitruskern aus etschensaft vilja vulgo volga igellack lick schlick völkerball – die glukose dampfte. pulpa maxima.

Faire Zepte, schiere Korde, wunderbare Flexe! Haare Muladen, leere Dundanten, ungefähre Busse – Heere von Misen, Konfitüre pariert andere Stanzen im Karree ... Alle Viere gatten egelmäßigere Tiere von Tanger bis Fürth. Je neber die Birke, umso schwunger die Bung – Gegenwind, eine ständigere Liquie. Denn Regel-Mäher sind schneebe Deckter für schwebere Spekte: Antiphlox, ilophon ...

rüder oder später gips dann prüfling oder frühling. etlicherley gobi oder spruzzi aus konzentrischen aufgaben. dergestalt lief aus pelsfladen die viererseits aus magnolien gesägt waren – neun von zähen gärungen fünf läppisch verschlungen ein grochus zum schluß. vulkanismus magnetismus pepitanismus – am schlimmsten schien jeweils der abfall. so daß sollten diese grenzenlos sein wenn kein schwebebalken abfuhr jene durch den anderen tisch wuchsen. andere um in der konstruktion zu sein hoben bloß das nein wie kontext du nur!

daraufhin wollte dergestalt raus. da saßen und aßen sie nun beinsam und steinsam von elementarteilen und populären tierbegriffen wie kerbolz ruderwärz hungenschlag und lagen sich tief in der ahnung. ein paar flache hüpften lehmusine onymoussierte aus peripheren grotten mollte füllschaum. mia mela via vela usw. dergestalt ging vor sich was mehl oder kinder der redensart entsprungen und von ort zu ort socken sich lachte in sonderheit auf oder ohne grausame einfalt mit horn.

Mit Tuten und mit Sausen ist Tinnitus am Rhein. Er ist kein Karneval, er ist kein Overall, er ist nur ein lindgrüner Ohrwurm – mit Feyerschall! ... man hört so viel vom Rhein. Mein Vater der ein Fuchsschwanz war, meine Mutter die ein Wollfisch war, der Bahnhof der ein Mäusekönig war – und ich versteh bloß Tinnitus ... Ja vom Hörensagen ist Tinnitus ein Spargel-Hyazinth. Sein Hammer der ein Amboß war, sein Amboß der ein Jammer war, sein Bügel der ein Steiger war – Hunnenlatein. Es muß die Klammer im nachhinein um seinen Jambus gewesen sein ... Die Blasen steigen, tandaradei. Tinnitus tutet und saust: Schule geschwänzt! Schule geschwänzt!

Ich räche mich an der mir verschlossenen Logik der Tatsachen durch scholastische Sprachtölpelei (Bauernschläue, Übertölpeln, Aberwitz, sich listig dumm stellen)

Alle diese Wörter seien zum Erfahrungmachen gemacht – außer dem Wort ERFAHRUNG selbst. Es sei untauglich, dies Wort, undienlich, in diesem Kontext zu nichts zu gebrauchen.

Um auf eine Erfahrung zu stoßen, mußt du dich dümmer stellen, als du bist. Stößt du auf sie, bist du dümmer als du dich stellst – sie aber ein bissel klüger als zuvor. Am klügsten sind ohnehin die dummen Wörter.

*ein ohr geht ironisch spazieren es begrüßt die zuneh*mende entropie verneint aber eine lupine die wolkensäule wird eingeführt das ohr macht sich durch klangverschiebung zur dorischen schnecke ein logos gibt sich als transvestit zu erkennen das ohr hört trotzdem weiter ein präfix wird angeschmiedet ein ablaut stellt allgemeines in frage und evoziert späte zeit hierauf wird ein abgas verdinglicht gleichzeitig ein geläufiges dialektwort durch doppelte negation vertieft und gehoben die einfache lupine ist bösartig aber nicht rachsüchtig sie bestätigt das ohr das ohr ist ironisch aber nicht unwissend es bestätigt die zunehmende entropie historifizierende wiederholung der wolkensäule suggeriert ohne ihn auszusprechen den gedanken daß alles in und nichts zwischen den zeilen steht so intensiv daß ein zwischen den zeilen schwebendes abgas den gedanken in frage stellt und gleichzeitig aber nicht ursächlich bedingt die dorische schnecke bestätigt hierauf stellen ein paar an und für sich insignifikante reizwörter sich gegenseitig in abrede werden aber durch die anwesenheit der und im kontrast zur späten zeit als präsent und wiederholbar gedacht bzw allgemein attestiert worauf das doppelt verneinte dialektwort mit seinem homonym zu einer metafer koaguliert in der sich eine der beiden verneinungen skeptisch zurücknimmt weil das gedicht hier schließt ist die metafer sehr ernst dieser ernst überträgt sich dem ganzen gedicht das ganze gedicht bestätigt einen komplexen tatbestand und stellt sich positiv in frage

schlußgangpartner im torf

seelunte die bunte – seychellen die wetten / schilaufen teemönche die nieren hätten / heumenschen panschen halalischaben / turnen immun sich und darben erhaben

und offen daß die nach brügge stießen / rauchflieder zu binden auf irren füßen

keil dich nur dort – stiernackenkunde / bastarequest flinker schummelfunde

ibis die henne – tamilenbuhmann / muspilli untersee-blei – schlauf lumen

Auch rhythmische Kurzweil beginnt auf die Dauer zu knirschen, und schlägt um.

Rasenbleiche

Beim steinigen Bach, dort hinten am Zaun
stehen gebückt die alten Fraun.
Sie waschen das Leinen.

Das Leinen hängt dunkel im Wasser und schwer,
das Wasser kommt vom Gebirge her
und spült durch das Leinen.

Die Sonne scheint auf das grüne Gras,
die Frauen tragen, die Ballen sind naß.
Es tropft aus dem Leinen.

Sie breiten die Streifen am Hügel auf,
der Länge nach, hinunter, hinauf,
so legen sie das Leinen.

Sind breite Streifen und schmale dabei;
die Wolken ziehn, es ist schon Mai.
Die Sonne bleicht das Leinen.

Das Gras ist grün und die Bänder sind lang,
die Frauen sitzen am Ufer entlang
und hüten das Leinen.

Die Wolken ziehn über den steinigen Bach,
die Frauen schauen den Schwalben nach.
Schatten ziehn übers Leinen.

Im Frühjahr beginnen die Frauen feuchte Leinenbahnen auszurollen: das ist die Rasenbleiche, etwa an der Ucea. Auf und ab, ondulatorisch, Flickenteppiche talabwärts, talaufwärts, über Häuser und Zäune – ein gewebtes Zeug, seltsam und kraus wie die Sprache, die blasenreiche, doch einfach und mit einem Anfang, wie Fensterputzen und Rasenbleiche. Der kühle Wrasen riecht nach Ninive. Wo niemand von uns war, doch jeder einmal ist.

B: Ja, im Fluß, um im Bild zu bleiben, bilden sich dann auch immer wieder Drängel, Wirbel, Tiefenlotungen. Im Fluß treiben auch Spiegel, Uhren, Brückenfragmente, Pergamentfetzen . . .

A: Du läßt dich hinreißen! Halten wir also fest: du willst dich weder der Kontinuum-Methode, noch der knappen Treibgut-Methode . . .
B: . . . keiner Methode will ich mich endgültig verschreiben.

gliederwind ißt nebensonnen

Der Reiz kann durchaus musikalisch sein – allerdings überlagert auch vom Spiel und Rhythmus der Bedeutungen, ihrer Widersprüche und Gegensätze, ihrer Interferenzen, und auch, und das scheint mir wichtig, ihrer nicht ausgesprochenen aber heraufbeschworenen Kontexte.

drei schwindel hingen am winkelsprung
wie einfach zur verzweifelung
sie schwangen hin und stunden her
als ob auch ich ein schwengel wär
ach ihr verbund fing fingernd mir
zu schwinden an von rang und kür
der eine klang und ging und hing
der andre schlingerte und schlang
und ich der dritte schwamm im schwund
schwang eingemischt im sindelspund

Stimme und Rhythmus, Unordnung und Ritual, im Rückblick

Verhalten

Da die Mädchen aus Căpîlna
da die Mädchen heute abend
aus Căpîlna hin zur Mühle
auf der Pappelstraße singend
hin zur Mühle aus Căpîlna
sich wie Pappeln leise wiegen,
geht ein Windstoß aus Căpîlna
durch die Mädchen hin zur Mühle
durch die Pappeln die heut abend
hin und wieder leise wiegen
reglos wenn ein Schein des Mondes
von der Mühle nach Căpîlna

anhält. Und die Mädchen
ziehen zögernd schon den nächsten
kleinen Stich durchs blaue Linnen
da die Pappeln an der Straße
aus Căpîlna hin zur Mühle
leise wiegen.

schleifheit

abendwalzer carolingerschleifen
gegenden die gegend um sich krümmen
starren blicks die abendschleifen
die kreuzhohl von einzelgängern
schleifen minen balzen sprachen
dünner schwitter stahlgewitter
schweifen greifen zwitterbreiten
schienen schleifen zittergras

schleifen aus dem takt gehoben
rechts über links links über rechts
kranichzeiten schleifenschleifen
schiefer klippen haar embargo
ungleich gleichen schleifenduos
abendgitter gitterschleifen
hesperiden tollkirschschleifen
weitere schleifen sind bitterer

reichweiten die kurven schleifen
rahweiß eierschleifen robben
lifeboatschleifen schmetterlinge
zwei gitarren schleifen bahnen
die kreuzhohl um zeichen schleichen
weichzeichen schleifen kartoffelbrei
eisenbrücken reichen schleiflackeichen
hipp hipp paprika die luft und

Laterna magica
Muff und Stiefeletten
Carola beim Abendlauf
übt Pirouetten.
Lass doch die Holzhacker-
buben in Ruh.
Chronik balzt Schleifen
mit Interview.
Laterna Maggiore –
Wo pfeift die Mensur?
Wo fröschelt Monokel?
Wo ködert Velour?
Schicksen und Schecksen
sägen mit Fleiß
lustgreise Herzen
ins Abendeis.

schleifen nut und feder sonjas
hohlschliff uhrsinn zeigerzeiger
anbekrümmt von steifen walzen
vorderzacken brust in streifen
aus torpedoschleifen betten kufen
unbedachter abendbogen jackson
beispielloser schleifer paarung
haarscharf nah – holzhackerboom

blunduffel-hendelechs

a bandhafta bendleche
bandleche a bendhafta
bendleche e bandhafta
a bandhafta blendeche

hecheband a bandlafta
e bendhefte bandlacha
a bandhefte bendlache
bebechand a dlanbafta

hach flabene anabende
fleban enebancha flad
fache lenle an abende

eneflaba dende lebach
hach flebane anabende
laba chene dene blach

Abendlied

Der Tag legt sein Verhalten an den Flauschhund. Ein Kleeblatt bringt den Stadtverkehr zum Schäumen. Kein Schlußkapitel fällt vom Baum der Ener-

gie. Fast langsam wird die Schleife sanft magne-
tisch – die Induktion schließt Daten ein, nicht
aus. Verhalten knickt der Nachbar ins Papierbett.

Kein Lüftchen legt sich an, es geht mit Dingen
zu. Leicht unhygienisch liegt ein Arm im Schließ-
fach. Auch das Paniermehl schlingert aktenkun-

dig; Sachzwänge bringen etliches zum Tragen, ach
wann? Die Gurkenblüte schließt ihr Machtverhält-
nis aus. Es kehrt das heiße Fett sich nicht an

Kind und Kragen – den Phänomenen wächst die Spu-
le an den Kern. Postalisch wird ein schlankes
Haar gebogen: auf kleinem Fuße köchelt die Ver-

bene. Schon naht, was sich ins Stil-Empfinden
schickt, auf leisen Katalogen. Am Kühlturm geht
Dianas Schwester außen in die Knie. Verhalten

steigt die Induktion in Scheuerleisten – kein Irr-
tum legt den Mund ans Ohr. Der Tag schließt seine
Gurken an den Drehstrom. Steinzeit – gute Nacht.

Anagramm, Text

Nüchtern verhält sich der Magen zur Nacht, leer. Anagramme sind nocturne Angelegenheiten und werden nicht geschrieben. Sie schieben sich, das ist nicht ungewöhnlich, unter Abwesenheit heraus. In jener Nüchternheit zur Leere ist selbst die Psychologie abwesend. Wer macht die Anagramme? Kein Schein trügt. Am besten macht niemand das Anagramm, jedes Anagramm ist perfekt. Die geringe Quote an Ausschub, die in Bedeutsamkeit reicht, ist Zufall. Wir sind beschränkt. Nüchtern beschränken wir uns auf die geringe Quote. Das Verfahren ist uninteressant – nur das Verfahren hält uns nüchtern, wenn die Zeile aufgeht. Dann knurren die Abwesenden. Das Anagramm umschreibt ein Staunen ohne Erstauntsein, nicht mein Staunen, sondern das Staunen eines Überwechselns ohne Übergang. Im Anagramm verhält sich der Autor zur Zeile wie die Abwesenheit zum Leser – es ist eine ganz und gar nicht private Konstellation. Alles liegt offen. An dieser Öffentlichkeit beteiligt sich schlechthin jeder Text. Jedem Brocken Text wohnt ein leerer Magen inne. Der Ausschub wird ständig geleistet. Beim Lesenlernen lernen wir die Nüchternheit verlieren – einmal konnte jeder alle Anagramme lesen. Damals war es Nacht.

Insoweit ist das Anagramm nichts anderes als eine andere Definition. Von etwas, das nicht still steht und nicht weitergeht – einem Brocken. So und nicht anders, also die Zusammenfassung »immer anders«. Ich komm von der Behauptung nicht los, die mich dreht und wendet, das ist kein Sinn, das ist es.

In solcher Nüchternheit ist Übermut – und Trübung. Auch die Rübe ist angelegt. Jeden Donnerstag ist eine Grünheit im Anagramm – bis nach Isenheim. Mundtot, mündig. Das Mittelalter, in dem wir uns befinden, gibt mit der Formel den Schlüssel: er ist nichts anderes als die Formel. Hinüber ins Rübenfeld reicht keine Zeile, aber es wimmelt von Mäusen. Die Aufschlüsselung kann noch so absurd sein, der Schlüssel ist im Schlüssel angelegt. Von Anagrammen gehen auch Rüssel aus, die wie anschauliche Schilderhäuschen sich strecken, schrecken, schrumpfen, denken. Täuschen wir uns über die Natur von Automaten, weil der Autor abwesend, also ein Stilleben ist? Die Lust im Garten ist nüchtern ein Anagramm aller abwesenden Autoren namens Hieronymus Bosch. Was ahistorisch aussieht, ist ein Bilderbogen, dem die Augen aufgehn, lauter Brocken Holographie. Auch andere, aber diese bestimmt auch.

Mit einem Zeiger haben wir die Solidarität mit überschaubaren Abläufen dürftig gebannt, mit den anderen Lesarten ist der Text zu Gange. Nur was überschaubar ist, ist Text. Wir sind nicht überschaubar, die anagrammatische Fähigkeit ist uns abhanden gekommen. Am Text, der mit uns zu Gange ist, werden wir – stückweise – zu Anagrammen, die uns überschauen wie der leere Magen die Nacht. Es geht dabei, wie gesagt, nicht um Erlebnisse.
Nicht um Erlebnisse. Mit einem Zeilenfänger Schritt halten und Schritt halten und Schritt halten. Von Infinitiven eingeholt, sind wir es. Die Stelle im Anagramm ist nicht so wichtig wie die Zeile lang ist. Manchmal gibt es Stellen, die so lang wie das Anagramm sind. Manche Anagramme sind lange Zeilenfänger. Ein Anagramm verwandelt sich auf der Stelle in ein Anagramm. Es gibt Anagramme, die keine Anagramme sind. Auch sie sind Anagramme. Wo ich stehe, bin ich ein Stück Anagramm. Das Anagramm ist sozusagen eine Supermetapher, nur was sagt das schon.
Länge und Kürze sind unüberschaubar begrenzt. Will ich mich an die Sprache halten, so geht es, wie gesagt, nicht um Erlebnisse. Vor dem Anagramm gibt es kein Zurück. Es sind die Schmalztiegel, in denen mir nichts wiederbegegnet. Einmal immer, immer einmal. Nur Anagramme in einer sehr kurzen Sprache überspringen sich manchmal.

Der geschlossene Magen

Enge Esse – Mordschlange,
Seerosengegend, Schlam-
massel gegen Schoenred-
Ramschgenossen, Edelge-
selche, Monds arge Segen.

Einer Edelfrau schlaflose Nacht

Du elchst an Oel – Schlaraffeneier,
falsche Nilfaecher – erlest Donau
und rasche Achter . . . Fallseefolien . . .
Teuflisch fasern Aale, erdolchen
aller Schaedel Faust: noch feiner,

Glosende Messe, Chargen,
Gossen Gelaendeschmer,
laengres Mensch-Gedose,
Don Messer Geschlaenge.
Arme Schosslegenden, Ge-
meng, edengrosse Lasche,
morsche Lendengasse, Ge-
soge, marschenges Elend.

oede Lerche! . . . Schaust in Farnfalle,
dralle Ferena – schaufele nicht so!
Also lachte der Faunenschleifer:
Roll einfach Schleuder! Satanfee,
lausche! Drachenfersen-Fellatio
loesch den Rachen – sauf Filter-Ale!
Du hast freie Flacon-Scheren, Ella!,
alle Feldereien . . . fast schon Rauch . . .

Eigentlich hab ich was über Eskimos gesucht. In der Bibliothek der Villa fand ich aber Johann Peter Hebel, Werke, Taschenbuchausgabe. Aus der Eskimolektüre unter den Mimosen ist nichts geworden, weil ich den Hebel beim Inhaltsverzeichnis aufschlug – und das war es.
Hebel wußte aber auch, wie seine Geschichten heißen. Das Inhaltsverzeichnis als Matrikelbuch – jeder Titel ein Eigenname; und in jedem Namen (siehe auch: Omen) alles Mögliche an Lebenslauf angelegt. Ich war neugierig auf meine Stichprobe und wußte zugleich, welche Physik da anzusetzen wäre (die mit dem langen Arm zwischen Heu und Edeka). Ich beschloß also, Anagrammgedichte zu machen.
Die Regel ist ja einfach. Hier war bloß aus den Buchstaben der Titelzeile, der Hebelzeile, durch Umstellung (Kombination) Zeile um Zeile, solange es möglich, also nötig war, ein Gedicht herauszubilden. In jeder Gedichtzeile mußten alle Buchstaben der Titelzeile aufgehn; nichts durfte übrigbleiben; alle Zeilen ganz die Titelzeile; Ganzheit und Substanz. Die Zeile als Willkür und Maß.

Zur Arbeitsweise nur soviel: Es gibt Hilfsmittel (Karton, Schere, Blockbuchstaben). Es gibt herrliche Vor- und Begleitübungen: Puzzles (besonders die schwedischen, handgesägten), Zeitunglesen und Fernsehen (Legasthenietraining), einige gute Autoren, bewußtes Gehen mit beiden Füßen (hintereinander) auf dem Kies, Schüttelreime, komplizierte Stundenpläne oder gewisse Atem- und Abzähltechniken. Und es gibt die Strategie »Steht der Tropfen, höhlt der Stein«.

Kaiser Napoleon und die Obstfrau in Brienne

Er stob den Biofunker »Alpinino« auseinander.
Nun kerbt sie »Odora-Flaub« in ein anderes Poni.
Ob der Kolonnadenbau sie inspiriert? Auf Nen-
nensebene raubt »Dorf in Polonaise« dir Unika
fuer ein anderes Donaukapitel in Bonn-Orbis.
Dann Ribonukleinsaeure bis Onto Perda Fine.
Dann Poren darin: A E I O U – bintiefes Rebus-Klon.
Sein U O I E A – nur ein Blasentropfen Donkarbid.

Unica Zuern ist *Azur in nuce.* Ich wage die These: Gedächtnisse arbeiten bei Anagrammtechnik, ihre Einheiten sind machbare Geister.

elkander

anus-harfe
bruh arm
herz
aper ilm
ayun
gulja

oh chusze
ptemberok
tobernow

ember
deez
ember

Am 15. des Monats strahlt der Sender sein Höricht »Rondom-Dior« aus. Es beginnt um Nulluhrfünf und endet um Dreiundzwanziguhrfünfundfünfzig, erinnert also an ganze Tage in den Zweigen ganzer Zweige, besteht jedoch aus üblich anmutenden Sendungen, die ihrerseits wieder aus Grundgeräuschen und abgetönten Accessoires bestehen. Auch ein kleines spezielles Höricht ist hautnah eingespart. Wie man merkt, wird dem Hörer ein anmutend übliches Tagesmodell vorgeführt, und zwar das des 15. des Monats, mit dem feinen Unterschied, daß die fünf Minuten von Nulluhr bis Nulluhrfünf dazu dienen, statt der üblichen Pausenzeichen stilgerechte Anführungszeichen zu senden. Entsprechend beschließen von Dreiunzwanziguhrfünfundfünfzig bis Vierundzwanziguhr ebensolche, nur umgekehrte, Gänsefüßchen die Präsentation. Auf diese Weise erfährt der Hörer, daß »Rondom-Dior« ihm blüht bzw. eben noch geblüht hat. Zwischendurch sich einschaltende, nichts ahnende Hörer werden dadurch entschädigt, daß sie vorurteilslos partizipieren ... »Rondom-Dior« hat aber auch Folgen. Am 16. des Monats strahlt es ein anderer Sender aus, selbstredend im Rahmen seines Programms vom 16. des Monats. Am 17. wieder ein anderer, und reihum so fort. Die Nation besitzt ganze Zweige, doch nur einunddreißig Sender. Hat der Monat des Hörichts, der zyklisch und in verschieden belaubten Jahreszeiten zum allumfassenden und täglich neuen Thema »Rondom-Dior« veranstaltet wird, nur dreißig oder in besonderen Fällen neunundzwanzig oder achtundzwanzig Tage, so strahlt der überzählige Sender bzw. strahlen die überzähligen Sender an diesem fehlenden Tag bzw. an diesen fehlenden Tagen rund um die Uhr Gänsefüßchen aus.

Heute ist Mus- und Spartag. Wir gehen, indem wir schwarze Dinge löffeln, in uns und zählen. 'S ist halt November. Noch wieviel Mal am Leckwar schnuppern? Wir machen Häuflein, imaginäre, aus Lackmus, Bertram und Powidl, mit glänzenden Pechschwänzen, für die verbleibenden Tage; auch für die Blindenhunde fällt was ab, die sich durch feuchte Lottoscheine wühlen. Wer jetzt in keine Strähne tritt, der wird es lange bleiben. Die Dunkelheit, indem wir schwarze Dinge löffeln, nimmt zu; auch Kellerschächte fallen nicht mehr auf; es regnet. Wir malen uns die Augen aus: einen Trantaler, und eine Goldmarie, und eine Blechmarie. Schneuz dich, Bäumchen, bald gibt's Dalken, Tachteln und Wachteln; Advent, Advent!

derentwegen (oder vielleicht bloß weil Zeit vergehen wird) du mich nicht mehr fragen kannst, wo die unausrottbaren (...) bleiben (und ich das – wie die Frage nach den Lufterschütterungen, der Reisekasse im Schnee, den widrigen Entledigungen – doch noch für wichtig hielte); draußen schießen die Einzelheiten ins Kraut, vor lauter Ausnahmezuständen essen wir weiter und denken nicht daran, das Atmen von Kerzenlicht einzustellen (als käme es darauf an); selbst die gesetzlichen Feiertage sind nicht mehr zum Nachholen versäumter Ängste gebrauchbar; selbst die Mandate sind schlampige, chemische Kreuzungen; eben ging mit Hören und Sagen eine Lawine nieder

yntest

syntet
deshyl
merhey
tynset

hyldes
testyn
tentys
heymer

messyl
tsyter
dentym

yelmen
retsyn
myster

Über meinen Schlaf

Früher, wenn ich einschlief, kam der Schlaf. Heute,
wenn der Schlaf kommt, schlafe ich schon tief. Der
Schlaf kam damals später, jetzt schlafe ich früher

ein. Wenn ich tief schlafe, kommt es vor, daß der
Schlaf, wenn er dann kommt, mich noch einmal weckt,
bevor ich weiter tief schlafe. Früher war das so:

ich schlief, und der Schlaf kam. Bloß wenn ich auf-
wachte, war er wieder fort – ein unruhiger Gast.
Jetzt kommt und geht er etwas ruhiger, während ich

schlafe, und manchmal ist er plötzlich da, wenn ich
wach bin. Dann wache ich auf und sehe, daß er da
ist. Es geht mir der Schlaf durch den Kopf, auch

jetzt, ich kann nicht einschlafen, bevor er geht:
dann muß er wohl kommen. So ist es jetzt anders wie
früher. Er kommt und er geht, ich bin wach und ich

schlafe. Manches geht mir durch den Kopf, der im
Unterschied zu früher dem Schlaf immer unähnlicher
wird: auch er kommt und geht, auch er weckt mich

hin und wieder, während ich denkend ihn schlafen se-
he, bevor der Schlaf kommt, diese beunruhigende Ru-
he, die keinen Schlaf kennt, auch wenn ich wach bin.

Aus Forschung und Wissenschaft

Die Symmetrie an mir besteht aus einer Achse,
die, wenn man sie aufrichtet, mal so, mal so
verläuft. Dann wächst mir wirklich alles dop-

pelt aus der Seite: das Bein, die Haut, der Trä-
nensack, die rechte Hand, ein Kinn, verschiedene
Haare. Gleich tritt ein zweites Auge aus dem

Kopf – der, wie ein Salatblatt, zunächst zwei,
dann zwei mal zwei, dann zwei mal zwei mal zwei
und immer weitere Eiszapfen hat; zur nackten Exi-

stenz genügen vierundsechzig Felder. Zwar ist
nunmehr die eine Hüfte mitten auf dem Bauch –
der andere Bauch dafür sitzt wie ein Messer an

der Kehle. Dann ist es Mittwoch im Profil: durch
Löcher, die zwar keine sind und rasch verschwin-
den – es sind Flughähne, umgestülpte Luftkorri-

dore – verdanke ich der Welt, daß vieles in ihr
gleichzeitig passiert; und, wenn die Post kommt,
das rotierende Moment. An Feiertagen breitet sich

die Hypophyse aus: ein Lappen hier, ein Lappen
drüber, Sandwichmodell – zwei vordatierte grüne
Zweige, auf dem Kopf. Hinzu kommt allerdings ein

Blinddarm, die Zerzausung des Erdschattens, der
schiefe Hodenbau da Vincis, das Regenbogeneuter
der Minerva – die Symmetrie ist bitte oft sublim.

Bitte helfen Sie mir hörend lesend anzufangen fortzufahren auszuwählen einzubringen: an der Zeitaxe – und zwar mit X geschrieben, damit die dumme Symmetrie auch schön zur Geltung komme – kommt der Anfänger wie der Fortfahrer ja immer wieder haarscharf nicht vorbei. Das ergibt fortlaufend Abfälle, zeitlich desaxierte Sprache, sprachlich desaxierte Zeit, Abfälle sogar vom Dokument – und ihre Qualität ist nachher die von stattgefundener Natur und steht so außer Frage wie zur Diskussion.

zambyla frottee / kleine weltaxe

snarf äthernäthe tichtuch frans
snarf zekkierer zekkierer farns
snarf tichtuch äthernähte frans
snarf zekkierer zekkierer frans
snarf äthernäthe tichtuch frans
snarf zekkierer zekkierer frans
snarf tichtuch äthernähte frans
snarf zekkierer zekkierer frans
snarf äthernähte tichtuch frans
sfarn zekkierer zekkierer frans
snarf tichtuch äthernähte frans

das druckfehlergedicht besteht aus aneinandergereih-
ten druckfehlern druckfchler sind falsche oder feh-
lende oder überzählige oder nicht ordentlich im raum
befindliche oder dem drucktypenleitbild nicht ent-
sprechende oder einfach schludrig vermanschte buch-
staben satzzeichen zwischenräume u a m nun ist es
theoretisch möglich ja sogar wahrscheinlich daß sich
beim druck eines druckfehlers ein druckfehler ein-
schleicht in dem fall ist es aber so gut wie unwahr-
scheinlich daß der eingeschlichene druckfehler den zu
druckenden druckfehler aufhebt es sei denn der ein-
geschlichene druckfehler ist zufällig sowohl identisch
mit als auch prozessual gesehen rückläufig zum zu
druckenden druckfehler das ergebnis nennen wir kor-
rektur da aber das aus aneinandergereihten druckfeh-
lern bestehende druckfehlergedicht wie jedes gedicht

Ich die
du den
be treu
schau was
die amtl
rechts
schrei bung
sprich peng
geh wer
und lei
stunx schau
was raus
kompt na
ich du
den die

ohne druckfehler gedruckt werden muß sind die druckfehler aus denen es besteht im grunde keine druckfehler sondern urtext und die sich beim druck dennoch einschleichenden druckfehler nicht druckfehlerdruckfehler sondern einfach druckfehler und erst beim abdruck des gedruckten druckfehlergedichtes könnten sich druckfehler einschleichen die in ganz unwahrscheinlichen fällen korrekturen wären das heißt mit dem urtext also dem druckfehlergedicht wieder übereinstimmten je berühmter das druckfehlergedicht ist das heißt je öfter es abgedruckt wird desto schwieriger ist es für den korrektor die sich einschleichenden druckfehler zu bestimmen um überhaupt eine korrektur in erwägung ziehen zu können er träumt von einem aus aneinandergereihten korrekturen bestehenden urtext tut er das zu oft so besteht die gefahr daß er eine unversehens eingeschlichene korrektur übersieht doch wer ist schon gegen korrekturen gefeit jedenfalls ist das druckfehlergedicht im hinblick auf den leser ein sehr fades gedicht da letzterer über die im prozessualen bereich eingeschlichenen ästhetischen kriterien als leser einfach nicht verfügt bzw. verfügen kanp

In den *Gedichtgedichten* beschreibe ich imaginäre Gedichte. Material kontra Prozeß. Daß dann, vom Ergebnis her, Gedichte herauskommen – falls das so ist – mag unabdinglich sein, interessiert mich aber weniger.

die GEDICHTGEDICHTE *unterscheiden sich ein wenig* mehr vom papier als das papier von ihnen in diesem spielraum befinden sich die chancen und das elend des einen wie der anderen vergleichen lassen sich die GEDICHTGEDICHTE nur mit dingen die vergleiche aushalten insoweit sind sie verbindlich als erfindungen sind sie dem verschleiß unterworfen als deutschtext jedoch verhalten sie sich zum beispiel anders als theorie sie dienen manchem behufe und haben die lacher auf der kehrseite während des schweigens kämpfen die musen

in dem gedicht kommen vor: 1 mal morgen 1 mal frau 1 mal gunesch 1 mal wie 1 mal stehts 1 mal mitti 1 mal krumpirn hingegen kommen in dem gedicht nicht vor: 1 mal pardon 1 mal herr 1 mal schoger 1 mal man 1 mal kennt 1 mal seine 1 mal leit sowohl bei den vorkommenden als auch bei den nicht vorkommenden wörtern ist der index der endoktrinen häufigkeit 1 = 0 daraus ergibt sich ein relevanter bezug zwischen den im gedicht vorkommenden und den im gedicht nicht vorkommenden wörtern dessen unaussprechbarkeit als unaussprechliches in die sekundärliteratur eingeht schlicht und einfach gesagt man bedenke was das gedicht ohne die im gedicht nicht vorkommenden wörter überhaupt wäre das gedicht ist ein populäres

Wilde Zitronen

In einem dieser beiden Käfige haben wir zwei Ifi-
genien; die eine ist aus Kaolin. In diesem haben
wir die andere. In einem anderen haben wir drei

Ifigenien; die zweite ist eine der beiden von rechts.
Eine der beiden anderen ist nun die dritte – wir
haben sie auf einem anderen Trittbrett sitzen, und

sie ist von Faraday. Wenden wir uns einem anderen
Käfig zu. Hier haben wir zwei minus drei dieser
Ifigenien in einem sitzen, das heißt eine Ifige-

nie zu wenig – Grüßgott, Elektra. Von diesem anderen Käfig wenden wir uns ab. Einer der beiden Faradays, die wir hier haben, ist aus Bern. Anders

dieser andere Faraday. Ihn haben wir in diesem Käfig bei Elektra zwei. Er ist aus Cadmium und sie aus Taormina. In diesem Käfig hat eine Ifige-

nie einen Faraday im zweiten Knopfloch von links. In diesem Käfig, den wir haben, haben wir ab und zu keinen Strom. Auf diesem Trittbrett haben wir

eine weitere Elektra und einen dieser zu wenigen Faradays sitzen: zwei dieser anderen Ifigenien aber sind jetzt beide nicht mehr diese dritte.

Ach, sie ist wieder keine Person, ach und wieder bedient sie sich der Trauer, die listenreiche O-Diseuse. Jene Trauer des Schuhkartons, sagt sie, ist die Trauer eines feinverschnürten, also vorweggenommenen Geh-Aktes, eine glatte Chance für jene Possenreißer, Redegänger oder Gehredner, ein peripatetisches Tohki-Wohki auf Melonenschalen, ein Watschel-Vorgang auf dem Dach der Würstelbude. Alles Umschreibungen, schnieft sie geschmäcklerisch, die viel zu großen Latschen und auch der silberne Zeppelin auf den Schnappschüssen alter Frühaufsteher. Wie er sich in den Himmel ihrer Aufsatzlehrer schiebt. Teleogengasgefüllt. Meine Trauer, oder was es auch sei, über Tschaplins viel zu große Herausstellung, oder was es auch sei, ist eine Schnur für mehrere Knoten und einen Balance-Akt, aber das nuschelt sie nur.

Meine liebsten? Bald weiß ich nicht mehr, was nach so vielen Lesungen mir lieb wurde weil es ankam oder ankam, weil ich es gern las. – Nimm also die O-Diseuse, die zweibeiner und das Hündchen –

fisch und stahl

zweibeiner – »spezies von lopdun«
zeiten gab es! da sie uns hüpften

mit wurmfortsätzen behangen und
syntax – waren wie tennisspieler

und hatten eine art zu »schaufeln«
mit birnen voll – außen aufblasbar

die hebelwirkung zu betrachten war
uns ja wie das knie einer erbse

der ohren und philosophengänge
wuchsen – nun wie epheu-pepsine

sprach man von »gliedergängern«
»trottoir« war auch so ein wort

wie sie piepsten und vorher kurz
diese spazierstöcke ablieferten

wenn sie mit »heu« und mit »stroh«
von trickreichen reserven hatten

zu baumeln an ihren gelenken was
»tuten« und »fortbegegnung« hieß

mit engpaß aus fluren und gingen
gebauscht – langwierige figuren

waren es vorsätzlich und durch die
bank sohlen-fetischisten in wachs

wie tennisspieler etwa oder zonen-
untergänge – da sie uns hüpften

Hölderlin ist eine schöne, dem Deutschen verwandte Sprache; Hopi verstehen die Hopi sprechenden Hopi-Indianer. Die Überlegungen, rororo, über Sprache und Denken, von Benjamin Lee Whorf, noch in Bukarest in die Hand gekommen, mir, hatten ja mit beidem zu tun. Über den Leichtsinn des Denkens zu sprechen. Die Wissenschaft glaubt nicht sprechen zu müssen; sie hält Hopi und Hölderlin für das schlechte Gewissen der Wissenschaft. Mein schlechtes Gewissen, nicht Wissenschaft zu sprechen, ist ein alter leichtsinniger Zopf –

während in der ersten Zeile DAS *HÜNDCHEN seinem* herrn beim ertrinken beisteht ist in der zweiten zeile keine rettung mehr möglich in der dritten zeile wächst die verzweiflung während schon hilfe in der vierten zeile naht das gedicht veranschaulicht DIE TREUE während sein titel SCHON zeitloses deutet

– und, wenn Du magst, noch Dein liebstes dazu!

volta

arkadien – ein auch
früh – dem pfeil geflogen
einmal ich
einmal war
einmal gebirg und tal
durch – und zurück
das war in einem
ein auch arkadien

nicht mein arkadien
sondern ein auch
nicht durch – nur in
war in arkadien
ich einmal auch

ich war nicht in
arkadien – kein ich
war – nur gewesen
in nur arkadien
dem schütz-schütz

ausgeschlossen
nur ich war nur

nur nur war auch
nur war war in
arkadien nur

desgleichen
also doch
in auch einem
– gezogen

Aber nach drei Lesungen, und fast immer das Gleiche, kann ich meine Stimme nicht mehr hören. Ich hasse sie, diese Exhibitionistin, diese schamlose Scheinperson! Bis dann das vegetative Vergessen auch diese Regung kaputtgrünt. Verstehst Du das?

Bitte nehmen Sie von dieser Durchsage den Ihnen entsprechenden Abstand; multiplizieren Sie diesen wahlweise mit folgenden Preisen: erstens drei ungelebte Leben, zweitens zwei ungelebte Leben, drittens ein ungelebtes Leben. Damit erheben Sie nun einen Ihnen angemessenen Glaubenssatz zum Dreieck und erhalten die Ihnen zustehende Würde. Wenn Sie uns diese in den ersten drei Wochen nach dem Empfang auf einer Postkarte zuschicken, nehmen Sie an der Life-Übertragung der Reihe *Jedem das Seine* teil und erhalten ein Los, das Sie zum Verzicht auf die Ziehung berechtigt. Vergessen Sie nicht, für welchen Preis Sie sich entschieden haben. Er winkt.

Oder ein Countdown für etwas wie eine Zeit-Geist-Maschine. Ungeduldig läuft die optische Perspektive auf Verjüngung hinaus – seltsamer Sprachgebrauch; vom Älterwerden hält die Optik anscheinend nicht viel: selbst das »Winken« am Ende dynamischer Fluchten erscheint dann als »Punkt«. Ersch*ei*nung wie Verh*ei*ßung – das gl*ei*che *Ei*.

Futurum I Futurum II

Wie ich mir die Welt als Ei vorstelle: unvorstellbar. Oval nach innen, wie ein Dreispitz nach außen. Unendlich: zwei sich küssende Eier. Wer »Au« sagt, muß auch »Ei« sagen. Ei- und n-fach. Wie aus der Zukunft gepellt. Zum Beinerweichen, man kann auch sagen: krumm. Weh Busch: »... und dann kam der Dotterbey«. Das Brutei – der Brutus. Für hartgesottene Esser: Unbefruchtete sind besser! Zwillinge: im Keim geteilter Meinung sein. Das O, die Null, der Sauerstoff – die Uhr im Ei (Henlein). Ion Barbu: »Das dogmatische Ei« (wabert zu sehr). Zeichen: gleichen und unterscheiden. Kolumbus oder Amerika? (»zuerst«). Allerlei: zum Eispiel, abschrecken, trennen, ums heiße Ei herumgeredet, wer bricht das Ei, Raserei, Molkerei, Wüstenei, Norderney (Achtung, Suaheli!), Egge (leggs legis), Einsicht, Pfifferling, Brikett, Auflauf, Stock, Handgaranten, wie mit rohen, den Schnee von E (I abgerieben) – reizend! (Kojak). Eidetik: Fähigkeit, früher Gesehenes als anschauliches Bild zu vergegenwärtigen.
(Erste Notizen zum Thema)

Beim Frühstück zeigt das 3-Minuten-Ei sich eigen: sein eidetisches Gedächtnis reibt sich am Futurum I und II, es ist zum Steinerweichen. Die Zukunft als Rösselsprung (Dreiersatz, Zweiersatz, Ei-Ersatz). Rund um die Uhr gleicht sie dem Schreiber von 3 Zeilen wie ein Eisenreif dem anderen – sie hat bereits die Sprache weiß und gelb unterwandert. Meine Begleiter, zum Beispiel, heißen Aischylos, Leibniz und Freund Hein. Kein Freiraum gleicht dem anderen, die Leitplanken sind pochiert, das Eiland – eine einzige Büchrei. Wenn Lore Ley und Karl May einander küssen, entsteht Mathematik.
(Zwischenfassung, verworfen)

Beim Frühstück zeigt mein 3-Minuten-Ding sich leider nur von einer Seite – wie man es dreht, die andere bleibt oval. Im Kopf zersäge ich den Zwilling und klapp ihn auseinander – Futurum I Futurum II. Im Punkt, wo sich die beiden schnäbeln, schreit es mathematisch: »Kuckunft!«. Die hat jedoch bereits mein Eiweiß unterwandert: Aischylos, beispielsweise, Leibniz oder Loreley – rundum erscheint eidetisch das Ei als Bücherei.
(Letzte Fassung, vorläufig; Beitrag zum Welt-Ei-Fest in Sulzbach-Rosenberg im Juli 1979)

Die Vorspeise besteht aus appetitlichen Phantasiewörtern, den Gaumenkitzlern oder Lockrufen. Diese ermöglichen es der folgenden Hauptspeise, in einem Kontext zu stehen und, mit handfesten Beispielen aus dem pflanzlichen und tierischen Bereich aufwartend, ihren das Abstraktionsvermögen betreffenden Lernzielen vielfältig gerecht zu werden. Die Auxiliare der

Hauptspeise, eine Menge Flüchtigkeitspartikel oder Geschmacksbildner, unterstützen die peristaltische Einverleibung der Begriffe; kurz ihre Individuation. Die Hauptspeise wird von Urlauten begleitet. Dazu werden Jahrgänge kredenzt. Je belesener der Speiser, desto erlesener die Länder- und Völkerkunde, desto sinnlicher die historische, desto historischer die sinnliche Erfahrung, eine wahre Enzyklopädie. Die Nachspeise endlich serviert in der Regel Persönlichkeiten des Kultur- und Geisteslebens, aber auch Staatsmänner, berühmte Räuber, Domherren, Sänger, Köche, und schöne Damen, die alle auf der Zunge zergehen. Insgesamt zehren Vor-, Haupt- und Nachspeise vom nominal-agglutinierenden Wortschatz und sind dem oralen Stil zuzuordnen. Sie dienen der Unterhaltung des Wissens.

Manche wollen die Stückl als »Vergnügungen der Sinnlichkeit« sehen – ja, natürlich *auch*, es ist von allerlei Dingen des Essens, der Einverleibung, des Stoffwechsels die Rede – aber was mich gereizt hat, war ja die *Umsetzung*: die Literatur als Lebensmittel, das Fleisch der Wörter, die Karnation abstrakter Begriffe, der Metabolismus von sprachlichen Bildern – notgedrungen gerät die Poesie dann komisch und schief und glitschig.

Die Suppe war einmalig, deswegen hatte sie auch kein Rezept, dafür ein Zustandekommen. Sie wurde gebraut. Erlaubt war alles, vorausgesetzt es kam etwas Suppiges zustande. Leitbild schien also eine gewisse Löffelbarkeit gewesen zu sein. Schusternägel, Styroporschrot und winzige Glühbirnen, zu gleichen Teilen gemischt, ergaben bald ein sauber gleitendes Süpplein. Andere Ur- oder Grundsuppen, in denen das fließende, das schöpferische Kriterium den Ausschlag gab, waren aus gasigen Zellen und geschmolzener Schwermut legiert. Die Phantasie läßt Spielräume zu, die Suppe füllt sie.

Man widme diesen Hausgemachten Willibald der Krausen Handgekochten Glucke. Wer die Flocke des Hafers nicht ehrt, den soll die Fleischeslust holen. Ihr vermache ich etliche Schock Kummerspeck. Wer Kummerspeck mag, ist ein freundlicher Leser. Ihn widme ich diesem Buch. Er wird die Schwerenot des Hafers, der Flocke und allen Lesens gehen. 1 stille Lippenbewegung für den Hausgemachten Willibald, 1 triumphalen Finderlohn für die Krause Handgekochte Glucke.

amanita karee

gusper wilkinsoma
focht sin diagonell

(palawerte zitrus
verblichenschleim)

wor pusch-pomfineber
kuhscheles mustafa

egger am berg liebs
zahn klamper hohob

dristel focht nitte
lea vom biterfelz da

(äther nitte brosch
min veilchen-käscher)

tuch sine stimmgabel
dwirin bristol-pochur

odor mine honch-fluh
dwirin zimba lymfez

Galle Milz Schierling
alles verdächtig ge-
gorenes Schicksal
so verdächtig mensch-
licher Wunschbrei
so fließend ver-
dächtiger Briefsaft
und diese undurchsichtigen
Wortbrocken lauter
faschiertes Leben

über Dampf
erbrochen

Spargel stach Tante Lowise
hinterm Winterstroh in den Rabatten
ein Pfingstregen rettete alles
weil er sich nicht logisch benahm
schon bündelte Florian die Latten
im Köchelverzeichnis präzise
als aus den Ritzen des Stalles
ein Wünschenswert kam
der hatte schön blaue Spitzen
und wuchs immer wieder nach
den konnte das Messer nicht ritzen
mit dem Lowise stach

Meine Verzweiflung: ich durchschaue das Unwesen abstrakter Begriffe, messe mich aber, indem ich denke, an ihnen; die Sprache, nicht der Sprecher, entwickelt ständig, spontan, in einem fort philosophischen Idealismus – es gibt kein materialistisches Denken.

Grünzeug in Taschen und Beuteln. Das Tragen von Natur in dehnbaren Geweben, die Immortellen-Euter sind im Kommen, der neue Katalog ist da! Wer ist lückenlos. Ich bin gerne nicht lückenlos, schief ausgerupft, in dehnbaren Begriffen. Läuche und Schläuche, etliche Arten von Häretik, die Lappen und die Knollen, alle nur denkbaren Auswüchse. Heißt Grünspan im Grunde Plastik? Oder Bast? Oder etwa gar Holofernes? Das hat dir der Grüne gesagt, das hat dir der Grüne gesagt; der Spaßfink! Ja, der Frühling ist da. Gewöhnlich zeitigt sein Schleppen in Mittagspausen von Anstalt zu Anstalt bargeldlose Unklarheiten, die Trägerfunktion betreffend, eines Finders, eines Rupfers, eines Soßenkochs. Er kann ans Problem herangehn wie er will, die Sprache generiert unentwegt, petersilienähnlich, Idealismus. So wandert das Abgewachsene in Taschen und Beuteln bloß unter Fichten und Lärchen. Solche Sanatorienhöfe sind dann die Brutstätten jeglicher Erlaubnis. Man darf sogar vom Tod reden, als seien die Grünzeughändler Engel, es ist wie ein See mit ziemlich viel Mitte.

blick aus dem südturm

diese nure laubbaumwipfelpranke
aus nur diesem winkelzipfelfenster
dieser schaumwarnung dieser zappel-
windel dieser quaderschau aus diesem
bündel aber diese einsilbige farbe
dieser diesigen bewegungsschranke
aber dies aus einer laubbaumwipfel-
warte nur aus fensterfarbe aufge-
stauten winkelschwindels dieser ei-
nen winkbewegung ausgemacht in einem
schwierigen gedanken auf der stelle
aus den augen aus dem winkel dieses
aber aus der farbe fahrbewegung nur

Der Wissenschaft zuliebe (damit dieser Brief endlich zustande kommt, Der Gesunde Menschenverstand) denke ich, daß das Denken & Sprechen schlechthin metaphorisch ist. Deshalb schreibe ich einzelne Gedichte oder Texte und nie im Leben Literatur. Unter dem Gesichtspunkt der Metapher ist alles was ich schreibe ein Beweis für, gegen und durch die metaphorische Beschaffenheit des Geschriebenen. Die Metapher drückt sich nämlich hartnäckig vor Definitionen. (Definitionen in meinen Texten sind hingegen natürlich Metaphern!)

Am Rande, denkst du

Am Rande, denkst du, denkst du Sätze, die dich denken. Du denkst, sie denken dich. In deinen Sätzen bist du an ihrem Rand. Du bist eine Anrandung von

Sätzen, die dich an den Rand stoßen, Gegensätzen, und auch an denen wandelst du entlang, Sätze, die dich gegensätzlich denken, wandeln dich an und denken Gegensätze, die du nicht denkst. An deinen Tatbeständen kommst du nicht vorbei – es sind seltsame Sätze. Du kannst an sie denken, sie denken nicht an

dich, sie denken dich seltsam am Rande, du bist eine Anwandlung von ihnen, die an Gegensätzen nicht vorbeikommen. Am Rande der Sätze, in denen du bist,

liegst du noch ganz am Rand, wenn du darüber hinaus denkst. Auch sie denken dich hinüber, doch an ihren Tatbeständen kommen sie nicht vorbei. Es sind nur

Sätze, die nur denken können. Du denkst, sie denken dich, sie denken, du denkst sie, es ist eine Verschwörung an den Sätzen, die dich nicht abwerfen

können, die du nicht abwerfen kannst, ein Inzest. Am Rande des Denkens, solange du denkst, liegst du in Sätzen an Sätzen, noch kann dich keiner über den

Rand verstoßen, den du nicht denkst, seltsam, du bist nur in Sätzen in Sicherheit, die dich wiegt, und nur in Sätzen in Freiheit, aber in welcher.

Mein Problem, mit anderen Worten: welcher Sprache kann ich mich bedienen, die nicht bloß Verteidigung wäre?

Entwurf

Kann die Literatur für sich selber sprechen? Dieser Satz kann, wie sich zeigt, geschrieben werden. Und nicht nur das. Als Frage gestellt, kann er, da »die Literatur« in ihm »sich« als ein der Handlung und Aussage fähiges Subjekt »begreift«, »natürlich« (d. h.

weil »die Sprache« wie selbstverständlich ein »für jemanden denkendes« Instrumentarium, zu dem auch »das Gegenteil« gehört, bereithält) auch als schiere Behauptung ankommen: Die Literatur ist imstande, für sich selber zu sprechen.

Die für sich selber denkende oder sprechende Literatur ist also durchaus denkbar, sie kann das behaupten und man ebenfalls, denn man nimmt es ihr ab. Die Personalunion innerhalb des erwähnten Instrumentariums macht ihr und einem selber es möglich. Die Literatur benimmt sich wie eine Person, man selber in Analogie dazu auch. »Wir« haben es demnach mit antropomorphen Vorgängen zu tun.

Nichts Menschliches ist der Literatur fremd. Sie kann für sich selber sprechen, muß es aber nicht. Sie kann auch für andere sprechen, z. B. die Sekundärliteratur oder den Autor. Auch für den Verleger kann sie sprechen. Es spricht für die Literatur, daß sie nicht nur sprechen kann sondern auch schweigen und gelesen werden.

Bedarf etwas, das für sich selber sprechen, schweigen und gelesen werden kann, überhaupt einer Fürsprache? Oder, anders gesagt: Inwieweit wäre die Fürsprache, falls die Literatur einer solchen bedarf, eine andere Sprache als die, deren sie ja nicht bedarf, weil sie sie ja hat, sonst wäre sie keine? Meines Erachtens kann die Fürsprache auf ein breites Publikum rechnen, und nicht nur das. Als Fürsprache kann es ihr sogar egal sein, ob die Literatur ihrer bedarf oder nicht – Hauptsache, sie bedarf der Literatur, um überhaupt zu sein, was sie ist, nämlich Fürsprache.

Während die Literatur sich dümmer stellt als sie ist, um ihre Menschlichkeit zu betonen, die keiner Fürsprache bedarf, ist die Fürsprache tatsächlich sehr gescheit: sie verzeiht ihrem Fürwort die Kümmerlichkeit.

Es geht also wahrscheinlich um mehr. Die Literatur sagt es, ohne es zu gebrauchen. Die Fürsprache gebraucht »es«, indem sie »es« sagt. Die Literatur mit eingebauter Fürsprache, . . .

zunächst schläft ein fürwort und ein anderes fürwort fragt sich warum das erste fürwort eine eigenschaft habe dann fährt draußen ein dingwort vorbei und ein weiteres fürwort seufzt einen zahlbegriff und gleich darauf ein dingwort das kein ding ist sondern eine zeit später behauptet ein fürwort ein weniger genaues fürwort schlafe ein dingwort klopft und ein dingwort das aber kein ding ist sondern ein zustand erwacht dann fragt ein fürwort welches fürwort denn eine eigenschaft im komparativ habe ein fürwort schläft das gleiche fürwort träumt ein adverb und daß es in einem anderen fürwort ein dingwort bewirke das zudem auch der titel des gedichtes vom schlafenden fürwort sei

Rasur mit Lasur

Wie man aus Barmherzigkeit rasiert wird

Besitzanzeigend hält ein Fürwort meinen Kopf gepackt, am Strunk also, in Fortsetzung der Hand so vor mich hin, daß ich sein Weißes neben der Pupille sehe. Bemerkenswert an beiden Wangen dicke Seife. Das dargebotene Prinzip der Henkeltasse reicht bis ins vierte Glied von Wilkinson, den sogenannten Schaber. Um ihren ausrasierten Nacken kommt

Herr Maiwein sagt dies kaum. Wir Zierbartbarrikadierer steigen (ha warum?) im Zwist.
Aber Zweige riskiert man im Haarwust dir.
Einzig wer kraus marmiert, ist wahr dabei.
Zwar ist Reimbusigkeit warmer Haarneid –
aber ei was wird mit zu strengem Harakiri?
Aha: Musiker ab Maerz wird weiter stirnig;
wer Dias markiert, reibt Hauszwirnmagie.

keine Traumfigur herum. Wem gehört der Kerl, der weder Hand noch Fuß hat? Wessen Nierenkolik entpupillisiert sich da als Nockenlyrik? Ritsch oder Ratsch, die beiden – aber nacheinander. Nun ist sein X ein Heftpflaster aus nacktem Gegensatz zum Schaum. Klotz Porzellan! Fleischfarben gekittet, fabriziert er einen gekreuzten Kitzel mit Henkel um den Mund, dem gegenüber nicht zu spaßen ist. Eine vertrackt gemeingefährliche Situation. Auftritt Mond von rechts. Einstein ab. Seele aus tiefstem Hintergrund, runkelrübisch: Alaun!

Etwas entweder »schön« oder »nicht schön« sagen (»mit Brillantine oder ohne«) ist eine unsinnige Fragestellung. Aber wir haben es ja hier mit Haarspaltereien zu tun. Andererseits liegt es nur am Text, daß er, wenn er gut gemacht ist, dies in der Beschaffenheit und Disposition seiner Teile erkennen läßt.

Pinzetten-Polka

ode an das unappetitliche
rupfen des haarwuchses
im bereich der ohrläppchen
I
komm, kleiner ansatz,
heraus mit dir,
beichte!
bist klein du – bist echt!
und ohnehin da – praktikabler ansatz
täglich
zum anfassen – krieg und
frieden in einem
wer bin ich?
mein ohr ist nicht rein
keiner soll drin wohnen
als die pinzette –
sie ist so allein
II
radikal, also wörtlich
praktisch wie ein wunsch
– weil nachwuchs
widerborstig – kleinformat

Auch die Beschäftigung im Reich der Ohren – auch sie!
Ich nenne sie: Heraus-mit-euch! Zupfgeigenhansel! Allegorische Du-Dus! . . . ihr seid ja so echt. Nicht umsonst

die dummen Wegwerf-Scherereien mit dem Leben (Wildschwe
Porno! Morgen-Stund! – oder so ähnlich); dabei seid ihr
nichts als rohe Stummel-Geister, Mit-Esser, Interpella-

tion von Senkenberg, Glücks-Pilz von Anred' – und Anred'
von Spalt-Borst . . . kaum noch zu fassen! Und schon so hartgesotten – nicht auszurotten! Veranschlagt, bitte, euch

nicht zu gering ... seid mir, gelinde gesagt, nicht zu schade, Uralt-Kakadu von Stumpf und Stiel, Prinz-Gemahl-Geschwafel, da auf dem Nagel – Häuflein Unglück, wie's

kratzen tut, wie's mucken stört, wie's hören rupft, wie's rausmuß! Daran soll's nicht hängen, geschweige darin wohnen, als wie mein Transplantat allein. Das ist's. Ha, Aus-

reiß-Idee, ha, Geschwätzige von Lebendgewicht, ha, Krümel-Du-Dus, Anschaum von Poker-Face, Azoren-Tief, mehlig-feiner Kunigunden-Tick ... – nichts als Juckreiz-Euphrosin!

ich muß die metapher
mit stumpf und stil
kratzen hören – schuld
und sühne
einpflanzen – danke
schön
III
ein häuflein glück
IV
puh der zucker
ah der – laß das sein!
ich bin eine krebsgefahr
du gehst im walde für
mich hin
man sammelt punkte
und kommas
(Erste Vorstufe)

Aus Ruck-Zuck kam der Haarwuchs in die Welt. Die Pore dünstet, Pflanzenfett ... Ein Frühstück war es nicht. Einfälle wie Schuppen-Schnee. Du-Dus verlassen das sinkende Kinn.

hier hat es die rosen an

schläft eines in allen dingen
zwei ist eines auf vorderwort
und nicht neben anderes haben

ein es – ein es: im essigkrug
hinan! ein gutes zur rechten
hat worteswort – alles export

es in die länge war am anfang
das ledig wörtliche zieht es
in faust und wenigkeit höher

kein osram-tungsram ist es ja
es ist auch kein apfelsin ihm
zu bernhardin gleichen falls

umwerfend hat es im unterschied
und ist in hall und widerhall
damit sofort ins wort gegangen

das steckenblieb in hals & kleid
eines dort wie zeit-orthographie
unterm stichwort geist und nackt

deswegen haben sie dort meines
während es übriges essen muß
was ihm bein und kleid rosen

für wessen pronominal-stellung
an einem schönen genitiv des orts
wie zu betrübsblind vor übesam

Faltenbund / Springfalte

Malibu und Telemann liegen cremefarben am Südabhang;
Ortszeit, Agathon und Fé kauen marathon – seit knapp
dreißig Jahren. Den Erdteil am Rücken, wölbt sich Me-

lanchthon von Zuckmantel über Phil und Ray – aus bei-
den Stöpseln quillt im Abseits alter Eukalypten das
Ohr in einem Punkt zusammen: Rollschuh und Kalifornien –

es wallt der Stein, es dampft die Erdgeschichte. Des-
senungeachtet fallen Sandwiches (Familienpackung) vom
Himmel, Rebus bebt, Eltron klafft, frühgotische Hotel-

brände stehen bevor. Heute ist Danksagung. Mit Vorna-
men, die aus der Botanik stammen, spalten sich die High-
ways von den Kühlanlagen – wie Kürbisse; Quirinus ist

Versicherungsagent für Rasensprenger; horch, es kommt
zu Backfisch- und Truthahn-Anamnesen – oder war es ein
Erdrutsch? Busch und Tal, die Erstlingsdrucke, haben

feuchte Wangen. Aus Artischockentürmen perlt ein Se-
rien-Sunset; jetzt schmort die Dämmerung durch, Bel
Air und Piccolomini. Die Überlappungskurve schnurrt.

Schließlich dann mit Herzen, Mund und Händen im Lift, der weite Sprünge tut, hinauf zum Panorama-Transformator – von Malvensticker (Ink), Textilien und Söhne.

quirinus kuhlmann

anquila minus ulk
al arnim kum huhu
runk siman liquis
mirakuli quarquar

una klimus huisma
quasi hui mas aku
manus uhl quiquil
mis kuliam sirius

maniquin haikulin
hark hausmas inri
in kurku musiquin

hu mia maskularia
makulakulma quali
hilquin sua muska

Bild: Holzkohlengrill im Freien, mit 3–4 Auberginen, die schmoren, zischen, puffen (Ton mitaufnehmen).

das fröstelgedicht fröstelt bei der vorstellung es be- stünde aus einem sprachvorgang der behaupten könne es habe sich in ihm ein denkvorgang dermaßen verselbständigt daß er in seinem sprachvorgang bei der vorstellung zu frösteln fröstele das fröstelgedicht ist töricht daß es so was denkt denn wie kann man schon bei der vorstellung zu frösteln frösteln

Textaufnahme im Studio, nachher mit Auberginenton mischen, so daß nach dem letzten Wort noch eine Zisch-Eruption (»pfff«) zu hören ist.

Über das Zeichnen von Auberginen

Donnerwetter! Donner – und Erklärung. Auch die Frucht des Brütens (Aubergine, vulgo Eierfrucht) verblüfft kaum. Je lapidarer die Erklärung, umso verzehrter die Erkenntnis. Je einfältiger, umso bezeugter. Wie so? Inständig denkt einer: Das sind die Auberginenblitze nach einem längeren Geisten und Grollen, jene illuminatorischen Einfälle, die das Gedöns von Urung und Wirksache, wie es die Meteorologen immer noch praktizieren, glatt durchlöchern. Wo kein Donner, da auch durch brütendstes Nachdenken keine Aubergine; da ist es finster; denn finster kommt von finis terrae; wo auch das Schreiben über das Sprechen über das Zeichnen von Auberginen seine Erklärung hat, falls einer noch lange genug drüber nachdenkt. Was man durch inständiges Nachdenken in Erfahrung bringen muß, ehe die Aubergine / man einen / die Aubergine in eine der genannten Tätigkeiten versetzt / einbringt:

> Die Aubergine gehört zu den Früchten, die roh nicht genossen werden.
> Sie befindet sich auf der Liste der salzfreundlichen Früchte.
> Daraus resultiert, daß die Aubergine als Fleischersatz dient.
> Die Einführung der Auberginenkultur geht rascher und billiger vonstatten als die Aufzucht von Fleischtieren: Afghanistan z. B. wird z. Zt. mit Hilfe der Aubergine fleischlich revolutioniert.
> Wer Aubergine sagt, muß auch Berberitze sagen.

Das Zeichnen von Auberginen ist ähnlich (ebenso) leichtfertig wie das Sprechen oder Schreiben von Auberginen. Erst das Verzehren, auf das wir vielleicht (vielleicht) noch kommen, wäre als orale Vollstreckung nicht ganz so leichtfertig. Der Sturmlauf

wider die Bereichlichkeit liegt unverrichtet in der Luft; nicht erst die Aubergine hat ihn aufgebracht, den insofern leichtfertigen Sturmlauf: er ist vielmehr – ach, Laokoon!, wer Berberitze sagt, muß auch Corcoduscha sagen.
Am Morgen (L'aube, der Morgen, der mächtige Fingal der Rosen!) züngt es – subkortikal? ein Bild? – durch die Jalousien; die Retina meiner Klause beginnt zu wabern, Ankündigung einer Farbe, nein: schlichtweg ein Tümchen (kleines Quantum) Licht.
Über das Zeichnen von Objekten durch Subjekte, nicht gleich dem Schreiben, welches, von Hand, noch ein Zwitterding wäre (bandmusterliches, auf der Hand-Wand-Kippe einer Höhlenstülpung); über das Zeichnen von Subjektobjekten (eher) durch Objektsubjekte (desgleichen eher, sogar akzeleriert), nein auch nicht gleich dem Beschriften mittels Mund- und Zehentechnik (Lautmalerei, Choreographie), weil Präpositionen (meinetwegen: auch die nicht-parataktischen Binder und Mittler) dann doch abfallen, wie einst die Niederlande, in denen die Aubergine nun aber dennoch floriert. Ich möchte es sagen: Der mechanischen Wiedergabe minder mechanischer Kost- und Lustbarkeiten steht heute dank übergeordneter Gesichtspunkte mehr im Wege als nichts (früher). Haben wir den Tonverbindungen (Silikate etwa, die große Gruppe der Mergel-Dialekte) durch Schmelzfluß diese, wie man's herausbeschwört, doch ziemlich schlaksige Sinnenhaft (Äquipotenz) objektiviert, so kehrt sich (ausgezeichnet!) die Beziehung um, gegen ihren Träger, aber auch gegen den Hervorbringer. Die Ton-Schon-Kippe.
Es ist die alte Leier (Lyra) vom Speiteufel (Aspiration). Je unpersönlicher die Zeichnung von Subjekten durch Objekte erfolgt, umso handlungsfähiger (später) erscheinen die fortlaufenden Mannequins. Ihr Tiefsinn ist so entpersönlicht, daß ihr Tauschwert – Donnerwetter!, ihr Stellenwert – Donnerwetter, Don-

nerwetter!, jedes Sprechen darüber – am Donnerwettersten! . . . (wird). Deshalb (zu diesem Zwecke) bezeichnen wir die Mannequins als Buchstaben. Diese springen nun mit den ihnen widerfahrenden Sinnes-Werkzeugen ähnlich salopp um und umgekehrt, nach einem hier nicht näher zu beschreibenden Toporhythmus, welcher mehreres zugleich ermöglicht, i. e. eine Art Zeichnung (Biographik), die nicht nur in vielen Punkten an die Aubergine erinnert sondern auch viele Punkte mit ihr gemeinsam hat.
Vorgänge wie dieser werden – siehe weiter (früher) oben (später) – natürlich meistens schwarz-weiß ausfallen. Jedes Mannequin hinkt irgendwo. Je mehr Mannequins, umso mehr Hinke. Das Schriftbild befindet sich (selbst) auf der Hinke-Winke-Kippe (Adieu-Effekt). Apropos Kippe: hier besonders stürzen die Mannequins, von Auge zu Auge geworfen, denn es gibt Weh-Orte (W-Orte), wo ein Weh-Ort (W-Ort) nichts anderes darstellt als den Nu des Werkzeugs; siehe (später) sklepatj, slaw. gleich klopfen oder hämmern, bzw. »des Augenblickes Klippe« gleich clipa, rum. (ebendort).
Nur zu freundlich (unpersönlich) gibt sich mittels eines Winks die diesem Wink nur mittels aller anderen Winke zugehinkte Phänomannequintnis bekannt. Stimmt das aber wirklich? Man prüfe den Händedruck (Graphognomie) oder lasse das durch Einstampfen von Zungenfertigkeiten gewonnene Ikon untersuchen (Kraft-Saft-Kippe).
19 Uhr, 42 Minuten, 8 Sekunden, heute: »Absonderlich in ein Gewächs verbohrt«.
Der Versuch, einen fortschreitenden Stoff mittels seiner selbst dingfest zu machen, purzelt (wie bereits gehabt) an allen Ecken und Enden unwahrscheinlich töpfern (auberginenförmig, in einer lächernden Dimension) heraus. Erst die Glymphe, eine Art Kleb-Reiz, ist etwa imstande, mittels ihrer Ding-Faszination (eine schillernde Angelegenheit) die

graphische Beschaffnis der Mannequins zu verkleistern.
Aber die Glymphe kommt und geht und ist den Wallungen des Mondes unterworfen.
Punkt, Punkt, Komma, Strich, die Aubergine an sich.
20 Uhr, 14 Minuten, 3 Sekunden, Stoffwechsel wie gehabt; durch inständiges Nachrichten zusätzliche Details in Erfahrung gebracht:

> Die Aubergine ist ein Menetekel, ein Klumpfuß, eine Glanzkeule, sie hat ein feiles Gewicht.
> Das Auberginengericht mundet; es hat kein Rezept, nur Mittäterschaft.
> Die Mundung der Aubergine ist ein Werk der Zerstörung, doch wer dabei die Aubergine schält, ist ein Barbar und Schlimmeres.
> Die Aubergine besitzt natürlich keine Seele; aber die Seele, die die Aubergine nicht besitzt, ist eine Auberginenseele, keine andere.
> Mit Messern und Gabeln ist nicht gut Auberginen essen.

»Absonderlich in ein Gewächs verbohrt« oder ein bohrender Zwang nach diesem Ausüber; seine absonderliche Beseelung; über ganze Strecken hinweg Syntax, nichts als überaus strohblonde Zugzwänge; der Bauer schlägt die Königin, der Turm wird vom Läufer geschnappt, das Pferd übt seine Schwärzlichkeit aus; o auberginenfarbene Interjektion! (Pfauenruf); das Zeichen eines Doppelpunktes wird gezeichnet; Donnerwetter! – und das *ist* eine Aubergine, und tappt in Seelenfalle und wird (wirst) emporgeschleudert, noch beseelter, ha, ein Geysir; Gewächs, Vernarrter, nein: Verbohrtes; in den absonderlichen Transformationen der Aubergine sich Gerundivierender; umsonst, die Verständlichmachung einer sich ausübenden Absonderung entbehrt nicht eines gewissen Genitivs.
Wir sprechen über das Zeichnen der Aubergine; wir

zeichnen die Aubergine, über die wir zwar sprechen, aber es ist die Besprochene; wir lesen, was wir geschrieben haben; die Aufzeichnung des Gesprächs läuft auf eine aufgeschobene Handlung hinaus; wir sind uns einig, daß wir uns darüber nicht einigen können; je länger die Aufzeichnung dauert, umso klaffender die Verzettelung; selbst die Aubergine gerät in die sich ausdehnende Zärtlichkeit (vermutlich unklar aufgezeichnet: »Zeitlichkeit«), für die aber wir die Verantwortung tragen; wir sagen auch: »Diese Zeitlichkeit (Zärtlichkeit?) wird von uns vorgängig und rückläufig ausgezehrt, eine (eher) breiige Zerstückung«; das künstliche Verspeisen der Aubergine ist also nichts anderes, stellten wir fest, als das graphisch-verbale Überhandnehmen eines Zeitpunktes, der seinen Mund aufsperrt; keine sehr glückliche Eröffnung; denn wie läßt sich über die unverspiesene Aubergine noch (noch!) reden, wie stellten wir die noch (noch?) unverspiesene Aubergine dar?;
noch (vorläufig) haben wir Zähne, eine Aubergine aus Zähnen; wir verbeißen uns in die Donnerwetter-Theorie, und wer sind wir überhaupt? Pfiffikusse?; wir sprechen über die Konkretheit abstrakter Abdrücke auf dem Begriff, den die von uns gezeichnete Aubergine wohl oder übel verkörpert; beißen uns am Begriff die Begriffe aus – sowohl er als auch sie schmecken kaum nach Aubergine; dennoch hinterläßt die Aufzeichnung längerer Gespräche, in denen öfters der Name des Gewächses, von dem hier die Rede ist, vorkommt, etwas vom Rauchgeschmack jener Speisung; wir versuchen einer zahnlosen Metaphorik die Stange zu halten; es ist aber eine Aubergine; wir jonglieren drei Auberginen auf der Zungenspitze; wir lassen (Sekunde!) sie auf der Zungenspitze zergehen; Seehunde; wir verfertigen von den Schling- und Schluckgriffen kleine Contergan-Graphiken, die wir eine Zeitlang als Buchstaben ansehen; die brüten wir aus – Donnerwetter! Auberginenblitze! Erklärung:

wer common sagt muß auch sense sagen (Sesam-Effekt);
die Gespräche zeichnen wir auf.

Seit meinem 16. Lebensjahr schreibe ich, aber erst vor 5 Jahren habe ich zu zeichnen begonnen. Für eine Kugelschreiberzeichnung verbrauche ich umgerechnet 0,9 Liter Benzin, während jedes Gedicht im Durchschnitt 4–6 Mal umgeschrieben wird. Ich habe 3 Linden vor dem Fenster, benütze öffentliche Verkehrsmittel und werde im Oktober 1979 52 Jahre alt. 2 meiner Geschwister sind Brüder. Meine Schwester wurde am 7. Juli 1943 am Fuß der Karpathen geboren. Zwischen Westberlin, wo ich seit 11 Jahren lebe, und meiner Kindheit ist die Entfernung um 30 % größer als zwischen Weihnachten und Ostern. Von 9 Gedichtbänden sind 7 nach 1968 erschienen; keiner der 3 Gedichtbände, die wie Prosa aussehen, erinnert an den anderen; 2 davon leben zur Hälfte von Zeichnungen. Ich lebe zu 70 % von Rundfunkhonoraren. 8–9 Mal täglich spreche ich laut. Obwohl ich weiß, was 1 Schaufel ist, weiß ich noch immer nicht, was 1 Wort ist. Frage: Wer ist der Autor und wo liegt das Problem?

Seit ich die elektrische Schreibmaschine benütze, sind, statistisch betrachtet, meine Gedichtzeilen etwas länger geworden, es gibt mehr ausgeschriebene Fassungen von einem Gedicht und weniger Überarbeitungen von Hand.

schiwwer

wenn ich einmal groß bin
werd ich mich heiraten und
dann wird nichts mehr weh tun

weil ich aber klein bin und
noch ein wenig kniefrei sein will
hab ich mich gleich nicht mehr gern

ich will aber bestimmt mich
gleich heiraten wenn ich groß
gewesen bin und lieb gehabt hab

und mich bestimmt nicht fürchten
auch wenn ich kniefrei bin
und es nur ein wenig weh tut

denn dann bin ich ja bald so groß
und fast ganz ohne knie und
geh auch nur ein wenig heiraten

Das Rad an meines Vaters Mühle – war es oberschächtig oder unterschächtig? Das wollte ich herausfinden:

im schacht von eichendorff

unterlinder hat oberwasser
lederschalm tut grausnatig
dusenscharm ist grasnautig
overbinder hat unterfasser

boomverstärker ist haumsig
oberwasser hat unterwasser
unterleder tut oberschwarm
schlablabuh feuert haumsig

transurin leistet vorschub
schwanlasur gibt unterbund
sturzfrisur geht nach oben

oberluber gibt unterschied
unterstützung hat haarwust
ab nach süden geht auflauf

Licht auf Nausikaa

Wir gingen beide durch das heiße Land;
ich hielt Nausikaa an meiner Hand.

Nausikaa war gut und klug und braun.
Ich Taugenichts mußt' auf die Tauben schaun.

Und wo das Wasser aus der Erde drang,
Da lag ich wiesenweit und stundenlang …

Die Eichen rauschten abendwarm und nah,
doch zu dem Dorf zog mich Nausikaa.

Und klopfte an die Türe, die sie traf.
Ich sah den Mond. Sie bat um Milch und Schlaf.

Noch aus dem Heu rief mich das Horn ins Land –
Nausikaa hielt mich an meiner Hand.

Da durch die Schindeln kam es weiß herab,
Licht auf Nausikaa, den Wanderstab.

Taugenachts und Haargenau sind bubenfrei; Genitiv und
Fragenichts – dauerkraus; Jumbo jetzt und Willi bald
sind Draufbolde; oh mein Kind; sind sie es?; Unter-

lauf und Oberlauf sind Flüsse; Desider und Badedas e-
benfalls; Disneyland und Donaudampf sind aber Gesell-
schaften; was sind sie?; paß gut auf!; Mutterkuß und

Ladenschluß sind Kindsverdruß; Kupidus und Biskuit hin-
gegen Euter; paß auf – Reuz und Quer sind lauter Ding-
wörter; Adebar und Abbeißbar sind Unzumut; Gis und Fis

Puffreis; Kniefrei und Grießbrei gesund; was sind sie
noch?; sind Sinds Heuschrecken?; sind sie wer?; ja –
Pinako und Biblio sind Teekessel; Kinkerlitz und Mil-

libar – wunderbar abrufbar!; Finderlohn jedoch und Zin-
seszins – manchmal Passepartout, manchmal Rasputin; Raz-
zia und Kasein sind Triebzügler und Indanthren; Frido-

lin und Gasolin sind holzimmun; Sinds sind Sinds und
Sinds; wirklich?; Codex Podex Morgenstund – Absynth Auf-
wind Labyrinth; Kosewort und Naßrasur – Syndikat und Mo-

saik; Feyerschall und Kuttelmund – Sund Sand Sond; wie?;
astrein und gastfrei sind Aspik; Gulli und noch wer syn-
thetisch; Fanny und Mandelstam sind große Europäer ...

Die Begriffe »Exil« und »Emigration« nehme ich für mich nicht in Anspruch, es sei denn auf einer metaphorischen Ebene, d. h. mein Leben lang und wo immer, aber das ist schon fragwürdige Deklamatorik.

Der Exiltext kann 2–3 Sätze (Handschrift) füllen er möge aus sich heraus gehen er wolle sich doch nicht vor der hausaufgabe drücken sich bei nacht und nabel verschnüren man kenne die ausflucht ins windige knallhart faustdick durch und durch im grund eine fehlleistung formalitäten mit katzenzungen heißt es weiter im text denn im satzverband auch satzung genannt verfügt die erkennungsmarke über den wechselbalg (gebrüder grimm von toitscher art und waise) während dieser über jene anders d h nicht verfügt aus dem kontext geholt also exportiert oder deportiert wird der satz zum aussatz oder findelkind ideologen bevorzugen den umgang mit schreckenswörtern die sie zu lächelnden gesetzen winden unter der pestsäule wird den zufrühgeborenen das schwarze und den zukurzgekommenen das gelbe erbsengericht zuteil den glubschäugigen und mit schwimmhäuten behafteten weist die geschichte ein engeres sieb zu während die flachlippigen abkömmlinge des ahornquadrates dem leitbild des trichters zu schwören haben oh oh oh wir unterscheiden demnach das verlorene kalb vom verlorenen sohn und die geschlachtete hoffnung vom geschlecht historisch betrachtet ist heimweh eine historische sache im folgenden weigert sich der weigerer entschieden den exilstern zu tragen mit welchem recht einerseits so argumentiert er und andererseits mit welcher schuld unvernünftig verschließt er die augen diese vaterlandslosen gesellen diese heimwehlosen melancholisten diese scham- und maßlos nüchternen »jeden herbst verbrennen wir mit dem kartoffellaub götzen und brücken brücken und götzen« und dann: bekenne dich nenne dich derausdemahornquadrat bitte sehr und dann: wo ist dein haus so darf man nicht fragen diese frage ist eine obszöne frage aber zugehörigkeit ist etwas für dritte sichtbar gewordenes heißt es weiter im text nun findet eine migration der axiome statt axiome sind frei sich vermehrende lippenblütler so einfach machen es sich die weltbürger sie trinken jakoböhmischen kaffee gegen das hundsfieber die dogmalaria den ekel am witzwort sie treffen sich nachts auf dem holzweg wann sprechen wir drei uns wieder den gruß im grunde ist alles natürlich sehr einfach ovid ist eine europäische idee my home is my biography und die angst wurzeln zu schlagen eine redensart an dieser stelle ereignen sich dinge jede ähnlichkeit mit toten und lebenden personen ist verschieden jedes leugnen umsonst der versuch die tugend zu nötigen scheitert am tiefsinn ein psychogramm auf der waage ist wie ein wort auf der flucht vor sich selbst wie ein hinkender das ist ein körperbehinderter vergleich oder anders gesagt zwischen verhaftet und verhaftet gibt es quantifizierbare unterschiede oder noch anders gesagt er hat gut reden ihn umschreibt die erkennungsmarke alpha er steht selbst redend auf der seite des verstandes was soll ihm exil 2–3 sätze (handschrift) von einem der fortging das fortgehn zu lernen das mutabor-märchen der stuff matter sprache die ganze litanei

Ich bin zwar in Rumänien geboren, aber – »der Zufall will es« – Deutscher, nicht Rumäne. Diese Unterscheidung zwischen Nationalität und zeitweiliger Staatsangehörigkeit mag hierzulande haarspalterisch erscheinen; immerhin wurde ich 1944 als Deutscher aus Siebenbürgen in sowjetische Arbeitslager deportiert (für die deutsche Schuld zur Verantwortung gezogen), und auch im sozialistischen Rumänien wird die deutsche Minderheit keineswegs mit der rumänischen Bevölkerung verwechselt.
Seit Jahren versuche ich hier, oft erfolglos, meine »exotische Herkunft« im öffentlichen Erscheinungsbild *nicht* vor mein Werk spannen zu lassen – es braucht diesen Aufputz nicht.

flurimalz

natifawor
lozimalör
natimalör
lozifawor

antimalör
maluzifor
zimulakor
latinamör

morfurior
fortunami
amforiwaz

timutilar
mimazilon
aluziförm

abschrankung ißt wegweiser

neunzehnhundert / siebenundzwanzig
hermannstadt in siebenbürgen
muß i denn / muß i dünn
kantilene / hindurch

schulding / nicht schulding
o geboren / o wünschelrut
und listen / namen und
mitgefangen / hain

minderheiten / straßen
kaputt / nicht kaputt
masse / gewicht
krieg / ruh

unzug / unzug
gepäck / schnitt
ballhausgassenspießen
zurück / nicht zurück

Alles was ich schreibe ist Text, also auch öffentlich. Ein bodenloses selbstgewolltes Risiko; denn für die Welt und ihre Eigennamen, die ich in meinen Text zerre, bin ich die Pest: sie werden angesteckt, veröffentlicht. Ständig usurpiere ich, bediene mich von meinen privaten Umständen. Die säuberliche Trennung (Literatur-Klartext) wäre Augenauswischerei. Mein Berufsrisiko (»So bin ich«) ist wahrscheinlich gar nicht so weit von der Erbsensuppe (Erbsünde) entfernt. Davon spricht mich niemand frei – und ein Freispruch von dritter Seite wäre auch Anmaßung.

»Die Sauna von Samarkand« – ein Hörbad, ein Poem für 5 Stimmen (WDR-NDR). Wortmaterial: aus der Kultur- und Sittengeschichte des Schwitzbades. Aber im Grund: »Schwitzbad« als Metapher für »geschlossene Anstalt« – Institutionen, isolierte Menschengruppen, Ausnahme-Gemeinschaften, also durchaus auch: Krankenhaus, Kaserne, Lager etc und auch, natürlich: das Kulturgeplätscher

Stimmen im Badhaus

Lesetext nach Fragmenten aus dem Hörspiel »Die Sauna von Samarkand« 1976

Am Dampfhahn tropft die Nabelschnur –
oh nein, es klopft ein Schnabel nur!

I

Horch, es regnet. Die lieben Stimmen. Draußen scheint es zu regnen. Hängen an der Decke wie Tropfen. Laufen die Decke entlang . . . Striemen. Hört sich wie Juni an. Wahrnehmungen, wahrscheinlich sind die Büffelkirschen jetzt reif, holen sich ein, laufen ineinander. Tropfen. Ein Platzregen. Draußen platzen Pfingstrosen. Mich erinnert die Betondecke an eine

Elefantenhaut. Wahrscheinlich fährt ein Zug vorbei. Der Dampf schlägt sich in Striemen ab, Stimmen wandern die Decke entlang, man hört sie wandern, wenn man auf dem Rücken liegt und in den Dampf starrt. Es sind ganz kleine Schritte. Eine Schulklasse. Ein Ameisenbär. Ein Abblättern. Heiße Fladen. Und so weiter, und so weiter, Imaginationen aus Pappmaschee. Symbiose. Es hat keinen Sinn, die Augen zu schließen. Die Wahrscheinlichkeit, daß ein Tropfen mitten ins Auge platzt, ist gering. Sie ist gar nicht so gering, wenn man die Augen offen hält. Pappeln. Und Pockennarben! Eine Kolonne grauer Zitzen. Die Decke schwitzt. Künstliches Weinen. Künstliches Schluchzen. Im Kopf, Jockl. Am Horizont, Jokaste. Eine gandere Welp.

II

Sie hinterlegen den Ausweis. Sie erhalten einen Schlüssel. Sie deponieren die Kleider im Schließfach. Sie deponieren die Wertsachen an der Kasse. Sie erhalten eine Nummer. Sie hinterlegen Nummer und Schlüssel am Wandbrett. Sie erhalten eine Marke; die Marke wollen Sie am Fußgelenk tragen. Sie erhalten ein Handtuch, ein Schweißtuch, ein Schamtuch. Sie deponieren Hand- und Schamtuch am Seifenschalter. Sie deponieren die Seife im Körbchen und das Schweißtuch an der Heißluftabfertigung. Sie hinterlegen die Marke. Sie erhalten ein Erkennungswort. Sie folgen den Pfeilen. Sie entspannen sich. Sie deponieren Ihre Zähne und Fingernägel mit dem Erkennungswort; Sie erhalten eine Kategorie, Sie ... Sie durchlaufen diverse Zustände, die Sie deponieren wollen. Sie erhalten drei Minuten. Sie erhalten ein Lichtsignal. Deponieren Sie das Lichtsignal. Wir machen Sie darauf aufmerksam, daß Sie empfangene Lichtsignale zu deponieren haben. Sie deponieren das Lichtsignal.

III

Name? Ana Glurioleis. Name? Slapscholuti Giföör. Name? Leberecht Leghorn-Lemurowitz. Name? Samuela Kanf. Name? Grochen Urgel. Name? Ana Lebehda Glurioleis. Name? Walz Minütt. Name? Appälu Schneem. Name? Gepolter des Abends. Name? Funkel-Storm. Name? Eigenbrod, Lebehda.

IV

Selbst zu diesem Zeitpunkt dachte niemand ernstlich *daran. Die* Gefahr schien vorbei, mit Aplomb überspielt. Schon wurde wieder eifrig geschnackt und kuranzt, ein beliebtes Gesellschaftsspiel hieß »Madensack«. Viel Geseire gab es auch um die Herzensangelegenheiten der Marquise von Schlump, die offensichtlich mit ihrem Kreislauf zusammenhingen, der seinerseits an zahlreiche Großstädte angeschlossen war, so daß man inzwischen nur noch von »Atemraub« sprach. Atemberaubend, tatsächlich, das zarte Klopfen ihrer Halsschlagader, als der Kontinent ihr zu Füßen lag! Wer hätte da ernstlich noch *daran* gedacht.

V

Mein Kopf an deinem Knie mein Knie an deinem Bauch mein Bauch an deiner Sohle meine Sohle an deinem Haar / mein Haar an meinem Bein mein Bein an meiner Schulter meine Schulter an meinem Kinn mein Kinn an meinem Knie / dein Knie an deinem Rücken dein Rücken an deinem Rücken dein Rücken an deinem Rücken dein Rücken an deiner Seite / deine Seite an meinem Kopf deine Sohle an meinem Knie dein Kopf an meiner Sohle dein Knie an meinem Haar

VI

Es gibt Freibäder – die Seelenbäder – und es gibt Wildbäder. Es gibt Sturz- und Spritzbäder, aber auch Rauchbäder. Es gibt Staubbäder und Staubbäder. Gibt es Spiritusbäder, so gibt es Ameisenbäder, was gibt es noch? Rosinenbäder! Und? Und Schlamm und Schnee und Stein und Stock und Bier und Blei ... Gibt es Fleischbäder? Es gibt Milchbäder und Blutbäder. Kann man den Aufenthalt in Kuhställen dazu rechnen? Im Prinzip ja. So wie das Bad in der Atmosphäre gesunder, kräftiger Menschen, durch Zusammenliegen im Bette, das man zuweilen jenen verordnet, deren Hauptübel allgemein ist. Also gibt es auch Bäder für Scheintod, Blitzschlag und Ertrunkensein? Es gibt, es gibt. Aber auch andere.

VII

Halt, Sie Wahnwitziger! Ein zweites Mal unter die gleiche Dusche?! Mann, Sie glauben doch nicht im Ernst, ungestraft philosophieren zu wollen?

VIII

Mittags um Zwei. Klein-Paris ist ein Schmortiegel. Im Schmortiegel ist Caffée Kapscha eine Arkaden-Enklave. In der Arkaden-Enklave Kapscha sitzt mittags um Zwei der Liebegott auf der Ottomane. Ein Prachtkegel, dieser Herr Däubler! Läßt sich die Fußnägel schneiden, malträtiert mit einem Bein das Lavoir, karressiert mit dem anderen den Schemel und klaustert, schrubbt und schrabbt das Weltkind in der Mitten. Im Kaffeehaus! Schlürft seinen Höllenstein aus dem Tschibuk, wallt auf, achtarmig im Lichtdampf, fuchtelt den Herren Advokaten ein Taburett mit Lemonensorbett unter die Nase. Kahmt genüßlich den Kaimak. Wringt sich die saure Mühe aus dem Bart. Kein Wunder, wenn die Klein-Pariser meinen, mittags um Zwei sitze der Liebegott im Kapscha.

IX

Es beginnt mit einem Lüftchen. Stell dir vor, ein kühlendes Lüftchen! Den Insassen des Badhauses raubt die Vorstellung eines kühlenden Lüftchens schier den Mut. Die luftdichten Luken sind so hoch angebracht, daß bald ein Tanzen und Springen, Jauchzen und Singen anheben will. Ja, es beginnt mit einem Flimmern, als ob ein mutwilliges Geißeltier ... wie eine Irritation beim Tauchen ... wie ein schwimmender, aufreizender Vergleich. Er blendet wie Milch – ein metaphorisches Lüftchen, ein rührendes, mühseliges Gruppentraining. Was sich dem Lüftchen so dargestellt, haben die Statiker zuverlässig berechnet. Etwas geht, etwas kommt über den Horizont.

X

... auch manche Räumungsgeschäfte. Oder gar uns? Führten eine weiße Schlange über die Dümpfe aus Zybronn, bis Örtlich's geschehe. Anfänglich kamen die Kinder aus Deva und Turda, später aus Kastenholz und Freck, manchmal aus eindeutig vielen Gegenden. Nur der Zeitpunkt stimmte, fast, wie sie feierlich, auf Zubringern ...

XI

Wie damals, weißt du noch: Etubas Heißluftgestühl, Etubas läuseknackender Busen, Etubas verzehrender Hauch, Etubas eiserne Henkel, Etubas Rübenhunger, damals. Als das Kopfkissen mäuselte. Als die Knötchen, fleischfarben, und des Friedens einer Sommer, amöbenhaft, amöbenhaft. Als hätten alle Insassen ihr Feuerchen hochge ... Und kein Geringeres als dieses vom Hörensagen (jubelt! jubelt!) fertigen wird einen langen Rücken-an-Rücken-Tag-an-Tag, mit so viel, daß keiner mehr.

XII

Über das Rösten von Auberginen, mein Kind. Das Rösten von Auberginen findet in Feueröfen in angemessener Entfernung statt. Es ist nicht verboten. Während des Röstens pfeifen die Auberginen und schwitzen Zitate aus, die langsam verkohlen. Empfindelei ist nicht am Platz. Deine Kopf- und Zahnangst schwinden, sonst Moroses volatilisiert. Die Zitate brutzeln. Der Balg, mein Kind, muß von allen Seiten schön unansehnlich schrumpeln, das innere Fleisch hat zu erschlaffen. Das Rösten von Auberginen erfolgt in Kleinstgemeinschaften, doch loser als bei einem Zugunglück. Die Krusten werden beseitigt, Wundschorf und Grus desgleichen. Die Saftigkeit gerösteter Auberginen ist unübertroffen. Darum mein Kind, darum.

XIII

Das Schwimmen auf dem Rücken des Anderen. Das Schwimmen auf dem Rückstau der Schwimmer. Das Schwimmen auf dem Honig des Unmuts. Das Schwimmen auf einem flüssigen Kriterium, auf einem sich verdichtenden Verdacht. Das Schwimmen auf Mehl. Auf des Messers Schneide. Auf der Spitze, auf der Spitze! Auf dem Bauchfell einer Enzyklopädie. Das Schwimmen auf dem borstigen Rücken der Tante des Salzes, auf der lüsternen Zunge der Mutter des Essigs des geistigen Vaters, auf dem brennenden Öl der Gedanken des Muts und des Unmuts des Schwimmers auf diesem schlüsselnden Bein – wußten Sie, daß in den Bädern des Mittelalters auch zur Ader gelassen wurde? So entstand das Gewerbe, welches durch Kaiser Wenzel ... Nein, das wußte ich nicht.

XIV

Wir haben den grünen Tee nach dem Wetter gefragt; es wird gut sein. Auch aus der Asche des Sanddorns steigt der Rauch günstig. Hoch sind die Krähen geflogen. Mützenlos schweigt der Pamir. Ja, meine Liebe, der Zustand ist außergewöhnlich. Leihen Sie mir den Bimsstein, lateinisch Pumex. Die Arbeit drängt. Sie ist so filigran. So verflochten aus Fäden und Perlchen ... Sechs Odalisken der Handfertigkeit lehnen sich im Alkoven zurück; sie seufzen und werfen

Blicke. Eine Hornisse sprüht Achselschweiß in die Narkose des Raums. Kinder, wo habt ihr die Vorlage?! Ein Quentchen von dieser porzellanschweren Butter, sagen Sie, schwimmt wie Eis auf der Stirn? Kühlt die Masern und ...? Das Wetter wird gut sein. Die Arbeit drängt. Und verleitet. Sehen Sie, wie beruhigt Timur schläft. Und beruhigend, Madame. Trotzdem kujoniert man sich hier bis aufs Blut. Gegen den Strich! Kelim-Kanal! Kaschmir-Eimer! Stallbürsten-Baldachin! Äols-Kardätsche! Schädelbohrer-Füllhorn! Ein Arkadien, ein Koben, Herr Minister, ein ... Dampftron, von dem Sie draußen keine blasse Ah ... Reichen Sie mir den Bimsstein, Timur ist aus schwarzem Nephrit. Sehen Sie, meine Liebe, im Fernrohr die Heringsschwärme? Rücken an Rücken, Städte und Reiche, Kuppeln aus Öl ... Mayonnaise ...! An die Arbeit, Mädchen. Machliura, die Kugel, rollt grün. Wir haben sie befragt. Die Teehäuser rauchen, das Wiegenholz schwillt, die Flüchtlingsgespräche steigen. Mützenlos schweigt der Pamir. Ein außergewöhnlicher Zustand.

XV

»Ein Labyrinth für Tamerlan!
Gesunder Schweiß für Jedermann!«

XVI

Jalousien aufgemacht, Jalousien zugemacht; Jalousien aufgemacht, Jalousien zugemacht ... Prozessionen. Die arme Haut! Wie Milch und Blut. Wie Senf und Essig. Wie Pfeffer und Salz. Wie Milch und Senf und Brot und Essig, eine Haut wie Stock und Stahl. Eine Haut wie Himmel und Erde. Wie Dusche und Dusche. Eine Dusche wie Haut und Haar.

XVII

Wir haben die Grenzen der Prozedur erreicht, gnädige Frau. Wir müssen jetzt ganz stark sein. Dies ist die Stelle, wo das Bad versagt. Sprechen Sie mir nach. Der Text versagt, dies ist die Stelle. Ruhig Blut. Dies ist die Lindenblattstelle, Mutabor, hören Sie? Es kommt jetzt ganz auf Sie an. Wir sprechen ganz vernünftig. Dies ist die Stelle, die entfernt wurde. Sprechen Sie nach, helfen Sie, Mensch, wir brauchen jetzt alle Kräfte. Warum machen Sie es uns so schwer?

XVIII

Wie, es könnte ein Blechgerassel fallen wie Mondlicht? Und wäre schon Montag, der Lachtaube Sarg?

XIX

Und da gelingt es der seit Jahren Gelähmten plötzlich, den Kopf zu bewegen ... Die Getrennten werden vereint ... Da kehrt der totgesagte Bruder wieder heim ... Das Scheusal kann auf einmal lächeln, der Bösewicht: weint ... Die Leinwand flimmert, die Taubstumme buchstabiert, der erste Schnee! ... Zucken Sie ruhig, man findet es hier überflüssig, die Augen zu schließen, wir haben es doch nur mit einer physiologischen Spülung zu tun, da schämt sich keiner wegen der nassen Augen ... Da lohnt sich endlich die Entbehrung, das Unmögliche glückt wieder, die Erfindung funktioniert. Die Freude ist so menschlich.

XX

»Für Tamerlan ein Labyrinth,
für Jedermann ein Peppermint ...«

XXI

... durchatmen ... durchatmen, diese Aspirin-Geschichte, nämlich der Kalif hatte, durchatmen, eine Fitneß-Draisine und zwei Pudelhunde und einen Storchenschnabel und fünf Unzen Gewicht, Übergewicht nämlich, durchatmen, er durchaus nicht wollte, daß man ihm die Hand, welche seinem Halbhund gehörte, in der weißen Suppenterrine, Fatimas Hand nämlich, serviere, da hatte er die Grippe und mußte noch fünf Unzen, das Normalgewicht, den ganzen Prießnitz und mehrere Steppdecken, schwitzen, weil ihm dann jedesmal die Geschichte vom weißen Muck, weil, durchatmen, das kalte Herz, die feuchte Schnauze, wenn er mucksmäuschen, und Augen so groß wie fünf Unzen, weil diese Typen, weil sie in die Ruine flogen, zur Belohnung nämlich, weil sie gut durchatmen konnten, sagte er Mutabor, weil er vergessen hatte, wie man die fünf Unzen, die man ihm täglich versprach, damit er groß und wie die anderen, brav schwitze, weil er sich nicht rühren durfte unter den Steppdecken, der Kalif, und ihm das, auf eine vernünftige Art durchatmen, weil die Belohnung nämlich, wenn er Fatimas Hand in der Suppenterrine und die drei Hunde und groß und brav ...

XXII

Heute um 20 Uhr 17 werden die Austronaxen Darius und Punzila zunächst in die Ankleidekabine umsteigen. Sie sollen um 22 Uhr 31 in die Auskleidekabine zurückkehren. Am Freitag wird sich Soßühr in die Ankleidekabine begeben, während der Austronaxe Fux die Auskleidekabine besucht. Dieser Umstieg beginnt um 10 Uhr. Am Nachmittag begeben sich Darius und Fux in die Ankleidekabine, während Soßühr und Erschtoff in die Auskleidekabine umsteigen. Um 20 Uhr 6 wird der Austausch beendet und Queck dampft heil zurück. »Guz Mörg«, meldet sich hierauf der Transsylvaner auf Hoch-Keusch. »Guz Mörg«, antwortet ein trojanischer Beobachter auf Ebony-Schwäbsch.

XXIII

Daß uns Hören und Sagen vergeht. Daß wir uns aus den Seelen geraten. Daß wir wissen, wofür. Daß uns die Ohren übergehen. Daß wir es endlich wissen. Was wir sind. Daß man uns Harthörigen das Schweißband anlegt. Uns Zuckerverdächtigen. Uns Krausstirnigen. Daß man weiß, mit wem man's zu tun hat. Die mit dem absoluten Gehör. Die mit Auslandserfahrung. Die Kefirtrinker. Die Ameisenzüchter. Die Feuchtrasierer. Die mit Messer und Gabel Lesenden, die Mühseligen, die mit Genauigkeit behafteten. Die Schneckenliebhaber. Die »Geh-ich-richtig«-Vorläufer. Die Sandstrahlgeschädigten. Die Minderbeheiterten. Die am Donnerstag nie an Neapel Denkenden. Daß man es endlich weiß. Schweißbandträger!

XXIV

Von diesem äußersten Geländer stellt sich das Problem des Umbaus nach innen dar. Das Grabmal, wie Sie wissen, ist heillos verrottet und hat seine Aufgabe, ein Techtelmechtel-Menetekel für Jedermann zu sein, hinreichend eingebüßt; Touristenwirtschaft und Massenmedusen haben es degradiert . . . es ist nicht mal mehr ein Museum. Jawohl, wir sehen keinen anderen Ausweg als den Umbau des Grabmals in eine Provinz . . . Was uns vorschwebt sind vortorsionierte Träger, Kontaktmodule, und vor allem die Größenordnung! Die Provinz soll nicht nur alle, sondern auch möglichst viele erfassen. Ein frei schwebendes Verfahren sozusagen . . . Wir haben da ganz interessante Vorschläge. Taktile Sitzbäder etwa, Achselhöhlen nachgebildet, eine Traumlandschaft aus grünen Schnurrbärten und Gänsehäuten, panische Thermen entlang der Nationalstraße und, als erzieherische Komponente, Relikte aus der Zeit des Wissensdurstes, ferner Amphibienkiemen und Kniescheiben, Tropfsteine, Lustknödel, Kunstwerke – die bekannten Zeugen historischer Anpassung. Und/oder sonst was? Keine technischen Details!

XXV

An Samarkand dachte – zu diesem Zeitpunkt – niemand; ich jedenfalls dachte nicht an Samarkand.

Obwohl der Stundenplan wenig Abwechslung bot, erschien er doch nicht langweilig. Genau besehen, bewegte er – der Stundenplan – sich ausnahmslos zwischen Tun und Lassen; und nicht nur der Stundenplan. Nein, vor lauter Tun und Lassen kam wirklich niemand dazu, an Samarkand zu denken; ich jedenfalls dachte – zu diesem Zeitpunkt – nicht an Samarkand.

XXVI

Vorsicht, Stufe! Das Herz vom Dienst, es schlägt hier ganz am Rand, weil, Sie wissen, die Ventilation! Können *Sie* es sich leisten, Ihr Gemüt, geschweige denn die Pflicht!, dem Zufall zu überlassen? Na sehen Sie. In Klammer gesagt: ein Ammenmärchen. Ein Klammermärchen, wann's recht ist. Einerseits die Frischluftzufuhr – andererseits die Absauge. Da bleibt dann am Morgen viel hängen, Lippenstifte, Butterbrote, Filme, Perücken – Sie verstehen. Immer sauber. Wir brauchen kein Personal. Und, glauben Sie mir, von allen Filtern des Hauses kenne ich keinen, der nicht zugleich auch ein Filter wär! ... Wie die Nachtfalter hängen die dann in Trauben, wie ein Pelz mit Krusten, ich sag immer: Naturkunst ... Folgen Sie unbesorgt, zügiger wenn ich bitten darf, Tuchfühlung, Traube – so, es geht weiter.

XXVII

Was bedeutet die Bewegung? Badest du schon in deiner Körpertemperatur? Lernst du, neben dem Koffer zu schlafen? Als Decke – den Zipfel vom Ganzen, den Satz? Als Kissen – ein Gedächtnis aus zweiter Hand? Brauchst du Samarkand wirklich? Pscht! Samarkand ist grün, hellgrün, eine Kugel Wasser. Ist eigentlich immer ein wenig ähnlicher, als du es überhaupt denken kannst. Und doch anders. Selbst seine Parallelen sind rund und unruhig ... Pscht! Ein Freibrief? Ein Steckbrief? Ein Stachelknäuel? Vielleicht irgendwann ein Töpfel Milch.

XXVIII

Oder nimm die Theorie von Kalytscheff . . . Kannst du mir folgen? Nicht zufällig, meint er, reichen sich in Zeiten gesteigerter Thermodynamik die heterogensten Geister die Hände! Nicht zufällig spielen sie einander ihre Schattenseiten zu! Das Resultat: eine durchorganisierte Eklipse. Die Sonnenstadt – aus lauter durchsichtigen Verfinsterungen zusammengesetzt . . . Ein Schwarzseher, dieser Kalytscheff. Kein Zufall, daß man ihm . . . Das Rauchglas, Herr Nachbar, Sie fiebern!

XXIX

Von den Übungsplätzen kommt heiseres Getrappel. Schafdünger und Kameltran, ein wollener Helm. Im Ballsaal des Ortes summt es, wie aus einem Bienenstock, auf und ab. Auch die Kaschemme hat eine Kesselanlage; sie glüht und pumpt. Die Insassen scheinen zu singen, die Gruppe scheint sich zu wandeln. Auf den Übungsplätzen wird Lauge ausgegossen. Stell dir vor, Lauge auf trigonometrische Punkte! Den Übenden raubt die Vorstellung von Milz, Leber und Galle schier den Mut. Bald wird ein Tanzen und Springen anheben. Die Hopfenstangen glühn. Die Kuppel über dem Ballsaal schwenkt mitternächtig den Sterz – Radarrituale sind im Gang, mit drei hoch angebrachten Kobaltaugen. Wie das krebsgeile Gestell blendet! Wie ein kühlendes Lüftchen. Wie eine handgestrickte Nacktheit.

XXX

Da ist schon was dran, sagst du, und entledigst dich eines weiteren Oberbegriffes.

XXXI

»Nach dem Konzert gingen wir einmal vernünftig essen« (Zitat), Halma, Kelim, Hammam . . . »Der Schnee trieb wieder so dicht, wir fuhren, oder glaubten zu fahren, in einem Rudel, ich dachte: Splitterhaar« (Zitat), mumifiziert, geflüstert, gefalten, Walnuß-Kalmus: »Gegen alle Vernunft gingen wir so dicht; die Vorstellung, einmal wieder vernünftig zu essen, trieb uns« (Zitat) alert, sublim, volatil: »Wir hatten mit einer langen Fahrt gerechnet, aber die Kälte zog an, ich dachte: Honig. Und: Hunger« (Zitat): Zuber, Sechter, Absud, Espenlauge /Zitat/.

XXXII

Das Baden in einer großen Entfernung ist statthaft. Es ist die Rede von Gruppenbildungen, würde ich sagen. Gruppen ohne feste Struktur, halt auf Abruf. Kleinstgemeinschaften, hygienehalber, wie es heißt, und doch Erfüllungsgehilfen, quasi, einer . . . Sie zieren sich? Sie sträuben sich? Andererseits, die Idee vom Baden in einer großen Entfernung ist doch hygienisch, oder nicht? Sie fühlen sich wie neugeboren. Vielleicht kommt's mit der Zeit; jetzt fühlen Sie's nur; mit anderen Worten *wie* neugeboren – gestatten? – im Bad einer großen . . . Entfernung, durchaus.

XXXIII

Leg ab, steig aus, macht Spaß, wie? . . . Tasche hatte ich abgelegt, Jacke gefaltet, Hemd flach drauf, Ärmel nach innen, der saubere, in Fleisch und Blut geübte Knick, Hose daneben, »die Bügelfalte beginnt an den vorderen Schlaufen und fällt senkrecht . . . nein umgekehrt: Beine Naht an Naht, sie stürzt schon richtig«, Ausbuchtung, abgegriffen, »Sie tragen doch links? Einmal im Leben muß man sich entscheiden« – Konfirmationsgespräche, da lag sie, das Gürtelschloß verrenkt, auch die Uhr, die Sonne schien zu brennen, wir standen da, ums Löwentor schwirrten fette, glänzende . . . Sich die Sache genau vorstellen. Du entkleidest dich. Legst ab. Legst ab, kannst aber nur ablegen, was mindestens einmal übergestreift war. Willst dich wohl zurückverwandeln, Timur, wie? Kennst du dich denn überhaupt aus in den Hoffnungsgeschäften, die man dir klöppelt, nach Goldenen Schnitten, aus Definitionen ... und Windeln ...? Gordische Zierknoten ... Granatäpfel ... Körner, Zähne, Augen ... Eine musterhafte Vollstreckung.

XXXIV

Inzwischen hat sich der Regen gelegt, vielleicht ist es draußen dunkel. Ob es die Haltestelle beim Kwanka noch gibt? Wie sieht eine grüne Straßenbahn aus? Irgendwo passieren jetzt Sätze, die in die Nachrichten kommen. In einer Stunde ist Schluß. Wir haben noch dampfhaft Zeit ... wie damals im Juni. Etwas geht, etwas kommt über den Horizont. Eine dießere Shorislupenz. Eine geträumre Hoxla.

Säumet nicht an dieser Wange.
Kühl, wenn auch der Angblick bricht,
hat es der hinvergolten Rheumunt
gebrochen nie, ob dirs ein Klage
schon wem? Denn es will Morgen sint.
Auch überm Fleich ist noch ein Lycht
der Not, wenn es an Witz gebricht.
Manch einer schwitzt, und schwitzt nie wieder.
Erflehet nie das Wangenbrot
der Machd. Es hat die Wachtigall
du liebe Zeit durchdrungent.

Es war zweimal morgen. Es war zweimal anders als es morgen gewesen wäre. Zweimal schrieen die Vögel nicht, das einemal mühelos, das andere ohne Rücksicht auf Verluste. Es ist so schwer, um drei Uhr morgens das Geschrei der Vögel mühelos und ohne Rücksicht auf Verluste zu hören. Nicht anders ging es uns damals zweimal, morgen und morgen, jedesmal zweimal.

Wer kommt denn da so morgenschön?
Wer morgent da so schön heran?
Wer schönt heran so morgenda?
Dat wer schön so am Morgen?
Wer kömmt da mor wer dennt da schön?
Wer gent so mör wer sot so kömm?
Wer hert wer wert denn sö?
Kömmt da wer?
Mört wer dä?
Wer dä!
Mörg

durch lautmalerische effekte spitzt sich die erste zeile des gedichtes immer mehr zi das gedicht hat fünfundzwanzig zeilen durch allmähliche verjüngung der zeilen spitzt im gedicht sich die ritmik zi das gedicht benützt kindir-lidir und fremdwirtir das gedicht endit mit IGITTI / FIGGI / NI pfiffig witzig spritzig treibt das gedicht verschiedene verhaltensweisen auf die spitze spießt sie auf und führt sie ad absirdim das gedicht trägt den titel AU WO WUL AST MOR EUM EBIND und ist äußerst bestechind

(ans Stehpult gehn!)
Dies letzte Gedichtgedicht war übrigens auf ein eigenes, früheres gemünzt.

böhmen liegt in finnland
(für thomas kling)

an den phonemen von yemen
die an jenen kinnen terzinen
bilden und schimären hin-

latrinen oder binnenthemen
denen sie abhanden schwimmen
indien bis anden abgewinnen

tieren in intermittierenden
idolatrien deren mähren an
jenen die in die ahnen von

schemen sich dehnen oder an
jäh hinsichtenden lehnen bis
hungen die von dannen finnen

Sinnwahn im Sandsieb, mit Anti-Zahn-Imagistik skizziert

(Für Galli)

Wigwams Basis mag Ligas Nizza. Parziwal mag Bali-Lila – mit Zimt. Sarrazins Bast-Salm mag Vivaldis I-Ging – Larifari mag Sisal nicht. Kann Garibaldi im Zickzack? Nie ist Anis lapidar. Liszt mißt Ingrimm mit Karbid. Aspirin hat Schaschlik im Haar. Mata Hari liebt Safari. Radis Ararat ist animierbar – wie kriegt Rita ihr Graphit? Vita ist riskant ... Hier sind vier Kiwis im Magma – prima, prima! Ida agitiert in Aspik. Tigris transpiriert mit Adi im Partizip: hic Atlas – hic salta. Itis Mips frißt Drips ... Ist Statistik Mist? Sinti (astral) piepst in Anagramm, Kafka niest, Fickfack rast, Mastix mixt Syntax im Taxi, nix passiert – Mistral ist garstig. Waikiki hat Balalaika im Sinn. Was liegt, das fliegt – Ali ißt Grieß. Fidschi im Transit blitzt. Hafis macht Tristram fit. Fisch am Tisch sitzt schief. Mimikry schnieft im Labyrinth – kryptisch ist Shit: achtmal biß Bambi in Granit. Paps hat Lapis-Trafik bis Gibraltar – zirka. Szilla ist fix. Wie ist Lima? Im Schnitt pyramidal. Was kann Niagara nicht? Mississippi. Ist Pamir intakt? Nie. Fazit: Bis Kalahari Byzanz spitzkriegt, ist Kasimirs Panier-Pirat dran. Salivas Hahn mag Zyklamat-Zitat. Tritt Billy in Paprika, hat Manna Zinkbad am Kinn. Kahl war Flavia-Mania, als Pia ins Riff pfiff: ha! Anziklapidia transsylvanica: Nie war Wien in vier Nirwanas! Tiflis hat Saar am Draht – am Anfang war Gips, dann Rips, dann Grips (Spiral-Ansatz) . . . Zimba-Limba als Klick-Maschinist. Das hier ist Bistritz als Prisma. Dies da flitzt garantiert bis nach Assisi. Franz im Kahn ist stabil. Lisas Tizian zirpt fast physisch. Dill im Drall hat Tapir-Papier. Im Raps-Lamm ist Ars Palma faßbar als Ramm-Psalm – Milan im Gras klingt wie Glas-Philatelie: viermal bis Mittag. Dann gibt Fiat Gas, Lattich nimmt ab, Dana will Bami, Milba spielt Ringsal, Ritschratsch killt Simili – Pinxit was hier.

Ballade vom Estaminen Klimasch

wo die sonne scheint　　und man gut baden kan
wo der buxbam waxt　　und man fein schupfen kän
wö das feiglein murrt　　unz man hübsch braten kan

man wu schüpfen kan
u kan beden kan
hü feiglan
das mank
schmaxt

und scheint die sonne waxt　　wo man baden fein
und kan man faglan scheint　　wo hubsch sanne mon
und das fein bratän murt　　wo kan buxbam waxt

hü feiglein
schmanxt
schü
bod

schü
bod

Fleischeslust (Vater) und Fleischeslust (Sohn) rudern in einem Kahn über einen See. Der Kahn ist aus weißer Watte. Sie unternehmen einen Betriebsausflug, denn Fleischeslust & Fleischeslust sind eine Firma. Sie rudern eine Werbekampagne, denn Fleischeslust & Fleischeslust stellen Watte für diverse Zwecke her. Fleischeslust & Fleischeslust im Watte-Kahn, man glaubt es sei ein Wolkenspiel, sich spiegelnd, ein Spiel Karten vom Vierwaldstätter See, oben und unten. Wer sticht? Fleischeslust & Fleischeslust sind rosig überhaucht; das kommt vom Rudern und vom Abglanz der friedlichen Sünde, in der sie rudern. Auch die fernen Gletscher künden vom Fleisch der Firma, auch die fleißigen Kühe, schon lila überhaucht, aus keimfreier Watte, grasen für sie. Vater und Sohn rudern mit Tampons und Stäbchen. Sie sind recht zufrieden, die Reklame war groß. Im Wasser taucht ein Licht auf; dann geht es am Himmel fremd.

Der Vater und der Sohn

Hedon-Reden . . . DTV-Rasur . . .
Droehnend Vers – du Art-
und End-Traverse, droh
an Dr. Devons Drehtuer
Raves Dur-Hoden-Trend
oder hundert Versand-
Vasen – der dort hurend
Anus-Nord verheddert . . .
Der dosenhart Vreund,
den du den Vorrat sehr
und draht-reverent so
rudernd hast vor Erde:
runder V-Dorn des Thea-
ters von Dar-Hered und
der Straende Vorhund . . .

Die Schwierigkeit für Rezensenten einer Lichterscheinung ist unbedeutend angesichts der Ansicht, daß sie da ist.

Die Sonne sticht wir haben was im Anzug
stöhnt auf der Trambuline Tante Tuba
zwei Tauben tragen ein Geselchtes übers Wehr
und auf dem Schwimmschuldach wächst Hafer

zwei Sonntagskinder stemmen heiße Hanteln
die Panik wächst Endymion schlüpft ins Wehr

wir haben was im Anzug meint der schlimme Oberst
und Tante Tuba sticht am Knie der Hafer

zwei Tauben tragen einen weißen Kefir
hoch übers Schwimmschuldach zur Trambuline
zwei schwarze Hanteln turnen mit den Kindern
Endymion stöhnt wir haben Tante Tuba

Die Prompteuse und der Lüsterer

Die Prompteuse sitzt nach dem Auftritt im Kämmerlein. Sie füttert ihren grauen Papagei und mutmaßt. Der Lüsterer nippt an einem Polstakan Feuerwasser. Er sinniert. Ist der Buchhandel noch zu retten, fragt sich der Autor und setzt ein kurzes Pornogramm an Tante Tuba auf. Die drei schweigen. Draußen arbeitet die Landschaft. Sie häkelt an einem mäßigen Wintermorgen.
Aber die Tierarztenswitwe! Mit dreiundzwanzig Fingern lockt sie die Säure, skandiert sie Hasso, dem Anisbraunen, die Temperamente der Koliken vor. Sie hat auch eine Bilderbibel und zwei Supersöhne: den kessen Segelflieger Egon und den rührigen Lehrer für Handfertigkeiten, der heißt wie der Autor ist aber nicht der Autor. »Oskar, mach den Frosch«, und wir sehen schon auf dem Ölpapier (Fig. H I–XII: Keule Bauch Kotelett Brust Bug Hals Filet Nußstück Frikandeau Oberschale Hinterhaxe Vorderhaxe) was sich darunter in besonders schönen Farben tut. Das Metylenbaby sammelt Das Gewitter, Die Armen Kreaturen verdrehen Hälse und Augen, fürchterlich wackeln Die Mauern. Hasso ist leider kein Spaniel. Er ist ein Schnepfenhund. Sehr kunsthaft wirken Verneinungen, (»Auch Taube erleben einen Stummfilm« »La Paloma ist doof« »Almanach der Grappenpupper« »Aufidersehn in Munich« »Geilin gesucht«) aber im

Die Prompteuse sitzt im Kämmerlein. Sie füttert ihren Blutspiegel und mutmaßt. Der Lüsterer nippt an einem Polstakan Feuerwasser. Er sinniert. Ist die Anfechtung zu retten, fragt sich der Autor und setzt ein langes Menü auf. Die drei schweigen. Draußen arbeitet die Landschaft. Sie häkelt an einem unrettbaren Wintermorgen.
Die Tierarztenswitwe ist selig! 3 × täglich lockt sie die Säure, trägt Stuhlgänge ein und skandiert Hasso, dem Anisbraunen, die zwölf Temperamente ihrer Koliken vor: Keule, Bauch, Kotelett, Brust, Bug, Hals, Filet, Nußstück, Frikandeau, Oberschale, Hinterhaxe, Vorderhaxe, oh meine Kresse des Brunnens! Immer denkt sie sich was Neues aus. Heute ist es das Hanomag-Geknattere eines nach Mittag verschlagenen Joghurt- und Öldruckgewitters. Die armen Kreaturen verdrehen Hälse und Augen, fürchterlich wackelt das Schlachthaus. Hasso ist eben kein Spaniel. Er ist ein Schnepfenhund. Die Tierarztenswitwe ist meine Großmutter. In ihrem Nähkörbchen mit dem Durchmesser Pi schlafen fleischrosa Wahlverwandtschaften neben beleidigten Trikots. Stichst du mit einem zierlichen Gegen-

stand, so wirst du die falschen erleichtern, Anastas Hurlipex. Greif im Juni zum Trokar, steht heut in der Grünen Post, schwarz auf selig.

Nähkörbchen mit dem Durchmesser Pi schläft etwas reizend Possierliches und träumt von einer rosageschwungenen Wahlverwandtschaft, das entkrampft die freisteigenden Tabus. Stichst du mit einem zierlichen Gegenstand, so wirst du das Richtige treffen.
Heute hat die Prompteuse ihr Ledernes-Ösiges-Flugiges angelegt. Sie ist kritisch um die Augenbraue, sie mutet sich was zu. So zum Beispiel besteht sie auf dem Laubsägemuster, verwirft eine Ziege und entscheidet sich für Kals-cho. Kals-cho ist eine Knabberdefinition auf blauviolettem Grund, das macht nichts, läßt sich aber logisch eben noch verkraften. Nach mehreren Abschweifungen gelangt die Prompteuse ans Ziel, das sich vegetativ und zitronengelb als Voraussetzung entpuppt.
Der Lüsterer wartet, daß man darauf zu sprechen kommt, er windet sich, er ziert sich, bockig provoziert er die Anspielung. Umlaut, sagt die Prompteuse und schickt der den sinnig geschürzten Mund verlassenden Rauchrosette einen Anti-Materie-Blick nach.
Mich reizt deine schnöde Gewalt, ein Weltbild aus Namen, Hurlipex. Enorm. Das haut hin.

Topfenstrudel, flüstert Griseldis, ist die Fortsetzung des Unterrichts mit anderen Mitteln. Und die Abwandlung eines Diktums, entgegnet Vanill, ist wie ein Roman von Tolstoi, du glaubst ihn zu lesen, aber du verschlingst ihn. Und erst das Leben! Zibebe ist's, die sich einmischt. Das Leben ist die Fortsetzung des Topfenstrudels mit Krieg und mit Frieden, es hängt von der Verhältnismäßigkeit der Mittel ab. Grenzbereiche, meint Laokoon, Spiegelgefechte mit Teigwaren, doch, wie Griseldis uns sagte, eine Art Unterweisung. Der Topfenstrudel war alle. Hierauf liebten die vier sich, freilich mit anderen Mitteln, aber es duftete köstlich.

Der Titel DAS LEBEN ist pompös und maßlos. Toll aber, wirklich, ist die mögliche Verzahnung der vielen möglichen Schnittebenen. Selbst das »n minus 1« (weil es dann doch »nur« ein Buch ist) ist einbezogen und ausgespart. Eine Riesenrumpelkammer der Stände und Berufe, Wissenschaften und Künste, Mythen und Ökonomien, Moden und Enttäuschungen ... der Wörter (wie diesen) und Denkstrategien, Aufgaben, Rätsel. Und ich wage zu behaupten, in dieser Mélange sind so viele archetypische Düfte, daß ich mir keinen Leser vorstellen kann, der nicht an vielen Übergängen den Übergang zu seinem persönlichen Eigengeruch herausschnuppert.

Fleißeslust und Geistesblust, die zwei abartigen Brüder der Köchin, treffen sich auf dem Ku-Damm. Fleißeslust ist willig und stark, Geistesblust wach, doch schwer von Begriff. Fleißeslust erzählt ein starkes Ding. Geistesblust faßt sich an den Kopf. Fleißeslust zückt ein Foto, auf dem ein anständiger Arbeitsplatz in unanständiger Position dargestellt ist. Beide schnalzen sie. Hierauf verführt Geistesblust Fleißeslust mir nichts dir nichts zu einem ausschweifenden Geistesfleiß. Währenddessen beugt sich im Altbau die Köchin über den Fleischtopf. Heiße Tränen fallen.

marzipunga

die männer und die weiber
haben nur herzl. begl. im sinn
und ich bin so lebl. und labl.
und hab im knäul ein spürg

mein geschl. hat eben ein tägl.
aus kopfball und theben für
mehrere trillerpfeifen und ein
unentsch. embl. für die obl. zübl.

die hebel und die lautsprecher
haben nur ihren club im sinn
und ich bin so klägl. probl. und
habe auch nur muskel im kinn

die sinnmänner haben nur fleisch im sinn die fleischfresserinnen fressen nur männer ich bin herzlich egal und der sinn frißt mich mitsamt meinem geschlechtsleben das aus einem kopfball kommt und auch mehrere trillerpfeifen für ein unentschieden »mit möwenfleisch« hat – diese möwen aber und die mit ihnen verwandten kleinen lautsprecher haben den club im sinn darum sind wir alle so verknäult und fressen uns den sinn aus der hand – clubmänner & clubweiber /
(Erste Vorstufe)

bo sie mich für intel.-eigelb
halten – na gut ich kenne mich
mit diesen ausdr. auch nicht
besser aus als die engländer

aber daß wir mützen stricken
ist für pungl. eintr. so egal
wie schniekonl. für knieschonl.
wenn es im wimbledon schneit

Sie aßen im Taxi. Sie entblätterten die Schnur, sie spalteten die Klarsicht, sie wickelten die Hülle aus der Fülle, sie drangen zum Kern vor. Sie lösten die Schale, sie puhlten die Fasern, sie stießen auf Überfluß. Sie entfernten das Überflüssige. Sie stießen zur Seite, sie kamen zur Sache. Sie packten aus. Sie ließen alles Überflüssige fallen, sie drangen zum Überfluß vor, sie stießen die Hüllen beiseite, das Taxi quoll über. Sie warfen alles Überflüssige aus dem fahrenden Taxi, sie pellten die Häute, schälten die Sache, lösten Knoten, zogen das Fell ab, schabten und puhlten, stießen zum Überfluß vor. Die Fülle quoll über. Sie warfen die Abfälle aus dem Taxi. Sie warfen sich auf die Sache, sie lösten die Verpackung, sie aßen im Taxi, sie waren scharf auf das Essen im Taxi, sie lösten sich, sie lösten das Taxi, sie warfen es aus dem fahrenden Taxi, zu allem Überfluß sich hinterher, es gab ja alles, in Knülle und Müll.

Treueprämien, blühende

Kratze mich in Oberhemden
unter beiden Abfallbeinen
etwas tiefer bitte zwischen
meinen beiden Oberen Hemden

Unter beiden Hemden sollst
du mir von oben durch meine
etwas unterhalb des Latzes
beiden zwei von unten bitte

Zwei der zwei Hemden kratzen
an den Unterseiten zwischen
beiden abfallenden Schultern
meiner zwei Unteren Hemden

Bitte kratze mich zwischen
allen meinen beiden Hemden
höher bitte sollst du unter-
halb der Beine mir abfallen

Ich sitze stumm und kraule
das Kleinhirn zwecks Belebung
die Sprache zwecks Bestrebung
und die bewegt sich doch
mich läßt sie kühl doch heiter
noch sitz ich auf der Leiter
und seh den Hasen zu
nun hat der Topf ein Loch
stopf es zu lieber Hans wenn aber
wenn die Welt eins hat was dann
nur gemach nimm die Sprach
stopf es zu
über allen Steigen
ist Ruh

Die Stulle im Palmengarten, bloß ein Säuseln, ein Wippen. Es ist eine himmlische Stulle, die durch die Anlagen geht, von Niemandes Widerspruch bemundet. Im Rosenwinkel, in sich gekehrt, wo sich die

es wird festgestellt daß ein substantiviertes eigenschaftswort eines anderen substantivierten eigenschaftswortes anfang ist die folgen dieser feststellung sind unabsehbar weil letzteres einfach etwas so schreckliches ist daß wir außerstande sind die feststellung des gedichtes zu prüfen und es ja wirklich stimmt daß in diesem gedicht festgestellt wird daß ein substantiviertes eigenschaftswort eines anderen substantivierten eigenschaftswortes anfang ist und die folgen dieser feststellung unabsehbar sind weil letzteres etwas einfach so schreckliches ist daß wir außerstande sind die feststellung des gedichtes zu prüfen und es ja wirklich auch stimmt daß die substantivierung von eigenschaftswörtern des schrecklichen anfang ist

Jagdwurst befindet, lustwandelt einsam die Stulle. Sie erholt sich von der nimmersatten Großstadt, sie spannt einmal richtig aus. Keine Umwelt weit und breit. Schamhaft, mit sanftem Geraschel, reproduziert, ja regeneriert, ja entwickelt die Stulle ihre Ureigenheit: balsamisch, herzhaft-würzig, ein Hauch von Lauch. Die Palmen wiegen sich. Ach, wieder Jahreszeit, Jausenzeit. Zwei Zitronenfalter . . . sie landen! Gefräßige Stulle.

mit dem gedicht EIN GLEICHES *läßt sich demonstrieren* wie unzumutbar es ist auf mitbestimmung der landschaftsnaturen im wandel der großen allgemeinen natur zu verzichten je widersprüchlicher die wortnaturen auf der ebene des gedichtes umso gesetzmäßiger schreitet die poesie voran im bergsee widerspiegelt sich der kampf der paare und es ist faszinierend wie fremd erstarrt die formationen doch sanft entartet ihrem inhalt nachhinken der wiederum ist unerfüllt und als die große allgemeine zwar geordnet aber noch im werden folglich auch ungeordnet und eines sinns bedürftig denkbar denn die naturnatur ist deshalb ihrer zeit voraus damit sie im bergsee die schöne metafer der SEHNSUCHT erfinde deren wortnatur die wolke widerspiegle als notwendige entbehrung als entbehrliche notwendigkeit so wahrhaft zwingend stellt sich im gedicht die frage der mitbestimmung so zwanghaft wörtlich läßt sich im gedicht EIN GLEICHES die unzumutbarkeit eines verzichtes demonstrieren so natürlich ist der gedanke von der natürlichkeit der natur

Lippling! Reich mir deine
labiale frikkative volle erdbeer
himbeer sahne ober unvergess-
lich allerlippste untere
jelängerjelipper

Die Lippenblütler sind frei sich vermehrende Axiome. Sie erwachsen einem Dativ, der sie den Nachtschatten, den lauchölhaltigen Liliazeen, den Kurkubitazeen und anderen Dativen zur Fühlungnahme vorführt. Sie führen also ein beträchtliches Dasein in Wiesen, Wasen und Wusen, sind sich Partner im Schnäbeln und Schürzen, im Drittabschlag und anderen Zirbel- und Kerbelkonfigurationen, ein Verhalten, das sie der grundsätzlich von Grundsätzen freien freien Natur entgegenbringen. Wenn aber das Gaumensegel flattert, beweisen die frei sich vermehrenden Axiome, die Lippenblütler also, eine Art Haftung nach innen und außen, vornehmlich an den Dativ, dem sie erwachsen, doch auch an die übrigen Dative, denen jener sie vorführt: Dann verfängt sich der Nachtwind und bildet ontologische Schlaufen. So sind die Lippenblütler tragisch umwittert und Irrtümern verhaftet. Sie wappnen sich, meistens vergeblich, dagegen indem sie schwärmen.

Akazien-Porno

Geisteshaltung, Zeitgeschehen – Paare, Paare; nichts
als Paarung, wenn es hochkommt, ausgeschert aus Schä-
deln, Schädeln . . . lauter Kämme, sämischledern, zent-

nerweise sie zu schätzen: Enunziation – und fahren las-
sen, jedermann für manche Strecken, und dann wieder:
Häckselblond (zum ersten); angetreten (auch zum zwei-

ten); daß von Seiten der Naturen in den Falten mancher
Falten: Fetzen, Fetzen; wohl beflissen; denn auf die
Bude, die aufrückt (es sind Rundhöcker!, es sind Haa-

Feuchtbeter, die nachtschattigen Kolbazeen, die wilden und die zahmen Schießgurken, Pummelständer, Baßhäutler – den ganzen Linné hatte sie drin, mit einem Wort: alles.

re!), drücken Tuben, Tuben ... alle Welt; Heckenstutzung, sie zu Füßen (und zum dritten) – gebet Leder!, Scheuer!, Moistur! – fließe, fließe ... ja du wirst, wo

sich von Seiten der Seychellen August und Haartracht verwickeln, a) an ihnen schleifen lassen (alles Gebirgsschuh!, alles weise Männer!), b) sie mit Hundertschaf-

ten, nicht gerade leise, auf Zentners Graten ritzenwetzen – alles sehr im Vordergrund; und dann: Käuer-Leisten!, Ritschratsch-Warzen!, Wesen-Wesen! ... um die

Ecke – alles Paare; Stöße, zur Beschönigung, uneingeschränkt ...; denn zum Bahndamm schert in Scharen dich die Erste Beste Neunte; seid gewesen; Eckdaten-Furore.

*in der ersten zeile stellt sich der dichter ein geschlechts*organ vor in der zweiten zeile stellt sich der dichter kein geschlechtsorgan vor in der dritten zeile stellt sich der dichter vor wie der leser sich ein geschlechtsorgan vorstellt in der vierten zeile stellt sich der leser vor wie sich ein geschlechtsorgan den dichter vorstellt in der fünften zeile stellt sich ein geschlechtsorgan vor wie sich der leser kein geschlechtsorgan vorstellt in der sechsten zeile stellt sich der dichter vor wie sich der dichter keinen dichter vorstellt in der siebenten zeile stellt sich kein leser ein geschlechtsorgan vor in der achten zeile stellt sich kein geschlechtsorgan vor wie sich kein geschlechtsorgan ein geschlechtsorgan vorstellt in der neunten zeile stellt sich kein dichter ein geschlechtsorgan vor in der zehnten zeile stellt ein geschlecht sich ein organ vor das gedicht ist nicht pornografisch und bezieht seinen reiz aus dem titel NOVEMBER

Eine Handlung

Tinnitus und Tacitus gehn mit der Weltgeschichte – Hand in Hand. Ihr Liebespaar, das sie abgeben, kriegen sie an der Garderobe zurück. Dann heißen

sie gemeinsam Herodot und Antidot, denn sie haben es mit dem Blutdruck. Tinnitus folgert, Tacitus erwähnt gezielt. Herodot klappert mit den Sichel-

chen, Antidot verschweigt die Hälfte. Das Liebespaar, das sie abgegeben und zurückgekriegt haben, sitzt vor dem Bildschirm und will Salz. Dafür klap-

pert die Weltgeschichte mit den Liebespaaren des Altertums, des Mittelalters und der Neuzeit. Die anderen sitzen auf der Reservebank und halten Händ-

chen. Es passiert unheimlich viel. Der Text ist mit Liebespaaren gespickt. Tinnitus gibt Vorschüsse, Tacitus zieht Rückschlüsse, während Herodot in Anti-

dots Vergangenheit wühlt. Auf dem Bildschirm ist Geographie zu sehen. Alle kurzen Aussagen reichen sich die Hand, und gemeinsam wird angestoßen und er-

gossen. Blutdrucks Ergüsse im Ohr, saust Tinnitus an Tacitus' Mund, Herodots Verschlossenheit ist ein Bilderbuch, Antidot geht mit Kußhand zur Neige.

Wenn Sie in einem medizinischen Wörterbuch nachschlagen, finden Sie unter dem Stichwort »Tinnitus« die Symptome dessen beschrieben, was die Umgangssprache mit OHRENSAUSEN bezeichnet. Meine Großmutter *hatte* Tinnitus; *mein* Tinnitus (im rechten Ohr) nimmt zu, besonders nachts. Im Buchtitel ist der Tinnitus *nicht so anekdotisch* (obwohl – mit »anecken« und »dot/antidot« hat er ja was zu tun) sondern vielmehr *poetologisch* gemeint: eine Art Metapher für das Eigengeräusch des Materials ohne das es nicht funktioniert; für die grundsätzliche Unreinheit von Sprache und Denken schlechthin.

Geschichte, Poesie

Geschichte geschieht; Geschichtsschreibung wird gemacht; Poesie geschieht und wird gemacht. Wohin führen knappe Sätze? Sind langsame Sätze ein Schutz vor Vergangenheit? Oder vor Zukunft. Indem ich inadäquat spreche, hoffe ich, mich adäquat zu verhalten: es sind Warnbilder und Beschwörungsformeln. Mein Lebenslauf ist insoweit Geschichte, als ich anteilig existiere – gegen diesen Automatismus bin ich, zusammen mit jedem einzelnen, in der Minderheit. Indem ich schreibe, begebe ich mich aber ganz allein in die Mehrheit. Nun ist dort, wo Geschichte passiert, in den Fakten, eine zunehmende Sprache im Gang; kein Dementi schafft Nachrichten aus der Welt; nachträglich erweist sich ihr Zweck. Die Zeit, die ich brauche, um »ich« zu sagen, ist dieselbe, in der sich rundherum Wirkung in Ursache verkehrt; auch Historiographen sind Menschen; auch Poesie ist Nachricht. Ja, in Wörtern, scheint es, bin ich anders aufgehoben als in der Geschichte; ob besser, das ist die Frage. Es komme ständig darauf an, auf eine exemplarische Weise kein bissel exemplarisch zu sein – denn vor den Folgen des Geredes von Spänen, die im Namen der Geschichte zu fallen hätten, graust es mich. Es graust mich vor dem, was die Grund- und Zweck-Logik meiner eigenen Wörter, und sei sie noch so reizend historisch gestört, anzurichten imstande ist. Indem ich gegen den Automatismus der Angst vor dem Automatismus anschreibe, spiele ich öffentlich mit der Geschichte des Automatismus. Mein Interesse, »ich« zu sagen, scheint generell zu sein; daraus errechne ich die Chance, etwas anzurichten. Was Poesie ist, weiß ich nicht. Unter der Voraussetzung, daß Maß nicht mehr zu kennen, messe ich Sätzen eine Bedeutung zu, die mich vielleicht enthält. Dann gibt es Sprünge. Und dann gibt es keine Sprünge mehr. Poesie im Nachhinein verkommt zu Geschichte.

Wie unser Zeitgedicht aussehen kann, erfahren wir, indem wir es schreiben, und nicht indem wir uns vornehmen, über dieses und jenes in dieser und jener Weise zu schreiben.

Boiler-Prozession

Vorderlamm und Ludenwurg; Zeppelin und Seiden-
fuß; Hindernis und Ebendrung; weiter; Hühner-
brust und Seifenbast; Lebewohl und Waagerecht;

Garamount und Fersengeld; tiefer; Nebelhöh und
Rachengold; Rabenfett und Gegenstand; Möwenmaul
und Wolkenschlag; fester; Misanthrom und Muskel-

sack; Huckebaum und Lindenleim; Nackenzapf und
Romeo; höher; Überlauf und Reservoir; Vinilin
und Ninive; Residenz und Perikles; enger; Vor-

derkopf und Seitendruck; Peesendorf und Tannen-
seim; Hinterlamm und Waberzwirn; dichter; Trep-
penhorst und Gartenhaus; Moskito und Leisten-

bruch; Wadenfrei und Ruderboot; vierer; Maden-
stein und Fortepian; Rösselweiß und Lilienchrom;
Chamois und Maschendraht; näher; Laserstrumpf

und Methanol; Bonifaz und Eiersprung; Sauerfurt
und Boleslaw; weiter; Löseglied und Ruhmesbein;
Sagenring und Mauerblatt; Unterschlumpf und Stab-

hochhaar; schneller; Butterbreit und Morgenrot;
Binnenfleiß und Außenhaut; Überhang und Enger-
ling; weiter; Silbenstich und Vordermann; später.

Eber Schlegel Dimmer
Gödel Schwitter Hadrian
hülfreich Knödel Edelmann
Griffel Büttel Zwinger
Gugel Escher Lautenbach

Parsifal Lederfrau
Wolfram Schubart Zeder

Ach Bach Eschenbach
Hegel Reger Mafia
Bögel Bachmann Häscher
Gitter Schlüter Moebius
Umbruch Schneckenhaus Zäsium
Pax Schnebel Lawiner
Wedel Schreberlein Gauch

Leber Schlauch Hannibal
Nobel Sciascia Edamer
Gadam Babel Schrödinger
Bisam Anschaum Flederbaum
Johann Wolfgang Regelstau
Scheben-Öl Zugzug Löbel
Grack Eckenförde Xenon

Raschel Becker Knusperknax
nox libitum Öfel
Giebel Geibel Hebel
Godel Attersee Zagel
Schrecker Löschel Pundjab
Segel Schuber Lexington
Absis Absis Escher

Fox Marconi Stresemann
Lachs-Phalanx Phlox Sesenheim
Mischpult Fletcher Igel
Schnabel Flegel Döbel
Grönland Zügel Pullmann
Schuh Caruso Baldachin-Benjamin
Löschzug Bessemer Baxt

Ebenfalls zur Familie gehören die ledigen Schwestern: Fleischeslast, wohnhaft im Zentrum, Fleischeslist hingegen in Britz. Beide sind schwierig. Sie leiden gemeinsam an Eigenschaften, die keine bei der anderen vermutet. Fleischeslast etwa tendiert zur Transzendenz ihres Zentrums, eine Unrast des Herzens, ein schwer bezähmbares Heimweh, welches ihr eine leicht zentrifugale Schlagseite, die objektiv auf Schlagsahne beruht, verleiht. Sie steht auf Pfundsachen, die sie verschmäht. Anders Schwester Fleischeslist in Britz. Die findet Pfandsuchen süß. Ihr naschhafter Überdruß an Randgruppengeplänkel treibt sie zentripetal in die Arme eines Schmollwinkels mit Wankelmotor, wo sie elffingrig die Préludes klimpert. So überlistet sie das Fleisch und bleibt im Gegensatz zu ihrer Freundin Esther vom Gegensatz zu ihrer Zentrumsschwester etwas weniger belästigt. Freilich, einmal im Monat treffen sich die beiden in Dahlem. Sie besichtigen den Faulbaumrindenbaum und die wilde Aloe, finden einander toll und stecken sich wehmütig und spielend in die Tasche. Dann gehn sie gegenseitig nach Hause.

Raum für lokale Koloritbefindlichkeit, wie: Zitate als beliebter Imbiß an belebter Straße; Plätze Dämme Anlagen Chausseen; Gebündeltes nach Jamben Zymbeln und Trophäen; Ufer und anderes; die Schneisen des jungen Entwerters; das Netz und die Umsteiger; Wille und Abschied in mehreren Varianten; da lacht der Frühaufsteher; Systole und Diastole des Verkehrs, gebrochen durch den Abstand sukzessiver Distanzen zum realen Altbau; desgleichen im Rhythmus des Besetztzeichens – die Einheit als Grundlage von Stromstößen; der Glühwurm und die Fernschreiben; verqueres Anagramm des Einwegs durch Handlungen, Wohnungen, Schonungen; zunehmende Schwierigkeit, Krimis das erste Mal zu lesen; Dampf, Bügeleisen, Amorphgestein, Migration – umschreibe sie lästig und nahtlos; leerstehendes Reimweh; Positionsliste öffentlicher Nennung frequenter Begehungswürdigkeiten; schwankender Kaffeekonsum; 7–8 Personen; u. a. m.

Seeblick

Wo der Große Wosinn in den Kleinen Wannsinn mündet, dort ist es dann: Vollmond. Wo umgekehrt der
Kleine Wosinn in den Großen Wannsinn mündet: dann

eben nie. Wie Klein und Groß jetzt miteinander
müssen! So ist es klar wie Espenlaub – ein Zitat:
Sahne und Silber, ein Wahnwitz. Und sie entleh-

nen sich, und wie sie sich entlehnen, schau, bis
auf die Schuh; klinisch sind beide ein Boot. Münden sie aber reihum mal darum mal dahin (»Schilf

im Rohr«), so ist Schwan im Wind: hol rübel! Kein Guckloch, wo der Wosinn seinen Wannsinn fände, kein Werder so versponnen, daß einer den anderen

zurücklehnt: beide sind einfach dort. Und erst der Vollmond – nie dann. Ihn sieht man gründeln, bis an die Knie. 'S ist Schilf im Rohr, setz übel!

– oder aber, mit zugekniffenen Augen auf der Siegessäule erblickt:

Dreißig Flocken Schnee pro Gramm
drei Promille wenig nobis
ora nubis cool pro kontra
deep geschehen laß geschehen
zu Berlin im Jahre niemand
aber alle achtundsechzig
so beflissen tout comprendre
eile aber Wind per chapter
Nike schwarz beim nullten Flug

semiramis an wawa

nike mich in bausch und rogen
unter vier/acht/vier aufwinden
danmis vor humbolz hain-abfülle

span d'alfter auf knoten & ge-
deih in tranchen von eos bis to-
mis unter den hängeböden vomiae

unter aufbiegung & roh-winkelei
säule querow in riegen & quotan
bis an die unterste grenz-bill

wange auf a basis van bindumen
per durchwahl bis reuschnblaft –
es geschieht unter aufbietung

hoot rangieren sollst du desda
unter vier/acht/vier bis roblin'
über dem landscheidkanal »absom«

bis an die quantu-säge wawa o
und ein hackbrett stellen wie
du im ebenen-aufwind abhängst

Im Sternbild des Schwanes

Schwäne aus aller Welt filtern nicht nur
haarige Luft sondern halten auch die Paar-
spaltung ab. Das schwarze Loch frißt wie

ein Moloch alles in sich hinein. Ein Gür-
tel von 50 dichten Schwänen kann die Spal-
tenpaarung etwa um die Hälfte mindern, er-

mittelte die Landesanstalt für Ökologie in
Nordrhein-Westfalen. Die auf das schwarze
Loch hinstürzende Masse prallt dort vor ih-

rem Einsturz zusammen. Nur immerwährende
Haarnadel-Schwäne wie »Fichte«, »Eibe« und
»Kiefer« gewähren das ganze Jahr über Schutz.

Das Aufeinandertreffen hochbeschleunigter
Paare erzeugt vor ihrem endgültigen Ver-
schwinden im Loch die Röntgenstrahlung. »A-

horn«, »Ulme« und »Platane«, Schwäne mit
großen Hälsen, sind günstiger als Schwäne
mit kleinen Hälsen. Falten-Schwäne, die wie

Neues aus aller Welt
»Bäume filtern nicht nur schmutzige Luft, sondern halten auch den Lärm ab. Ein dichter Waldgürtel von 50 Metern Breite kann den Lärm etwa um die Hälfte mindern, ermittelte die Landesanstalt für Ökologie in Nordrhein-Westfalen. Immergrüne Nadelbäume wie etwa Fichte, Eibe und Kiefer gewähren das ganze Jahr über Lärmschutz. Ahorn, Ulme und Platane, Bäume mit großen Blättern, sind günstiger als Bäume mit kleinen Blättern. Nadelbäume dämmen vor allem die Pfeif- und Heultöne, während Bäume mit großen Blättern die Brummtöne besser zurückhalten.«
(Der Tagesspiegel, 7. 2. 1980)

Im Sternbild des Schwanes
»... Das schwarze Loch frißt wie ein Moloch alles in sich hinein. Die auf das schwarze Loch hinstürzende Materie prallt vor ihrem Einsturz dort zusammen, und das Aufeinandertreffen der hochbeschleunigten Materie vor ihrem endgültigen Ver-

schwinden erzeugt die Röntgenstrahlung ...«
»... daß hier Sonnen ... um ein gewaltiges Massezentrum kreisen, um nicht hineinzustürzen, wie das bei einem Loch von tausendfacher Sonnenmasse der Fall wäre ...«
(Der Tagesspiegel, 4. 11. 1979)

Sonnen um ein gewaltiges Zentrum kreisen,
um nicht hineinzustürzen, dämmen vor allem
die Pfeif- und Heulspalten, während Schwä-

ne mit gespaltenen Hälsen die Brummfalten
besser zurückhalten, wie das bei der Paa-
rung von »Alpha« und »Gamma« der Fall ist.

5 Punkte muß ein Journalist beachten, wenn er eine Nachricht formulieren soll: Wer – Wann – Wo – Was – Wie oder Warum. Darum nenne ich das folgende Gedicht auch »Faustregel«:

Faustregel

Die inneren Unterschiede folgender Länder tra-
fen gestern in zahlreichen Hauptstädten zum Ab-
schluß mehrtägiger Austauschverfahren zusammen:

wo, im Unterschied zu zahlreichen Hauptländern,
die Stadtanschlüsse folgender Tagesäußerungen aus
mehreren Erinnerungen zusammenfuhren: und das zu

einem Zeitpunkt, als innerhalb des Abtausches meh-
rere Tagungsschlüssel über untere Verfahren aus-
schieden: weil in zahlreichen Städten, die mehre-

re Tage dauerten, die äußeren Erfahrungen ein un-
terhalb des Inneren behauptetes Zusammentreffen
überhaupt ausschlossen wie folgt: zusammentrafen

gestern die zwecks mehrtägiger Unterschiede betref-
fend die Innen-, Haupt- und Schlußfolge im Abaus-
tausch zahlreich Betroffenen, und zwar: der Unter-

schied des Folgenden, der Unterschied des Zusammen-
treffens, der Unterschied des Ausschlusses, der
Unterschied des Unterschiedes sowie mehrere unter-

schiedliche Außen- wie ausschließliche Unterunterschiede. Das Protokoll verlief im Geiste mehrtägiger Ausscheidungszusammenschlüsse, im ganzen fünf.

Dazu eine Anekdote: Der Hauptsatz und der Nebensatz kommen in die Nachrichten. »Ich bin eine Nachricht«, sagt der Hauptsatz. »Weil ich auch eine bin«, sagt der Nebensatz. Beide gehn sie flugs dem Hörer unter die Haut.

*Zwölf Stimmen geleiten das Mikrophon auf den Lärm*stuhl. Sie halten ihm den Kehlkopf vor. Das Mikrophon schweigt. Der Kehlkopf überträgt den letzten Wunsch, der Lärmstuhl bricht ihn, die Exekution findet statt. Die Außenwelt, nicht zugelassen doch über Transmission dabei, vernimmt das letzte Röcheln des Mikrophons, nein des Kehlkopfs, nein ihres lauschenden Ohres. Der Lärmstuhl verdaut. Die zwölf Stimmen verlesen die Urteilsbegründung. Das Gerichtete habe durch seine Entwicklung zum Lärmstuhl ein gefährliches Werkzeug geliefert, was dieses Ende schon deutlich beweise. Überdies komme der unterdrückte Kehlkopf zu seinem Recht. Hier spricht der Kehlkopf seinen Dank aus, die Transmission ist perfekt, und improvisiert eine Arie aus Aida, während, was ebenfalls zu hören ist, die Überreste des Mikrophons beseitigt werden und man den Lärmstuhl zum Abschluß noch einmal betriebsfertig präsentiert. Nach der Übertragung vom Tatort ist die Außenwelt zwar zugelassen, aber nicht mehr dabei.

Die leichteste Todesstrafe

Die erste List – das fette Echo
des Loches Rat ist fette Idee;

diese rastet – flotte Scheide,
das Tote ist Tee-Erde-Fleisch,
die steife Schotter-Stele da
ist lascheste, die Dotter-Fee,
die Frottee-Distel, Set-Achse,
die da Stotter-Schelte, fiese
Schiefer, desto satte, leidet
Seife, schadet Trottelei, des
Seidels tiefe (detto) Scharte
ist testfrei-echte Edel-Soda,
die sechste Sitte der Flotea
doest die Falter – Stechseite
ist leider fast Ode, echteste
falsche dritteste Editoese.

Ein Hörer, welcher glaubt, die Lesung habe ganz und gar aus Gnusel-Palindromen bestanden; er, Mordnilap, gestatten, habe ständig sich bemüht, doch diese nirgends festmachen können; das sei entschieden arg ein Manko, schade; Schwerde-Beh! ... Spring, Ella, klär Irrtum, sag's dem Manne: es waren Mutri-Emargana-Anagramme, durch die Bank, alle.

Rätsel, Nebel, Manie ...

Eis-Echo, wiederhell, ist still. Ehre die Woche sie.
Zagbart, Schneemensch, Trabgast.
Ton tut not.
Reite, Tier!
Latz, mußt zum Stall.
Troff Seemann die Nelke talglatt, eklen Eid nahm es fort.
Borg Mut, kotz Last, zahl Stocktum grob!
Husch! Lieb, Gras, Sarg, Beil, Schuh,
Nordachse, Zahn – naht's Eskadron.

Hilf, Frosch! Schorf, Flieh!
Spring, Knirps.
Ton tut not.
Taub gurrt, Trutz zurrt, Trug baut,
Stille niest, Krummbeil, o lieb murkst eine List,
schaut, Leckertrumm! Kuckuck murrt Röckeltausch.
Netze, Weh, Tote wetzen.
Renner
trank die Ränder nie, ein Rednereid knarrt,
euere Schlafenge segne falsche Reue.
Geh, Welle! Steige Geist, Elle, Weg!
Spring, Knirps!
Rätsel, Nebel, Manie – nein, am Leben läßt er!
(nach Velimir Chlebnikow)

Liest sich irreversibel die Zeit sozusagen selber aus Palindromitis? Oder wer ist es nachher oder vorher mit oder ohne Befugnis, der über dennoch Orientierung verfügt? Und wahrscheinlich unterbietet. Es sei erinnerungslos und vorstellungsfrei, was aber niemand sagt. Darum paßte es keineswegs nur syntaktisch. Nicht Schmerzensgeld etwa oder Haftentschädigung – bloß Relation. Gegen Unbestimmtheit lesen wir zu schnell, damit im Rückspiel klappt, was sonst Vorgang heißt. Auch ein gewisses Knicken oder Sätze, die Silben stechen, wo es entlang geht. Übrigens, geht *entlang* es? *Wo* stechen Silben die Sätze (oder knicken Gewisses ein)? Auch heißt Vorgang sonst »was«, klappt Rückspiel im »damit« schnell zu. Wir lesen: Unbestimmtheit »gegen« Relation, »bloß« Haftentschädigung, oder »etwa« Schmerzensgeld. Nicht syntaktisch nur, keineswegs. Es paßte. Darum sagt niemand aber was vorstellungsfrei und erinnerungslos sei – es unterbietet wahrscheinlich und verfügt Orientierung dennoch über der Befugnis, ohne oder mit Vorher oder Nachher. »Es« ist wer »oder« (Palindromitis) aus selber, sozusagen, Zeit, die irreversibel sich liest.

das gedicht besteht aus fünf strofen jede strofe besteht aus einem wort dieses wort heißt WAGGON das gedicht besteht also aus fünf wörtern WAGGON WAGGON WAGGON WAGGON WAGGON weil aber jedes dieser fünf wörter eine strofe darstellt gibt es zwischen dem ersten und dem zweiten dem zweiten und dem dritten dem dritten und dem vierten und dem vierten und dem fünften wort je einen strofenzwischenraum weil aber die fünf strofen ein gedicht sind gibt es nicht nur eine erste und eine letzte und dazwischen eine nächste bzw vorvorvorletzte und eine übernächste bzw mittlere bzw vorvorletzte und eine überübernächste bzw vorletzte strofe sondern auch die erste die zweite die dritte die vierte die fünfte strofe das jedoch heißt daß die die fünf strofen bildenden wörter nicht nur zwar die gleichen aber nicht dieselben sind sondern auch daß sie zwar durch zwischenräume getrennt sind aber doch auch aneinanderhängen und zwar so daß es unmöglich wäre beispielsweise vom nächsten WAGGON direkt zum überübernächsten oder vom fünften direkt zum zweiten oder vom mittleren direkt zum ersten oder direkt zum letzten WAGGON zu gelangen ohne daß man vorher ein paar strofen vertauscht hätte was hieße daß man sich in einem zwar gleichen aber nicht mehr demselben gedicht bewegen würde und von einem solchen gedicht ist ja hier nicht die rede überhaupt die fortbewegungsfrage denn gesetzt den fall ich bewege mich vom ersten WAGGON durch den zweiten WAGGON in den dritten WAGGON so bewege ich mich gleichzeitig vom vorvormittleren durch den vormittleren in den vorvorletzten WAGGON um diesen aber als vorvorletzten zu identifizieren muß ich während ich mich vom vormittleren in den vorvorletzten begebe mich gleichzeitig vom letzten durch den übermittleren in den nächsten also den mittleren oder dritten oder vorvorletzten WAGGON begeben schön und gut aber wie kann das geschehen das kann wohl geschehen weil der erste der zweite der dritte der vierte und der fünfte WAGGON mit unwahrscheinlicher geschwindigkeit ständig ihre plätze tauschen hin und her und durcheinander das sieht ihnen natürlich keiner an weil jeder glaubt er sei im selben und gleichzeitig im gleichen WAGGON was ja auch stimmt nur daß es unmöglich wird die fünf strofen des gedichtes in einem atem zu nennen indem man etwa sagte man fahre in fünf WAGGONS das stimmt nämlich nicht ganz abgesehen davon wer da eigentlich fährt das gedicht im leser oder der leser im gedicht oder irgendwie anders im zusammenhang mit papieruhren oder überhaupt nicht weil WAGGON egal welcher nur ein zum fahren gedachtes wort ist aber es kommt noch schlimmer man stelle sich vor wenn ich zum beispiel nicht nur ein leser sondern gleichzeitig auch ein raucher wäre und ein WAGGON mir zwar als leser als ein gleicher als raucher jedoch keineswegs als derselbe nämlich der mit raucherabteil erschiene oder wenn ich nicht nur ein leser und raucher sondern auch gleichzeitig ein zugschaffner oder ein heilwasservertreter oder ein abgeordneter oder eine romangestalt ein botanist ein grenzübertreter ein orgelpfeifenrestauratör oder gar ein nie eisenbahn fahrender oder ein nie in der eisenbahn ein gedicht lesender oder ein nur im schlafwagenabteil sich an andere gedichte erinnernder wäre oder mein gott mehrere von diesen oder hilfe alle zusammen und gewiß noch einiges hinzu nein nicht auszudenken darum schlage ich vor a) womöglich nie einen zug zu benützen der aus fünf strofen besteht b) wenn es schon sein muß die strofen im kreis anzuordnen damit das problem des zählens theoretisch zumindest vereinfacht wird und auch von rechts nach links lesende leser im gleichen zug gleichzeitig die rückreise machen können c) weil der vorige und der vorvorige vorschlag doch recht unzufriedenstellend sind vielleicht vorher einmal überhaupt versuchen fünfmal hintereinander das gleiche zu tun.

Die Reihenfolge ist der jähe Löffel in der Wunde.
Über die Wunde entscheidet nicht Gertrunde.
Sie ist in dieser Reihenfolge zunächst Löffel, dann Löffel, dann Löffel.
Das ist das Steinige ihrer Entscheidung.
Je jäher der Löffel, desto entscheidender die Reihenfolge, desto steiniger Gertrunde.
Um Löffel zu sein, bedarf es keiner Wunde.
Und Gertrunde ist entschieden keine Sekunde.
Gertrunde ist auch keine Cousine von Kain.
In dieser Reihenfolge geht es jäh um die Entscheidung – doch wer sekundiert der Wunde?
Gertrunde muß scheiden.
Löffel tut weh.

wedel-entsch

oderedo ili sauas
sauas ili oderedo

ili oderedo sauas
sauas oderedo ili

oderedo sauas ili
ili sauas oderedo

auf trotz ißt fluß mit

auf wegen sonder wegen
um neben willen durch

bis längs an bei abzüglich
von halber binnen zu

von wegen ohne zwischen
laut bei aus unterhalb

vor unweit gegenüber
vor abseits zwischen aus

in gegenüber seitens
statt binnen ab mit für

zuliebe mangels mittels
in trotz vor dank entlang

zufolge außer während
zuwider sonder dank

anbei aus unter neben
kraft längs zufolge samt

an durch mit ohne über
nach unweit ab von statt

bis sonder wegen außer
ab unbeschadet auf

Man kann dies drehen und man kann dies hin und
her wenden, es ist einem hier und dort freigestellt,
dies her oder hin zu wenden oder zu drehen, immer

läßt sich dies drehen und wenden; denn kann man
dies hin und her wenden und drehen wie man hier
und dort will, so kann man es anstellen wie man

will, es wird sich hier oder dort drehen oder wen-
den wie man will, denn es ist einem freigestellt,
dies zu drehen oder zu wenden; oder nicht zu dre-

hen oder nicht zu wenden; man kann tun was man
will, dies läßt sich hin und her wenden und, ob man
es nun will oder nicht, hier und dort bewerkstelligen;

es ist einem ja völlig freigestellt; dies kann jetzt
lesen oder nicht lesen wer will, es bleibt ihm ein-
fach keine Wahl als es zu lesen oder nicht zu lesen;

dies wenigstens kann jeder; denn man kann dies dre-
hen und man kann dies hin und her wenden oder nicht,
es bleibt einem einfach nichts anderes übrig oder nicht.

Verwirren und entwirren – man kann's auch beschreiben nennen – betrübt die Vernunft, und ist doch vernünftig. Es bedient sich listenreich und haarspalterisch der hauseigenen Mittel, um den Mystizismus auszutreiben. Beschreiben *ist* Beschwören: Heraufbeschwören, zitieren, vorführen, beim Wort nehmen, welches immer wieder ins Vom-Hörensagen schliddert, es am Beispiel packen, es übersetzen, übertragen, verteidigen und hochhalten (:»J'accuse«). Die Willkür, mit der es für diverseste Interessen benützt wird – auch von mir – erkennbar machen, exorzieren.

in der ersten zeile steht ein A und noch ein A es sind die beiden A der ersten zeile in der zweiten zeile steht ein A und noch ein A es sind die beiden A der ersten zeile aber untereinander vertauscht in der dritten zeile steht ein A und noch ein A es sind nicht mehr die beiden A der ersten zeile sondern die beiden A der vierten zeile allerdings untereinander vertauscht das kommt in der vierten zeile zum vorschein wo ein A steht und noch ein A also die beiden A der vierten zeile allerdings untereinander nicht vertauscht das gedicht kann horizontal und vertikal gelesen werden wodurch die wirkung frappant gesteigert wird bitte nachzeichnen

Frescobaldi

Ich bin ein Gegenteil von bin. Bin ist
ein Gegenteil von ist. Ein Gegenteil ist
ein Teehaus von mir. Zusammen mit einem

Gegenteil bin ich ein Rohbau von bin oder
ein Teehaus von ist. Das ist gar nicht so
kompliziert. Ist ist ein Teehaus von Cel-

le. Ohne Teehaus ist Celle ein Rohbau. Ein
Gegenteil von Celle ist ein Adagio, und
zwar mit mir in einem Rohbau. Aber auch

mit Bruno! Mit Bruno zusammen ist Celle
ein System von bin. Zusammen mit mir ist
Bruno ein Rohbau von Scharun. Mit und oh-

ne Celle ist ein Adagio mit Bruno ein Tee-
haus von mir ohne Teehaus – ein Gegenteil
ist ein System ohne ist, nur bin. Aber ich

bin gar nicht so kompliziert wie mit Bru-
no zusammen im Rohbau. Ohne Celle ist ein
Teehaus in Celle ohne ist – das ist ein

Adagio von bin oder ein Rohbau ohne Gegen-
teil in einem Gegenteil ohne System oder
Bruno ohne Bruno in einem Teehaus von mir.

Beschreiben (oder Beschwören) wie ich es verstehe, beweist – mit ähnlichen Mitteln aber anders als die Wissenschaft – daß die Dinge anders beschaffen sind und in komplexeren Beziehungen zueinander stehen als die Wörter und Sätze. Poetisch beschreiben wäre der Versuch, eine Sprache und eine Logik zu erfinden, die der Komplexität der Dinge besser gerecht wird. Den wichtigsten Trick bei diesem Er-finden holt sie sich aus der Poesie überhaupt: und zwar daß jede Behauptung implizite als Beweis gilt. Die seltsame, oft absurde Logik in der poetischen Beschreibung, die daraus entsteht, quasi die Poeto-logik, bildet aber auch, ich vermute es vorsichtig, die Brücke zur Ästhetik des Ontologischen, zum sogenannten Naturschönen. Man hat seinen Spaß und seinen Ärger daran – auf einer Gefühlsebene, die keinen Spaß und Ärger kennt.

Seinesgleichen

Ich Selene Gneis
sieche Gelsen in
eng leise Nische.
Schienengeleis
ins Scheingelee.

Zijnsgelijke

Ik, Selene Gneis,
kwijn muggen naar
eng zachte nis.
Spoorlijn
naar schijngelei.

Neigen sich Esel –
sie eichen Sleng,
giessen Leichen,
niesen elegisch.
Seelisch eignen
sich nelige Seen.
Eisschneegeil
ein Genesis-Elch –
ich lese sein Gen:
eine Schlinge Es . . .
Ei, Eschen-Singel
Schlesien, ein Ge-
senge in Eichels
eigenes Sicheln,
Segelschiene in
igelne Schneise,
Schielens Genie,
Inselgeschneie,
Engels Schein-Ei,
Inch-Seiles enge
Chinesen-Geisel –
nein, gleich esse
ich ein Genessel;
sein Geselch – nie!
(Anagramm von Oskar Pastior)

Als ezels neigen,
ijken zij Bargoens,
gieten lijken,
niezen elegisch.
Psychisch geschikt
zijn zeerderige meren.
IJssneeuwgeil
een Genesis-eland –
ik lees zijn genen:
een lussig Het . . .
Ach, essensingel
Silezië, een ge-
schroei in des eikels
eigen sikkelmaaien.
Zeilrail in
egelse tra,
scheelkijkend genie,
eilandgesneeuw,
Engels' schijnei,
enge Chinezen-
gijzelar van inchtouw –
nee, dadelijk eet
ik een genetel;
maar gerookt nooit!
(Übersetzung von Wiel Kusters)

Zijnsgelijke

Geen slijk, zij.
Geen lijk, zijs.
IJskegel zijn.
Zijn slijkege
ik: »Zij is engel,
ziek, geil, ›nijs‹
(Engels), zijk, ij-
zig.« Kniel, eis

Seinesgleichen

Kein Schlamm, sie.
Keine Leiche, o Sichel.
Eiskegel sein . . .
Sein schlammiges
Ich: »Sie ist Engel,
krank, geil, ›nais‹
(engl.), Pisse, ei-
sig.« Knie hin, heische

geen lijk, zij's
'n kiesziel, gij.
(Anagramm von Wiel Kusters)

keine Leiche, sie ist
eine Wahlseele, du.
(Übersetzung von Oskar Pastior)

Seinesgleichen

Een schil is geen
gil, een scheen is
een schijnles ge-
legen in Hesse, i.c.
een hengel i.c. sis-
nisch en egelei.
Enge schelen, ijs-
engel is Heine c.s.
Scheg en nieslei,
eis 'n *helsc* genie!
(Anagramm von Wiel Kusters)

Seinesgleichen

Eine Haut ist kein
Schrei, ein Schienbein ist
eine Scheinlektion ge-
zogen aus Hesse, d.h.
Schlägel oder Zisch-
nische wie Igel-Ei.
Schlimme Schieler ihr: Eis-
Engel ist Heine & Co.
Keil und Nies-Schiefer
höllisch, zwingt Genius herbei!
(Übersetzung von Oskar Pastior)

Zijnsgelijke

Je Sigl – je Zink,
je Knis – je Gliz:
King je je Sliz,
klinziges Jeje . . .
Zij jenes Glik,
zejk's je in Igl-
Jekl, in Zejsig,
leg sejn jizik
Lejz-Kin ejsig
in Klejs Gizej!
Sej kejn Igliz,
ge, kizl sejn Ij . .
(Anagramm von Oskar Pastior)

Zijnsgelijke

Nu teken – nu zink,
nu knies – nu glans:
king nu nu spleet,
piepklein nunu . . .
Trek dat geluk,
toon het nu in egel-
jasje, in sijs,
leg zijn nuïge
Leitz-kin ijzig
in des klavers gescheld!
Wees geen distelvink,
ga en kietel zijn ei . . .
(Übersetzung von Wiel Kusters)

artich samt
ach trist am
tata-schirm!

tramatisch
misch-tatar
stach mir at-
tisch am rat
– mars hat tic . . .

titas charm
macht satir,
smart taich
hat a crimst

tacsi harmt,
matt ras ich –
mich rast ta-
star, ach, mit
sacrat mith

macsithrat
macht trias
mit sachtar
mittacs har . . .

tachi trams
atmat schir
strich am ta-
micht tsara

sarmaticht
harm ist act,
taimt schar
(acht astrim)

risch – matta
hat starc im

Das Wiengedicht also besteht aus zwei Zeilen: der rechten Zeile und der linken Zeile. Von der Oper aus betrachtet, befindet sich die rechte Zeile links und die linke Zeile rechts; das ist ein Vorteil für beide, denn so kann man sie nicht verwechseln. Auf den beiden Zeilen gehen Gebäude- und Straßennamen spazieren, die man alle kennt; insoweit ist das Wiengedicht populär. Nun gehen sie aber in Uhrzeigerrichtung spazieren, und dabei offenbart sich ein Misterium – wir versuchen es zu schildern: Um punkt zwölf, also am von der Oper aus betrachtet oberen, d. h. südlichen Ende der beiden Zeilen passiert mit den in Uhrzeigerrichtung auf der links von der Oper liegenden rechten Zeile spazieren gehenden populären Gebäude- und Straßennamen plötzlich was Jähes – sie verschwinden; doch ebenfalls und haargenau um punkt zwölf, also am südlichen oberen Ende, das der Oper haargenau und ebenfalls gegenüberliegt, tauchen die verschwundenen Namen am oberen südlichen Ende der rechts von der Oper befindlichen linken Zeile auf und gehen seelenruhig weiter in Uhrzeigerrichtung spazieren. Punkt sechs wiederholt sich das Gleiche, d. h. das Entgegengesetzte, am unteren nördlichen Ende, wo sich die Oper befindet. Da die Gebäude- und Straßennamen aber in einemfort in Uhrzeigerrichtung spazieren gehen, ist es auch in einemfort zwölf bzw. sechs

Uhr. Für das Verschwinden und Auftauchen gibt es etliche Erklärungen – am plausibelsten scheint der

von Connaisseuren oft beiläufig geäußerte Hinweis auf den Ringcharakter des städtischen Gemüts zu

sein; aber auch Anspielungen auf den Volksmund, das Riesenrad und das heliozentrische Weltbild ent-

behren nicht der Schlußkraft. Von der Ästhetik aus betrachtet, ist das Wiengedicht eher surreal als sym-

bolisch, eher eine Erfindung aus der Türkenzeit als aus der Wagnerzeit und eher eine Übersetzung als

eine Unterführung.

tachism – tra
mistar chat
atst i march
(tamts archi . . .)

ach – tsimtar!

Die Baxer am Brückenwehr / Berliner Kontamination

Heinrich von Kleist, von Gottfried Benn, ein Text; und Gottfried Benn, von Heinrich von Kleist; und ebenfalls ein Text. Während ringsum die Meinungen über Kleist und Benn, meist separat und in verschiedenen Geistern, herumschwirren oder sich niederlassen, schwärmend so und schwärmend so in Wissen und Wissen, das nachzulesen wäre, nähme es nicht weiter so zu, oder auch nicht, versuche ich mir einzureden, wäre Wissenschaft mein Fall in diesem Vorhaben, Text und nicht Wissen über Text reden zu lassen. Ich rede mir ein, ich nehme mir vor, Text herbeizuführen und ihn reden zu lassen, das ist oder war der Gedanke, mein oder deren Gedanke als Ort der Begegnung im Moment der Austragung, und das sei ihr Vortrag. Oder aber wenn (ich zitiere) das was als Gedanke in der Mitte zu wachsen anfängt »nicht ist« – was bleibt dir »zu fühlen«? Ein Mißverständnis, und wir gehn daran

Heinrich von Kleist: Anekdote
Zwei berühmte englische Baxer, der eine aus Portsmouth gebürtig, der andere aus *Plymouth,* die *seit* vielen *Jahren voneinander gehört hatten,* ohne *sich zu sehen, beschlossen,* da sie in London *zusammentrafen,* zur *Entscheidung der Frage, wem von ihnen der Siegerruhm gebühre,* einen *öffentlichen Wettkampf zu halten. Demnach stellten sich* beide, im *Angesicht des Volks,* mit *geballten Fäusten,* im *Garten* einer *Kneipe,* gegeneinander; *und* als der *Plymouther* den *Portsmouther,* in wenigen Augen*blicken, dergestalt* auf die *Brust* traf, daß er *Blut* spie, rief *dieser,* indem er, sich den *Mund* abwischte: *Brav!* – Als aber *bald* darauf, da sie sich wieder gestellt hatten, der

Portsmouther den Plymouther, *mit der* Faust der geballten *Rechten*, dergestalt auf den *Leib* traf, daß dieser, indem er *die Augen verkehrte, umfiel*, rief der letztere: Das ist auch nicht *übel – Worauf* das *Volk*, das *im Kreise herumstand, laut aufjauchzte*, und, während der Plymouther, der an den Gedärmen verletzt worden war, tot weggetragen ward, dem Portsmouther den Siegsruhm zuerkannte. – Der Portsmouther soll aber auch *tags darauf* am *Blutsturz* gestorben sein.

Gottfried Benn:
Am Brückenwehr
I
»Ich habe *weit gedacht,*/ *nun lasse* ich *die Dinge*/ und löse ihre *Ringe*/ *der neuen Macht.*// *Gelehnt am* Brückenwehr –/die *hellen Wasser rauschen,*/ *die Elemente tauschen*/ *sich hin und her.*//Ich habe *weit gedacht,*/ich *lebte in Gedanken,*/ *bis ihre Häupter sanken*/ *vor* welcher *Macht?«*//

II
»Vor *keiner Macht* zu sinken,/vor *keinem Rausch zur Ruh,*/du *selbst* bist *Trank und Trinken,*/der Denker, du.// *Du bist ja nicht der Hirte*/und ziehst nicht *mit Schalmein,*/ *wenn* der, wie du, *sich irrte,*/ist nie Verzeihn.//Der Lauf *ist schiefergrau,*/der *Ton der Urgesteine,*/ *als* noch das *Land alleine*/ *im Schichtenbau.*// *Des Sommers Agonie*/ *gibt auch ein Rebgehänge,*/Kelter- und Weingesänge/ *durchstreifen* sie.// *Wessen ist* das und wer?/Dessen, der alles *machte,*/dessen, der es *dann dachte*/ *vom Ende her?*// *Du bist ja nicht der Jäger*/aus Megalith und Ur,/ du bist *der Formenpräger*/ *der weißen Spur.*//So viele sind *vergangen*/im Bach-

zugrunde; noch ein Zitat – und braucht, um zu geschehen, dein Einverständnis nicht; der Gedanke überläuft mich heiß »und« kalt.
Und wenn nun beim Lesen des sich vortragenden und beim Hören des weißen Kittels, wie er zurückschlägt über dem auf dem Leisten zu leistenden Wissen, der Zugzwang ins Prädikat fährt – möge jener es leisten und zusammentragen, was auf dem Leisten (andere Lesart: Leitstern, cynosure, Des Pudels Kern) Platz hat: Syntax wird zunehmen in zweiter Linie und Sachkunde wie deren Kartei hinterm Kittel – mich interessiert die Herbeiführung.
Inter esse, eine Versuchsanordnung. In der ich mich eingemischt vorfände, weniger wissend als verzweifelt unternehmungslustig, weniger informiert als unbedarft neugierig, einfach mal sehen was da rauskommt, wenn ich mich dumm stelle zwischen Kleist (Text) und Benn (Text). So nachgedacht und vorgefaßt noch immer im Griff dazwischen von Besteckung und Angestecktsein (Text), wie Kleist und Benn, kontaminiert, sich wie andere und andere wie sich ins Gerüst ans Gerüst stecken, Spießruten an den Hut, jeder Neuntöter kann das. In Kenntnis dieses Vortrags sozusagen die Texte, die folgen werden, schon mitgelesen einer Folge unterwerfen – die Ansteckungsgefahr des Gerüstes im Gestell bringt Wörter ins Spiel, das Syntax heißt bzw. als Schafott-échafaudage-Maschine über Bühnenstäbe und Kulissenstangen mit dem Atem des Sprechers verbunden ist. Ohne Syntax kein Schicksal, aber auch keine Kategorie, diese Brutstätte des Materials im Prozeß.
Kurz, eine Berliner Kontamination. So habe ich dann vor rund zehn Jahren den Kreuzungsversuch einer Kleistanekdote (von den zwei Baxern) mit einem Benngedicht (am Brückenwehr) genannt. Die Anordnung war einfach: jeweils der Wortschatz, möglichst in der Reihenfolge des Auftretens, des einen mit der syntaktischen Struktur und Rhythmik des anderen.

Kleist durch Benn und Benn durch Kleist strukturiert bzw. wörtlich eingefärbt; ich katalysatorisch dabei, d. h. in relativer Unschuld als ein Mittler fungierend, sozusagen chemisch-physikalisch unbeteiligt beteiligt. Das Ergebnis konnte ich nicht voraussehen. Oder doch?

Was wie ein spielerisches Puzzle begonnen hatte, erwies sich im Verlauf als ein Textgeschehen, das ungeheuerlich direkt auf eine Prophetie Hitlerdeutschlands hinzudeuten schien. Ein Sog im Text, der mich betroffen machte, so daß ich mich berechtigt sah, das wie auf dem Reißbrett entstandene Ergebnis als literarischen Text festzuhalten.

Irritiert bin ich noch immer. So ganz einwandfrei (am Reißtisch überprüfbar) ist die Sache nicht, denn trotz Methode und Machart, die offenliegen: die Vorauswahl, die Vorentscheidung hatten bei mir gelegen. Freizusprechen vom Ergebnis bin ich nicht.

Berliner Kontamination (1978)

I

»Sie haben voneinander gehört,
demnach sehen die zwei Baxer sich
und beschließen berühmte Jahre
der englischen Entscheidung.

Gebürtig der eine aus Portsmouth –
die öffentlichen Fragen treffen zusammen,
die Siegerruhme gebühren
sich laut und übel.

Der Wettkampf ist leibgeballt,
das Angesicht der Volksfäuste,
seit dergestalt der Garten brav
im Kneipen-Plymouth.

Des Augenblickes Brust
hält bald ein Augen-Blut,

und Brückenschein,/wer *kennt nicht das Verlangen*/zum Urgestein –://*Doch* dir bestimmt: *kein Werden*,/du bleibst gebannt und bist/der Himmel und der Erden/Formalist.//Du kannst es keinem *zeigen*/und keinem du entfliehn,/du trägst durch Nacht und *Schweigen*/den Denker – ihn.«//

III

»*Doch* wenn *dann* Stunden sind,/wo ohne Rang und Reue/das Alte und das Neue/zusammenrinnt,// wo ohne Unterschied/das Wasser und die Welle,/das Dunkle und das Helle/das eine Lied,//ein Lied, des Stimme *riefl gegen Geschichtsgewalten*/*das in* sich selbst *Gestalten*,/asiatisch *tief* –//ach, wenn die Stunden dann kommen/und *dichter werden* und mehr/ Sommer und Jahre verglommen,/singt man am Brückenwehr://Laß

Plymouth- und Portsmouth-Munde
verkehren sie.

Wem von ihnen und wie?
Dem einen, der den anderen stellte,
diesem, der tags drauf jauchzte
mit der Rechten auf?

Sie haben voneinander gehört,
sie fielen um im Kreise,
worauf ihr Volk herumstand
in welchem Blutsturz?«

II

Die neuen hellen Dinge, das eine an den Rausch gelehnt, das andere an die Macht, die in des Sommers Schichtenbau weit gedacht hatten, ohne sich zu lassen, dachten, als sie am Brückenwehr sich tauschten, gegen das Gestalten des Wassers, wem von ihnen die Elemente gegeben seien, einen schiefergrauen Ring nicht zu kennen. Nun machten sich beide, im Ton der Urgesteine, mit weißen Rebgehängen, in der Agonie eines Landes, hin und her; und als das eine das andere dann noch einmal tief vom Ende her dachte, bis es die Schöpfung war, dachte dieses, indem es sich in Gedanken lebte: Weit! – Doch als dann wieder, da ihre Häupter sanken, das eine das andere, mit der Macht der schweigenden Macht, wie vor dem Rausch zur Ruh durchstreifte, daß dieses, indem es selbst Trank und Trinken war, ja nicht der Jäger war, rief keiner: Du bist ja auch nicht der Jäger – ! Wenn doch der Hirte, der mit keiner Schalmei sich irrte, nicht das Verlangen kannte, und, während das eine, das vor den Geschichtsgewalten dichter geworden war, noch einmal weich ward, dem anderen kein Werden zeigte. Der Formenpräger soll aber auch alleine an der Spur vergangen sein.

Rückblende. Als Student in Bukarest mußte ich in einem Sommer durch die Reihen gehend rechts und links in Brusthöhe den jungen Mais kastrieren. Hybridmais, harmlos, eine Versuchsstation bei Zimnicea. Die Vorinformationen sind also weit außerhalb Berlins angelegt. Meine Kleistlektüre Mitte der Fünfziger Jahre, das Wenige, das Übliche an einer Universität, die nach Stalins Tod ratlos schlenderte, dann trostlos die Zügel straffte. Das Marionettentheater, natürlich: nie begriffen, aber eine Stärkung. Doch im Ohr, viel weiter zurück, die Hermannsschlacht, feldgrau vom Katheder des Kleinstadtgymnasiums in Siebenbürgen schulplanmäßig ideologisiert, schon damals, während Stalingrad draußen vor der Tür ... ein Kleist also, sehr löcherig, wie heute noch, sehr torsohaft und ungeheuerlich zum Fürchten – eine Syntax wie Schicksal, mit der subversiven Versuchung, sie (und es) zu lesen wie Kafka »in jedem Teil das Ganze«.

Auch Benn dann in Bukarest, die gleichen Fünfziger Jahre, aber Bukarest durch ihn schon fast Weltstadt, fremd wie die Dänin und Henry Moore, Räume und Träume. Eine Geheimtiplektüre, wer's wußte, zwar nicht verboten, aber nur in Abschriften handhabbar (wie Lehmann, Loerke, der frühe Brecht und Jünger, der Bruder selbstverständlich). Botschaften auf Pauspapier. Ich denke an die zwei reichsten Menschen damals, wie mir schien, die nicht auf ihren Schätzen saßen. Hermann Roth in Siebenbürgen hatte kaum zu essen, aber hin und wieder neue Bücher von draußen. Und Alfred Kittner, der in Bukarest eine kleine aber exquisite öffentliche Bibliothek leitete. Celan und Benn waren keine Gegensätze.

Während aus Ungarn Explosionen kamen, blies Benn mit saxophonen Melonen die Beschwörungsformeln für andere, hautnahe Ismen und Ionen. Er schien mit seinen Verführungskünsten den Doktrinären auf einer potenten Ebene, die nicht die ihre war, gewachsen, ein Brückenwehr durchaus, Verbündeter der Ein-

mich *noch einmal* reich sein,/wie es die Jugend *gedacht*,/laß mich *noch einmal weich sein*/im Blumengeruch der Nacht,// nimm mir die Hölle, die Hülle,/die Form, den Formungstrieb,/gib mir die Tiefe, die Fülle,/*die Schöpfung* – gib!«//

IV
»Bist du auf Grate gestiegen,/sahst du die Gipfel klar:/Adler, die wirklichen, fliegen/schweigend und unfruchtbar.//Kürzer steht es in Früchten,/früher, daß es verblich,/nahe am Schöpfer züchten/wenige Arten sich.// Ewig schweigend das Blaue,/wer noch an Stimmen denkt,/hat schon den Blick, die Braue/*wieder* in Sehnsucht gesenkt.//Du aber dienst Gestalten/über dem Brückenwehr,/über den stumpfen Gewalten/Völker und Schnee und Meer://Formen, das ist deine Fülle,/der Rasse auferlegt,/formen, bis die Hülle/die ganze Tiefe trägt,//die Hülle wird dann zeigen,/und keiner kann entfliehn,/daß Form und Tiefe Reigen,/durch den die Adler ziehn.«//

zelnen, der Einzeller (Amöben) und Minderheiten im Schichtenbau. Poetische Populärwissenschaft, satt inszeniert mit Namensglauben und Philosophie – ein Widerpart zum anderen hochtrabenden Brimborium der Ideologen. Ein Rauschen gegen ihren Rausch. Wenn Kafka sie im Keller der Verhöre ertappte, ging Benn ihnen in der gleißenden Bukarester Sonne mit dunkler Brille und lässiger Gazette entgegen. Ein anderer Beelzebub. Vordergründig gegen die grassierende Folklore, das war das Geringste. Um im Bild zu bleiben, um aus dem Bild zu brechen: man war, so scheint mir heute, an den Mast gebunden und hat sich masochistisch die Ionischen Meere ins Ohr gesteckt, um die Zweifel unter den Füßen zu übertönen.

Schlafwandlerisch habe ich nach zwanzig Jahren in Berlin die beiden Baxer am Brückenwehr gewählt. Die Texte »meines Interesses« haben mich entschieden und sich der Versuchsanordnung bedient, das ist das Aufregende an Kleist und Benn. Vorbedacht und nachgefaßt, denke ich, darüberhinaus, daß, wenn das Resultat, falls es das tut, einleuchtet, auch die Mittlerrolle zwischen Willkür und Determination, auch für das Werk meiner Autoren, einmal vor und einmal nach Heisenberg, von Interesse sein könnte. Und indem ich wage, Begriffe wie Schicksal und freier Wille bei Kleist wie bei Benn an zentraler Stelle (d. h. wo ich mitgewirkt habe) herausgefiltert zu erkennen, werde ich unruhig. Nicht umsonst mich eingelassen, eine bodenlose Formulierung. An ihr hangelt der Text sich weiter.

Denn er mißt sich ja in dem Versuch an den Autoren, vermessen nimmt er die Anmaßung in Kauf, riskiert eine Lippe, zwei Lippen, die gesamte Seriosität geht in Deckung hinter dem »mal sehen was rauskommt«, vertraut aber gleich einer Gerechtigkeit »es werde sich schon zeigen, was eine kühne Konstellation imstande ist, an Schicksalsbeweis zu generieren« – und rechnet doch verzweifelt d. h. auch ohne Psychologie damit, daß zumindest in diesem Fall das Verfahren und der Text zur idealen Deckung gelangen, die ihrerseits imstande wäre, die Barbarizität idealer Deckungen zu dekuvrieren, Symptom und Sache zugleich, etwas wie dunkle Aufklärung.

Was ist denn überhaupt passiert und was passiert schon wieder: Zwei berühmte englische Baxer oder die neuen hellen Dinge, der erste Artikel, die erste Bestimmung, die zweite Bestimmung, das Subjekt zum ersten. Der eine aus Portsmouth gebürtig, in Apposition verbracht an den Rausch, der aus der vierten verfügbaren Position sich dem Rauschen entlehnt, und der andere ebenfalls gelehnt an das ordnungsgemäße zweite Wehrding: die Macht. Und zwar in der Einzahl. Relativiert im Anschluß dran seit Jahren in des Sommers Schichtenbau, eine Zeugungsform ersetzt die Eigenschaft, wie auch der Schichtenbau willkürlich einzieht dann verhältnismäßig weit zum ersten Umstand voneinander regelrecht gehört hatten, gedacht hatten, es war die erste Aussage, die der eine machte, während der andere dachte. Ohne sich zu sehen bot jener die nächste Aktivität als ein Lassen an, das zur Hauptaussage führt, wonach beide dachten was beschlossen war, nämlich als sie im Tower von London sich trafen und tauschten. Zur Entscheidung der Frage gegen weit vorgeholtes Wassergestalten aus zweiter Einheit, wem von ihnen der Siegerruhm gebühre, mit anderen Worten wem die Elemente einzeln gegeben seien, dachte oder entschied ich dann, einen öffentlichen Wettkampf zu halten bzw. einen schiefergrauen Ring nicht zu kennen – Einfall aus Zwei.

Mein Versuch, das Verfahren vor zehn Jahren rekonstruierend zu demonstrieren, gerät zum geschwätzigen Abklatsch. Die Kontamination verlief zwar so ähnlich, aber die Methode ist nicht abzubilden. Hinzu kommt, daß mir die Wörter »in der Reihenfolge ihres Auftretens« (wie die Richtschnur lautete) aus ihren

Kategorien gerieten. Position und Funktion, Morphologie und Semantik bewegten sie zum Einzelfall, zur Nichteinsetzbarkeit hin, während der neu entstehende Text doch eine Dynamik zur »Identität im Anderen« entwickeln wollte. Ich weiß nicht, ob das klar gesagt ist. Im Bühnenauftritt steckte eine mir zuwidere Dramatik – aber ging es in diesem Vorhaben ja nicht auch um Kolonisation, Okkupation, Unterwerfung, um Marschkolonnen in Tarnstrukturen? Ging es nicht um die herausgenommene Freiheit, ein Protokoll so festzulegen, um damit etwas wie Geschichte nicht nur zu machen sondern auch zu regeln?

Das Kontaminationsverfahren hat, wenn ich es nachträglich bedenke, was mit Tilgung und Verführung in beiden Richtungen zu tun, auch hin zum Autor in der Mitte. Und doch halte ich es für angemessener als jedes über Kleist und Benn erhobene Reden.

Text I, Text II. Noch ein Punkt: Es ist frappierend, wie eigentlich in beiden Texten Benn stärker durchschlägt. Es ist zu hören, nicht zu belegen, wie er, um im Wettkampfjargon zu bleiben, die Oberhand gewinnt. In Text I scheint sich sein Rhythmus penetrant noch vor die eigene Syntax zu schieben. In Text II riechen seine Nomina einfach stärker als Kleists Logik. Rhythmus vor Syntax, und Nomen vor Logik – liegt das nur an Benn? Ist es die Lyrik überhaupt vor dem Denken? Oder gar der dekorative Wirbel aus dem Zufall, den uns neuerdings die Chaosforscher vorführen? Die Formulierung vor dem Gedanken, das hieße Form & Lierung, was immer das heißt, jedenfalls auch ein Moment des Lyrikers Benn.

So hingedrechselt (gespindelt) bleibt dennoch die Möglichkeit offen, daß die Benn-Prädominanz, falls es wirklich eine ist, in diesem Versuch am Mittler liegt, am Unvermögen, sich ganz herauszunehmen, also an mir.

Versuche, sagt die Wissenschaft, sollen mit dem gleichen Ergebnis wiederholbar sein. In diesem Sinne ist die Berliner Kontamination entweder kein Versuch oder ich kann das Kontaminationsverfahren nicht beliebig und mit überzeugendem Ergebnis anwenden, wenn ich nicht die Konstellation Baxer-Mittler-Brückenwehr mit ins Verfahren nehme. Was herauskommt zählt. Als ich, um zum Text, der hier entsteht, zu gelangen, versuchte, die Kontaminationsmethode auf den Textanfang von Michael Kohlhaas und das späte Ich von Benn zu übertragen, wurden es ziemlich langweilige und beliebige Texte, deren Mißlingen mich kaum betrübte, auch wenn sich sachliche Erklärungen dafür anboten. Dafür geht es nun unabdinglich in diesen Text wie in die Texte vor zehn Jahren ein. Es ist ihr Kontext.

Nachgedacht und vorgefaßt, dazwischen nichts als und. Im Autor ist die Willkür des Menetekels nicht aufzulösen. Aphorismen sind höchst willkürlich gesetzte Sätze. Die Sätze des Unmenschen schlummern adamitisch auch in meiner Sprache. Kleist und Benn sind kurze Wörter.

Zu beweisen ist nichts.

Gewissermaßen vom heißen Zahn des Innewohnenden am Horn-Ball, d. h. von der gemeinen Mutmaßung zur Wörtlichkeit; einmal also von schlanker Gabe, Kür, Tand, Nadelstreif-Ticket; von dem Solo-Schach, der integren Statur, dem Gang durchs Gebirg; also auch vom Turm im Flug und der Verankerung im Zähen, Salzigen: Fluß (Lötvorgang); ja ein so jammervoll rosiger Sparstrumpf in solcher Entfaltung; so quick-flockig mein speckiges Wischtuch im Rückspiegel-Schweiß; so Tolpatsch-Wonne, Wellen-Länge, Duftzeh-»Dennoch« – eine »So«-Aufgeschnapptheit zum Sichtbaren; und auch ein Quantum »von« Glanz, »von« Netzhaut, »von« Sonnen-Zuber-Spur-Ergänzung –: dieser Taufe wegen, dieser Lösung wegen, dieses Hingezogenseins von Interesse wegen; von einer solchen Länge, einem so hintersten Thule, einer solchen Froschmäusigkeit; und gewiß wegen meines Donbas oder Schwarzmeerkanals; und auch wegen des Transfers von Trauer (wie Aida!, wie Elektra!) zum immobilen Atlas (falsches Zittern! falsche Münze!) bzw. an jenen Wolkenrauch (Wohnsitz! Personenkult!) – ja wegen so viel Dreck im Stall; daß ich die Tonnen nicht aus der Welt schaffen kann, daß vier Winde nicht mehr reichen, daß alle Tore Warzen tragen; und so fort; vom drallen Mißverständnis, dem Käse im Ohr, der Spindel, die dazu gehört und davon trennt; und rundherum vom Meer und den paar sahneweißen Hörnern. (Petrarca, *Le Rime, CXLVI*)

tanner

mit orangen blutorangen
robert walser durch den schnee
albert mit schubert wie
mit fremden organen herum
sie nässen quellen beiden auf
gellen pfeifenrestauratören
bis ihre schuhe sie zerlaufen
und männern sie mitkalben
durch nässende orte und wal-
zerleben wo jemand sie mit
schnee robert und die
bluten saugen sich voll

*Was hier nicht entgangen ist und dort nicht entgegen-*kommt: der Zubiß, wenn Dinge im Spiel sind wie »angedient«, »hohle Wange«, »Nußbrot« – ja, ich verteidige sie gegen meinen Willen, d. h. so wie »ihr« Schnabel »mir« wächst; heute klingen die Ohren. Wie die Ereignisse ziehen! – daß sie sind; nicht wie. Schau, was mir oft entgangen ist und auch jetzt nicht entgegenkommt, findet in Kreisen statt, aus denen wir fliehen; sie nicht. Langsam fällt die Physis aus den Fugen, uns übernehmen mittelalterliche Themen; dort gähnt ein K, ein L, ein T; du trägst dich in der »hohlen Wange«; mir klingen die Zähne.

Das Aufhören im Wort ist ein langsamer Vorgang, der erst von seinem Ende her, also lieblos, anfällt. Dann sehen wir, wie die Zerstückung einer Mondscheibe an die Zerstückung eines Daches fällt, aber das schleifende Geräusch, das wir uns vorstellen, weil es das Aufhören im Wort hervorruft und nicht in unserer Vorstellung, hören wir nicht, wie es aufhört, noch den Staub, den es wirbelt, wie er unerfahren zurückfließt, noch den Rand, wie er glost, weil ein Brennglas ihn schiebt. Von seinem Ende her betrachtet, ist das Aufhören im Wort ein schmerzloser Abgang vom Abschied des Haltens, also ein wortloser Zustand, der aufhört, weil mit dem Wort das, was im Wort das langsame Aufhören hervorruft, anzufallen aufgehört hat.

Noch ein Wort über den AUSFALL, wenn er mal eintritt; also über die Beschaffenheit des Nichtbeschaffenen; oder einfach:

Ausfall

Licht/Dunkel – Fällt Aus
Oben Unten/Innen Außen – Fällt Aus
Abwand Einwand Zuwand – Fällt Aus

Ausscheidung Masse Erheblichkeit – Fällt Aus
Quadratschädelgrammatiksause – Fällt Auch Aus
Untiefe Laubgrenze Isogenese Rembrandt – Fällt Aus
Die Nacht Als Thema Und/Oder Metapher – Fällt Aus

Unschlaf Grenze Wirbelstrom Grauzone Schrumpfung
Durststrecke Mommsen Atlantis Beliebig Anbetracht
Graben Sockel Treibgut Urmeter Gneis Leber Erbsklein
Gurgelmoos Allmacht Blitzinformation Ausmaß Einbuße
Schnuh Winst Limbutal Schnaufschlauf Wur Edel Ütznfetzt –

Macht Nichts Fällt Aus

Aufbau Eines Feldes Unter Dem Tisch Also Auch Dieses
Und Jenes Wie Tracht Untracht Schiebedach Alto Cortex

Fällt Aus Fällt Aus

Die Abtrünnige Sophie grollt im Kontrollturm. Wieder hat das Rundbild, das schiefmäulige, sie gefoppt. Sie hockt episch herum, kaut Kleister und verursacht leuchtende Zuckungen in Kadergeist, der auf ihren Kniescheiben, also in doppelter Ausführung, blüht. Zwischendurch spielt sie versunken mit der Gräte eines durch Katastrophe aus dem Verkehr gezogenen Vogels. Ob durchs Fett, das der Äther ansetzte, ihr parabolischer Halbbruder durchkommt? Ein Hauch umkurvt sie. Oh, es ist nur das ahnende Blasphem des Hauses und besagt, daß über der Küste von Holland noch ein rechteckiger Kasten frei ist, die schwarze Hintertür, gewiß, gewiß. Sophie die schiefgläubige bietet sich auf im Grollturm, aber was weiß sie von Radargeschichten? Den Knall nach innen, Handwerker trugen ihn, kein Hörer hat ihn begleitet.

derentwegen all die Denkwürdigkeiten und Rezepte für die Vergängnis von Hören und Sagen so unbekümmert, ja fröhlich und freizügig voneinander abgeschrieben wurden (Manuskripte), immer wieder, atemlos; es gab ganze Bibliotheken, und zwischen den Blättern, gepreßt, die Grundrisse und Aufrisse von kleinen gestreiften Zierkürbissen

Ein Vermutungsgrund fuer die Immaterialitaet der Seele
(fuer Ingomar von Kieseritzky)

Raet aus einem Rundtitel die Leseverfuegung mir die Tram –
au, der Teil-Demiurg in einer Mutverfassung – Telemetrie da!
Andererseits ungenau redet viel Mittel fuer Adieu-Grimm.
Fuetterungen da, mit Maulverdruss im Geleier – eine Tirade.
Des Tirelier-Gaumens Fund – eitel Eigentum im Dauerverrat.
Daraus resultierend: vier enge Raumteile mit gutem Feind
und ein vager Tamtam-Ludismus einer Tigertreue-Felderei.
Denn Seele vermutet registriert die Gummifrau Idea L'Una.

Wahrscheinlich übt das Anagramm in seiner Modellhaftigkeit (und wie Sie treffend sagen: durch die Aufhebung der Zeitachse) eine Faszination auf unterschiedliche ernsthafte Menschen aus. Mein Ernst ist wohl sehr kindlich, ähnlich dem Spiel gebrannter Kinder. Lassen wir es dabei bewenden.

Idee zum Anfassen

Seit es mich gibt, umgibt sie mich. Dies umgibt
sie – und es gibt mich solange. Ich nenne sie »die
Anschauung des Bratenfetts« oder »eine Blasmusik

des Unterrichts« – Beine, die sie zwar nicht tra-
gen, aber mich im Trab halten. Wie manches in die-
ser Umgebung, in der es auch mich gibt, gibt es

ja auch sie – ein Anschauungsunterricht mit Fett-
blasen. Tatsächlich umgibt sie manches: so und so.
Ich bin »im engeren Sinne« eine Idee von ihr, d. h.

»auch mich umgebende Hühnergräber oder ähnlich«.
Aber dies alles ist radikaler als sie – es umgibt
mich schon im Morgengrauen und weit darüber hin-

aus. Es nennt uns »Ablenkung« und »Zwischengrund«
und »Helio-Asbest«, kein allzu ausgewähltes Voka-
bular. Seit es dies gibt, umgibt sie sich mit Um-

Die Sprache als große »Abstraktiseuse« der individuellen Erfahrung oder Anschauung oder wie man es heißen will; ich sehe dabei ein Riesenweib, eine Art Kreuzung zwischen Frau Welt und einer Masseuse, die sich Tag und

Nacht abmüht, alle einmaligen Fettansätze und Salznäpfchen auszugleichen, alles auf den zur Zeit geltenden goldenen Schnitt zurechtzukneten. Vergleiche hinken immer, auch dieser, deshalb sind auch die Gedichte kürzer als das Leben, damit man das Hinken nicht merkt.

gebung – unnachahmlich. Es gibt den »Binder« und es gibt den »Schinder« und es gibt »die Umarmung am flotten Berg«. Sie umgibt auch »das Fettige«

mit »der Glorie des Fleisches« – ich nenne sie »Geheimrat«, »Eselsbrücke«, »Diätetikum«; was bleibt ihr anderes übrig bei dieser Blasmusik am Morgen?

Freut euch, Leute, freundliche Lautgruppen sind einmarschiert, sie haben die Rundgebäude besetzt, alle Druckereimaschinen läuten, alle Redakteure haben neue Schleifen, auch neue Eulen-Säulen sind im Anrollen. Heute ist Feiertag. Euer Feuerlöscher schäumt Poesie, ei wie fein deutsch wir schreiben, Anlaut, Umlaut, Ablaut. Freut euch, geläuterte Benediktbeurer, die hoyle Welt mult.

amizu mana itz du ihm

»d'hyduament« (ideen)! y tela sinu »faulschuh t ittaniakuh«: ossör ober-rauna? y dubaz bögeli tölt »schönz chlingk-bö« y »tübi maien schmeen« ... sed (hurrah!) erd-äther est; töphe rille entbeissn – otetsch eilt – off müh! hismo servas a votu esso (f) maiodeur; aentin ses pays dündi an'herb aina id; »feu lofenez« y »gooz« y »p.t.b.« – aim heissa hyd ... (act II scene I verse 118 ff)

Im Traum des Erdhundes hört sich ein Windhund Einlaß begehren. Die begehrenswerten Stuben im Traum des Erdhundes haben mehr Ausgänge als Eingänge, bilden ein stachliges Knäuel und fliegen rasant auf das Zentrum eines Bellwortes zu, dessen Phoneme sie bereits wie eine seifige Galaxie umgeben. Die Außenwelt im Traum des Erdhundes bellt im Traum des Erdhundes mit der Stimme eines Tierstimmenimitators, der im Traum Herr Seifenwind heißt. Aber wer hört schon dies Bellen? Bloß der Einlaß begehrende Windhund im Traum des Erdhundes.

*Wenn ein seltenes Tier durch einen seltenen Gegen*stand springt, entsteht ein Sog, in dem die Seltenheit des Tieres und die Seltenheit des Gegenstandes sich selten schön mischen. Das Ergebnis nennen wir schönen Impuls. Er teilt sich dem Sog mit und bewirkt, daß auch andere seltene Tiere durch seltene Gegenstände springen. Die Repetition ist die Mutter des Widerspruchs; sie besitzt einen Zirkus und schwenkt Impulse. Durch die Kuppel pfeift ein Sog, den häufige Tiere beim Sprung durch häufige Gegenstände hervorrufen; das Ergebnis nennen wir schöne Resistenz.

Junikäfer

Ich bin ein farsch geleimtes Kind
– wenn ich heule pfeift der Hund

Pfeift der Hund auf einem Bein
fällt vom Herzen mir ein Stuhl

Für einen Stuhl mit beiden Ohren
staunt er mich an wie neu genagelt

Wie vernagelt klemmt der Kaffee
Pu ich glaub mich laust ein Igel

Laust ein Igel sich von hundert?
– fragt der Laie sich und wackelt

Sehr verwackelt knurrt der Wind:
ich bin ein farsch geleimter Hund

katharinas mischtechnik

knabe mit dem bildnusch
der mama mit dem knaben
des knaben mit der mama
mit bildnusch und knabe

des knaben mama mit des
bildnusches knaben-mama
des mama-knaben mit dem
nuben mismus im anschub

eines nuschenden knaben
mit bisen und buldnusch
und einer hübschen hose

und mamas bildnusch mit
einem prisma mischnusch
und mit hirsch am puben

Minkas Tanne schaukelt
hinter vier Giebeln
Aufsatzkorrekturen.
Beschreibung meiner Gasse.
Das Dauernde in Czernys Etüden.
Warum hat Frau Holle besseres Leckeis
als Hagen?
Gegenüberstellung von Ideal und Elida.

Mein schönstes Erlebnis, oder
Der Weg zur Schule.
Exposition und Durchführung.
Minkas Tanne schaukelt
hinter vier Blechfahnen
Korrekturen.

Mein erstes Gedicht bestand aus drei Wörtern und hatte den Vorzug, daß ich es mir ohne Zeitnot, notfalls stundenlang, aufsagen, genauer gesagt zubrummen konnte. Es ging so:

> Jalusien aufgemacht, Jalusien zugemacht
> Jalusien aufgemacht Jalusien zugemacht . . .

und so fort. Es veranschaulichte den siebenbürgischen Sommernachmittag eines Kindes im Hinblick auf die Nichtverläßlichkeit von geschlossenen Räumen. Daß es ein Gedicht war, stand außer Frage. Daß es mein Gedicht war, oder ist, im Sinne von Verfügbarkeit, kann ich vermuten, weil ich es nach gut 45 Jahren memoriere.

Testament – auf jeden Fall

Jalusien aufgemacht, Jalusien zugemacht.
Jaluzien aufgerauft, Zuluzien raufgezut.
Luluzien zugemault, Zulustoßen zugemault.

Maulusinen angenehm, Aulusinen zugenehm.
Zufaliden aftamat, Infaliden aftamat. A-
fluminion zugesaut. Aluflorion zugebart.

Marmelodien zusalat. Marmeloiden busalat.
Aufgemalt o aufgemalt, zugedaut o zuge-
duzt. Duzentrum o Lepenslau. Hufenbruzen

Openbrekt. Primolimes Heiferzocht, Bene-
lalia Zuverzum. Ma mu, Amarilles off off.
Bulamanium Absalom, Albumenium Zusalon.

Nostradamul Hanomag, Lanatolior Gartem-
slauch. Futusilior Abfallgeist, Mutuna-
lia Pirrenholst. Zephaluden Enziaul, Ze-

phaleden Ychtiol. Nebelnieren Löwentran,
V-Scharnieren Besenraum. Ebeltüren C-Streu-
salz, Aventiuren Abstrahldom. Stalagmisda

Oberom, Virostrato Luftballon. Jalopeten
angemacht, Sulalaika Kukumatz. Mulu aufu,
mulu zuzu, zuzu muz. Monte Ma o Monte Zu.

Unbefriedigend erscheint schließlich auch die hymenoplastische Spekulation, es ginge bei diesem Unternehmen um die Wiederherstellung einer ursprünglichen Unschuld ... Unmöglich! Kein Kolchis ist nicht keine Jungfrau ist keineswegs kein Gnadenzwinger usw. Abgesehen davon, daß örtliches Flickwerk, wie immer, in bezug auf hauchdünne Stoffe mit Faden und Nadel (lamentabel), also lückenhaft vor sich geht. Futschikato ad fontes, ad acta, schade.

im winterbett liegt eindreiviertel petersilienähnlich webster
holle die schnitzelentropie kantet unter schleifenfleisch
nachrichten vom ohrwurm
kelvin die quanten : prießnitz das vöglein : komma den brenner
– schnelle enthüllung von einem zoom der fortging
(er paarweis : du ihm wanderstabs zum rand)

die gegenbewegung in den apfelbäumen ist eine subversivere
realismusfalle als die schaukel im schreibzeug leopold
: so aus zettels leumonadentechnik
lesen fettes in synkopen zunehmende (vorstufen)
sich kühl und psalterhöricht denn gedankenstrich –
kling ender sog
als standort »und« ozeanisch
dunkle präpositionen »niemandes mauritius«

: natürlich nicht so an pferde gebunden wie etwas das nur
mal so und mal rund und mal oberbegriffe und ganze ergüsse
mardernamen wie paragogol stalinander isiswerder oder sauer
nickel tagespummel spiegelbälger donnerständer : und : über
: lieber : kürzer : verknäult :

und frischt diverse tugend dunlop flau
wo symmetrie unholder bolde die versagt
zu samarkand von beiden jalousien hexen
an probe eine ordnung an aus ein teil blau
versus h c –

alle die lesen lesen anderthalb dakische währungsfragen
meine kleinen lebensmittel textbegegnung (der gabel
fortsatz faulheit und resistenz) auf einer pokerebene mit
horror vacui und lang vom vergleich welcher drin dahte :
diesmal nicht so katze letztes brutzeln

: wer eiland den so stufen erl re?
: hockney mit fall in fürwörter
: freiherr gelesener von fußball hölderlin
: bein mir mal chandler cythera

(zwei mal soll schilder holunder zwei baxer figuren
der zweite von links sage cave canem berlin)

etwas wie hartgesottene hörensagen
seltsamen im no-programm

kung brück wir rauschen hebel
die duden die schwanen die leben die zählen
die auber und ginen röcheln und spalten
und ganzen und haaren gut inhalterei –
nicht mal drei mann mensch mit einmal anagrammheit
sticht richtungsfrei mit nacht mast wespe nach dem
jagding eidechse gedicht
das und nicht ideal liest ismus lemma
– die komparative leben messer

k t a und i macht aus georges abendwetter sui baldachins
gelebte baxer haben mischautor kippding
zum anderen autor legen beutel zaum whorf vogelwort
denkvehikel submerzibel an .

mit einem mal wird alpenlandschaft katalysatorisch
klepsydra klitschig ernst/unernst rezensent suspekt/pektil
gesungen lesen ko-recorder laut mythologien
quick ante taubt zum echo auf und dolby zu
einschweifend wirkt katharsis esser enger
gefiederhannes πάντα ῥεῖ erwehrt sich nullster verben
mann minus mann gehts fell an himmel – bol

: roitsap denkding war das
: unnackt brustegal dick und sublim auf
: gemacht am auge dummer potenz von einem ab
: reißversuch für gelebt für wer nur wer nicht
: red ende ablande das geganze um übertragung

schicht ich t gegen d das büsten um verlorene exile
lulus kalb bibelt angetippt vor palindromitis
– the sophisticated gang : ganz dichte
gewörter gestädte im gefolge eines kurzen paradyms

folglich der absonderungen der beine um reimrosetten
(sein problem des armen genitivs am bahnhof
ja lou am korsett ist abendfüllender liquide)
sie sehen auf dem blindfleck gut gotische brüter
krimis zählen zähne zitate laterale zustände
rheinanstößig kabelburger brückennabel
warten und egeln sie auf klärung bis wechselweit bloom –
diese lesung ist live

: so pegel singt so noa noa anonym
mut die friederike farbe übertrübung ei
raucht es da onnoma an pöh kontinuin
bei wehrtext übernachtung badestelle
verlesen ego tage tilgung ha son mykotextil
ab fonte reger futschi deren drehlust führung
abstieg schön sos-märchen kathode rom – ob gnosis es egge?
(und rakso eine laufschrift aus laufschrift)

Die Bücher von Oskar Pastior:

Offne Worte. Bukarest (Literatur-Verlag) 1964	OW
Gedichte. Bukarest (Jugendverlag) 1965	GE
Vom Sichersten ins Tausendste. Gedichte. Frankfurt (Suhrkamp) 1969	VS
Gedichtgedichte. Darmstadt (Luchterhand) 1973	GG
Höricht. Sechzig Übertragungen aus einem Frequenzbereich. Lichtenberg (Klaus Ramm) 1975	HÖ
Fleischeslust. Lichtenberg (Klaus Ramm) 1976	FL
An die Neue Aubergine. Zeichen und Plunder. Berlin (Rainer) 1976	AU
Ein Tangopoem und andere Texte. Berlin (LCB) 1978	TP
Der krimgotische Fächer. Lieder und Balladen. Erlangen (Renner) 1978; ²1985	KF
Wechselbalg. Gedichte 1977–1980. Spenge (Klaus Ramm) 1980	WB
33 Gedichte (mit Francesco Petrarca). München (Hanser) 1983	PP
sonetburger. Berlin (Rainer) 1983	SB
Ingwer und Jedoch. Texte aus diversem Anlaß. Göttingen (Herodot) 1985	IJ
Anagrammgedichte. München (Renner) 1985	AG
Zonder weerga Seinesgleichen (mit Wiel Kusters). Utrecht (Athabasca) 1986	ZW
Lesungen mit Tinnitus. Gedichte 1980–1985. München (Hanser) 1986	LT
Römischer Zeichenblock. Berlin (Rainer) 1986	RZ
Jalousien aufgemacht. Ein Lesebuch. München (Hanser) 1987	JA

Die anderen Bücher, Jahrbücher, Anthologien, Almanache, Mappen, Kataloge und Programmhefte:

Andreas-Gryphius-Preisträger 1968/69. Dortmund (Wulff) 1971	AGP
Velimir Chlebnikov: *Werke 1.* Poesie. Hg. Peter Urban. Reinbek (Rowohlt) 1972	Chl

NüB *Nürnberger Blätter für Literatur.* Sonderband Poesie. Hg. Christoph Meckel. Fürth (Klaußner) 1978

MgG *Mit gemischten Gefühlen.* Lyrik-Katalog Bundesrepublik. Hg. Jan Hans, Uwe Herms, Ralf Thenior. München (Goldmann) 1978

Uns *Deutsche Unsinnspoesie.* Hg. Klaus Peter Dencker. Stuttgart (Reclam) 1978

Min *Prisma Minden.* Hg. Inge Meidinger-Geise. Duisburg (Gilles & Francke) 1978

Elf *Literatur um 11.* Marburg (Neue Literarische Gesellschaft) 1980

Gal Galli: *Arbeiten aus den Jahren 1977 bis 1982.* Berlin (Galerie Nothelfer) 1982

LtZ *Literatur im technischen Zeitalter.* Ein Jahrbuch. Hg. Walter Höllerer, Norbert Miller, Wieland Schmied. Berlin (LCB) 1982

Str *Strassengedichte.* Hg. Joachim Fuhrmann. München (Heyne) 1982

Tag Johann Kienesberger: *Tagesblätter.* Wien (Herbstpresse) 1983

Kar *Karnickel, Karnickel.* Hg. Klaus Wagenbach. Berlin (Wagenbach) 1983

Fot Isolde Ohlbaum: *Fototermin.* Frankfurt (Fischer) 1984

Kör *Mein Körper.* Literaturalmanach 1985. Hg. Jochen Jung. Salzburg (Residenz) 1985

LdF *Lob der Faulheit.* Literaturalmanach 1986. Hg. Jochen Jung. Salzburg (Residenz) 1986

Eis *Die Dichter auf dem Eise.* Hg. Hans Jürgen Balmes. München (Hanser) 1986

BeK *Begegnungen – Konfrontationen.* Hg. Ulrich Janetzki. Frankfurt (Ullstein) 1987

Poe *Bausteine zu einer Poetik der Moderne.* Hg. Volker Klotz, Michael Krüger, Norbert Miller für Walter Höllerer. München (Hanser) 1987

Die Zeitungen und Zeitschriften:

Akzente	Akz
Het Bassin	Bas
europäische ideen	eur
Federlese	Fed
Heft	Hef
Literatur und Kritik	LuK
manuskripte	man
Neue Literatur. Zeitschrift des Schriftstellerverbandes der sozialistischen Republik Rumänien	NLt
Schreibheft	Sch
Deutsches Allgemeines Sonntagsblatt	Son
Sprache im technischen Zeitalter	StZ
TXT	TXT

Das Hörspiel von Oskar Pastior

Reise um den Münd in achtzig Feldern. WDR 1971	MÜ

Die Originalzitate von Oskar Pastior

aus Radio- und Fernsehsendungen	RuF
aus Lesungen live	liv
aus Briefschaften	Brf
und aus unveröffentlichten Manuskripten, Entwürfen und Fragmenten	Ms

Alle in Oskar Pastiors Büchern erschienenen Texte sind nach den Buchausgaben zitiert – auch wenn sie vorher schon verstreut gedruckt waren.
Die Jahreszahlen im Inhaltsverzeichnis nennen aber jeweils das Datum des Erstdrucks.
Bei den noch ungedruckten Texten und Zitaten (Ms sowie Brf, RuF, liv) ist jeweils das Jahr genannt, in dem der Text geschrieben, gesendet, gesprochen wurde.